DRACHENQUESTE

STEFANIE NICKEL

DRACHENQUESTE

Die letzte Reise des Falken

Bibliografische Information der Deutschen
Nationalbibliothek:

*Die Deutsche Nationalbibliothek verzeichnet diese
Publikation in der Deutschen Nationalbibliografie;
detaillierte bibliografische Daten sind im Internet über
http://dnb.dnb.de abrufbar.*

*© 2. neu überarbeitete Auflage 2025 Dr. Stefanie Nickel
Umschlagfoto/-bild: Autenrieth & Partner
Verlag: BoD · Books on Demand GmbH,
In de Tarpen 42, 22848 Norderstedt, bod@bod.de
Druck: Libri Plureos GmbH, Friedensallee 273,
22763 Hamburg*
ISBN: 978-3-7693-3850-8

Printed in Germany

Für Eric.
Für alle Generationen nach uns.

«*Give it time and wonder why*
Do what we can
Laugh and we cry
And we sleep in your dust because we've seen this all before.
Culture fades with tears and grace
Leaving us stunned hollow with shame
We have seen this all before»

Aus dem Songtext *Spirt Bird* von Xavier Rudd

CONTENTS

Teil I: Davor 9

Prolog der Feenkönigin Titania 10

Der Schattenmann 12

Das Licht der Quelle 47

Das Gleichnis von Licht und Schatten 82

Das Vermächtnis der Weisen 139

Die Bestimmung 173

Teil II: Danach 235

Auszug aus Mias Tagebuch 236

FaceTime, Fernweh und irgendwas dazwischen 238

Alles nur geträumt?! 252

Auf dem Weg 259

Am Rand der Welt 268

So lange du ein Geheimnis hast, bist du angreifbar 277

Die flüsternden Bücher 285

Der heilige Berg 296

Gipfelstürmer 311

Die Bewahrerin 329

Danksagung 338

TEIL I

DAVOR

Prolog
der Feenkönigin Titania

*A*lles begann mit einem Stern, der vom Himmel fiel. Wie ein funkelnder Tropfen regnete er auf die Erde – und das am Anfang von Zeit und Raum. Sein Zauber hauchte allem Leben einen besonderen Funken ein. Einen Funken, der die Kraft besaß, aus Liebe zu wirken und bösen Zauber in Licht zu verwandeln.

Und alle Welten – ob oben, in der Mitte oder unten – waren und sind von diesem Zauber durchdrungen. Er spinnt sich zwischen den Zeilen, die nicht ausgesprochen werden müssen. Wenn das Herz offen ist, ist es leicht, die Zwischentöne zu erfassen. Doch den Weg, diese Sprache zu lesen, zu hören, zu fühlen, zu verstehen, muss jedes Lebewesen selbst gehen.

Obwohl viele das Licht in sich vergessen, war und ist die Magie immer da. Man muss nur genauer hinsehen – mit einem besonderen Auge. Doch manchmal überwiegen die Schatten, und dann wird eine Reise nötig. Eine Reise, die zum Hinsehen führt! Schicksal wird sie genannt.

Aber das ist eigentlich nur die halbe Wahrheit! Denn man muss es wirklich von ganzem Herzen wollen, dazu stehen und schweigen, um die innere Stimme des Zaubers zu hören. Dann wenden auch die Kräfte der höheren Welt ihre ganze Energie auf.

«Bist du bereit? Und mutig genug, das Risiko einzugehen?» Dann wird diese Reise zu deinem eigenen magischen Abenteuer...

DER SCHATTENMANN

«*Unsere Wünsche sind Vorgefühle der Fähigkeiten, die ins uns liegen, Vorboten desjenigen, das wir zu leisten imstande sein werden. Was wir können möchten, stellt sich unserer Einbildungskraft außer uns und in der Zukunft dar; wir fühlen eine Sehnsucht nach dem, was wir schon im Stillen besitzen. So verwandelt ein leidenschaftliches Vorausgreifen das wahrhaft Mögliche in ein erträumtes Wirkliches.*»
(Johann Wolfgang von Goethe)

Die Sonne tauchte das Meer in ein warmes, goldenes Licht. Der Sand fühlte sich angenehm warm unter den Füßen an. Das Meer lag ruhig, und ein lauer Wind ließ die Wellen sanft gegen das Ufer schlagen. Das gleichmäßige Rauschen hatte etwas Beruhigendes, fast Erzählerisches – als würde das Meer seine Geschichten denen zuflüstern, die ihm zuhörten.

Nach der Schule an den Strand zu gehen war Mias Lieblingsmoment. Die Weite des Meeres schenkte ihr ein Gefühl von Freiheit, das sie sonst nirgendwo fand. Heute war keine Ausnahme. Es waren endlich Sommerferien! Noch vor einer halben Stunde hatte sie sich mit ihrem Surfbrett auf den Wellen der Ostsee bewegt, leichtfüßig wie ein Schatten, der auf dem Wasser tanzte. Jetzt saß sie mit ihren Freunden im Sand. Die ausgelassene Stimmung spiegelte sich in ihren strahlenden Augen und den lachenden Gesichtern wider. Der fast untergegangene gelbe Ball der Sonne glitzerte wie flüssiges Gold auf der Meeresoberfläche.

«Wer hat Lust auf Kino morgen?», fragte Mia, während sie sich eine verirrte Strähne aus dem Gesicht strich und in die Runde blickte.

«Muss jobben.» Alex verzog das Gesicht und nahm einen Schluck Cola.

Lea, die neben ihm saß, schielte ihm mit einem träumerischen Blick zu – mehr als offensichtlich, dass sie für den 17-Jährigen mit den etwas zu langen, lässig fallenden Haaren schwärmte.

Sam bemerkte den Blick und stupste Alex grinsend an. «Gönn dir!»

«Chill...!» Lea verdrehte genervt die Augen, ihre dunklen Locken wippten dabei.

«Alter, echt jetzt!» Alex zuckte nur mit den Schultern und ließ seinen Blick unauffällig zu Mia gleiten.

Chloe, die mit ihren feinen Sommersprossen, der Stupsnase und den leuchtend roten Haaren ein bisschen wie ein Elfenmädchen wirkte, meldete sich zu Wort: «Morgen wird nix. Ich bin schon verplant.»

«Ok... also kein Kino.» Mia zog eine Grimasse und schielte auf ihre Uhr. Obwohl sie es gar nicht nötig hatte – die fast untergegangene Sonne verriet, dass es kurz vor zehn war.

«Ich muss los. Meine Eltern sind heute Abend weg, und Finn ist mit seinem Babysitter allein.»

«Ich bring dich nach Hause!» Sam schoss die Worte heraus, bevor Alex auch nur daran denken konnte, etwas zu sagen.

Für alle außer Mia war klar: Sam stand auf sie. Sie war das Mädchen, das in seinen Augen immer eine Spur zu lässig, eine Spur zu cool und vor allem viel zu unerreichbar war. Ihre olivbraune Haut, das dunkle, dichte Haar und die rehbraunen Mandelaugen ließen Sams Herz schneller schlagen, als ihm lieb war. In ihrer Nähe fühlte er sich gleichzeitig schwerelos und wie ein Trampeltier. Ein unkontrollierbares Durcheinander aus Fliehen und Bleiben war seit ihrer ersten Begegnung zu seinem Dauerzustand geworden.

Mia klopfte sich den Sand von den Beinen, schlüpfte in ihre Jeans und zog einen Hoodie über ihren Bikini. Ihr langes Haar steckte sie in den Pullover, bevor sie die Kapuze überzog. Ihre schlanke Gestalt zeichnete sich dunkel gegen das rotgoldene Licht der untergehenden Sonne ab, das auf den Wellen funkelte.

Sam schluckte bei ihrem Anblick. Er konnte nicht anders, als ihr zu folgen. Gemeinsam gingen sie zum Club, verstauten die Surfbretter und winkten den anderen zum Abschied.

Danach liefen sie schweigend zu ihren Fahrrädern, die an der Promenade angelehnt standen.

***

Das Strandhaus der Familie lag abseits, versteckt hinter dichten Grün. Mia und Sam radelten auf einem schmalen Pfad, der sich durch den *Geisterwald* schlängelte – ein Birkenwald, der seinen Namen nicht ohne Grund trug. Nachts, wenn Mond und Sterne zaghaft zwischen den Wolken hervorlugten, warfen die schmalen Birkenstämme lange, gespenstische Schatten, die den Wald in eine andere Welt zu verwandeln schienen.

«Wollen wir uns morgen treffen?», fragte Sam beiläufig, als sie schließlich das Haus erreichten. Er lehnte sich lässig gegen die Natursteinmauer, die den Garten umschloss, und versuchte, seine Stimme so unaufgeregt wie möglich klingen zu lassen.

«Ja, klar, warum nicht.» Mia schenkte ihm ein Lächeln, das in ihren rehbraunen Augen widerhallte. Sie mochte Sam – für seine überlegte, bodenständige Coolness und seine unerschütterliche Spontaneität. «Ich texte dir, okay?»

«Okay», antwortete Sam und zog seinen rechten Mundwinkel nach oben, wodurch ein charmantes Grübchen auf seiner Wange erschien.

«Also dann… bis morgen», verabschiedete sich Mia lächelnd, während sie den Seitenständer ihres Fahrrads mit ihrem Fuß hochkickte. Es wunderte sie kaum noch, dass Sam so oft wie möglich ihre Nähe suchte. Er hatte dieses unsichtbare Band zwischen ihnen längst gespürt – eines, das sie aber niemals in der gleichen Intensität wahrnahm. Für Mia war Sam ihr bester Freund, einer, den sie blind in die friendzone eingestuft hatte.

Doch für Sam war es anders. Sein Blick, ein wenig glasig, hätte Mia einen deutlicheren Hinweis geben können, wenn sie sich erlaubt hätte, ihn zu deuten.

«Bye!», sagte er schließlich und fuhr sich verlegen durch die widerspenstigen Haare. Ein Reflex, der immer dann über ihn kam, wenn sie ihn aus der Fassung brachte – was ständig geschah. Sein Herz klopfte so laut, dass er befürchtete, Mia könnte es hören.

Zu gern hätte er sie geküsst. Doch der Moment schien ungreifbar, als hätte der Wind ihn fortgetragen, bevor er ihn überhaupt greifen konnte.

***

Der Kies unter ihren Füßen knirschte, als Mia ihr Fahrrad zur Garage schob und dabei das Auto ihrer Eltern entdeckte. *Warum sind die noch zu Hause? Konnte Emilia nicht kommen? Oder hat sie sich verspätet? Keine gute Idee!*

Ihr Stiefvater, Dr. Maximilian von Sengbusch, hasste Verspätungen. Als Chefarzt eines Hamburger Krankenhauses war Zuverlässigkeit für ihn oberstes Gebot. Immerhin lag die norddeutsche Metropole zwei Stunden entfernt. Die lange Fahrt nahm er zwar in Kauf, doch nicht ohne ein leises Knirschen der Zähne. Oft genug zeichnete sich der Stress des Pendelns in den Schatten um seine sonst wachen Augen ab. Und dann war er… na ja, etwas mürrisch.

Aber für einen Stiefvater war er trotzdem ganz okay, fand Mia! Ihr richtiger Vater hingegen war für sie nur ein Schattenmann: *Irgendwann vielleicht mal da gewesen, aber längst nicht mehr greifbar für mich.*

Wenn er es überhaupt je war!

«Mia, bist du das?», hallte die freundliche Stimme ihrer Mutter durch den Flur und riss sie aus ihren Gedanken.

«Ja.» Schlendernd durchquerte das vom Surfen durchtrainierte Mädchen den langen Flur, der mit Fotografien und abstrakten Kunstwerken geschmückt war und an eine Galerie erinnerte. Schließlich betrat sie das stilvolle Wohnzimmer mit offenem Kamin. Eine riesige Glasfront eröffnete den Blick auf das weite Meer.

«Ah, da bist du ja.» Eine hochgewachsene, schlanke Frau kam aus dem angrenzenden Küchentrakt.

«Hi Mum! Wolltet ihr nicht nach Hamburg? Wo ist Emilia?» Mia schaute sich suchend um, bevor ihr Blick an den aristokratischen Zügen ihrer Mutter hängen blieb. Doch bevor diese antworten konnte, flitzte ein kleiner Junge mit strahlendem Gesicht um die Ecke.

«Mia!», rief er voller Freude.

«Finni!» Mia nahm ihren kleinen Halbbruder lachend auf den Arm. Erst jetzt fiel ihr auf, dass ihre Mutter statt eines eleganten Abendkleides eine weite Leinenhose und eine Tunika trug. «Alles in Ordnung? Wolltet ihr nicht zum Ärzteball?», fragte sie irritiert.

«Mia…», begann ihre Mutter, doch brach mitten im Satz ab. Ihre Stirn legte sich in Falten, und ihre Augenbrauen zogen sich zusammen. Es war offensichtlich, dass in ihrem Kopf ein Gedankensturm tobte.

Was ist denn hier los?! So kenn ich Mum gar nicht! Mia rollte innerlich mit den Augen.

«Ich bringe Finn ins Bett. Setz dich doch schon mal zu Max an den Tisch. Ich komme gleich nach.» Die Ansage klang fast übertrieben deutlich, als wolle ihre Mutter keinen Widerspruch dulden.

«Okay.» Mia zuckte mit den Schultern, drückte Finn einen Gutenachtkuss auf die Wange und schlenderte dann gemächlich am Küchenblock vorbei zum Essplatz.

Kerzen spendeten sanftes Licht. Durch ein offenes Fenster drang das leise Rauschen der Brandung herein. Die Stimmung im Raum war – wie fast immer – von einer eleganten Atmosphäre geprägt. Doch diesmal schwang noch etwas anderes mit, das Mia in einen leicht angespannten Modus versetzte.

«Hallo Mia», grüßte ihr Stiefvater, der lässig in Jeanshemd und Leinenhose vor einem Glas Wein an der massiven Holztafel saß.

Mia setzte sich ihm gegenüber, ihre Bewegungen fast zögerlich.

«Möchtest du eine Cola?» Wie immer, ohne auf eine

wirkliche Antwort zu warten, stand ihr Stiefvater auf und ging um den Küchenblock herum zur Glasvitrine. «Oder ein Wasser?», fügte er schließlich hinzu.

Mia folgte ihm mit leicht misstrauischem Blick. «Wurde der Ball abgesagt?»

«Nein... nicht direkt!», antwortete der Angesprochene mit einem schiefen Lächeln.

Etwas zu gedehnt für Mias Geschmack.

Achselzuckend drehte er sich zu ihr um, das Glas wie einen Pokal in der Hand haltend.

Warum wirkt er so angespannt?

Im krassen Gegensatz dazu standen seine strahlenden Augen, was Mia nur noch mehr verwirrte.

«Finn ist sofort eingeschlafen.» Mias Mutter betrat barfuß das große Wohnzimmer, trat an den Tisch und nahm genüsslich einen Schluck Wein.

Was läuft hier?

Mia sah ihre Eltern abwechselnd wachsam an, ihre Stirn leicht gerunzelt.

«Ich weiß, dass du dich fragst, warum wir nicht nach Hamburg gefahren sind», sagte ihre Mutter mit einem vielsagenden Blick.

Max räusperte sich hörbar, als würde er Zeit gewinnen wollen. Irgendwie schien ihm das Gespräch unangenehm zu sein.

«Mmmh...!», machte Mia nur, ihre Augen blieben auf ihrer Mutter fixiert.

Diese schlug die schlanken Beine übereinander, ihre Haltung gewohnt elegant. Sie sah Mia direkt an, ihre Stimme ruhig, aber mit einem Hauch von Anspannung.

«Es gibt Neuigkeiten, die wir mit dir besprechen möchten», sagte sie in ihrem gewohnt lässigen Tonfall.

Aha!

«Und die wären?» Mias Stimme klang ruhig, doch in ihrem Inneren begann sich ein mulmiges Gefühl auszubreiten.

Himmel... was ist denn da los? Die wirkt ja wie auf Draht gespannt! Nicht gut. Gar nicht gut.

Wie automatisch richtete sich Mias Haltung kerzengerade auf, als hätte jemand einen Stock in ihren Rücken geschoben.

«Max hat eine Professur angeboten bekommen», erklärte ihre Mutter sachlich, doch ihre Stimme klang nicht so gefasst, wie sie es wohl gern gehabt hätte.

«Hej… das is' doch super, oder nicht!» Mia zuckte mit den Achseln und warf Max ein unsicheres Lächeln zu. *Aber was ist nun der Punkt?*

«Also...», begann ihre Mutter erneut, geriet aber plötzlich mächtig ins Straucheln.

«Der Job ist in Vancouver», ergänzte Max mit bedächtiger Langsamkeit, während er sich den Nacken rieb – ein deutliches Zeichen seiner eigenen Nervosität.

«Cool!», erwiderte Mia, doch ihr Tonfall klang leicht begriffsstutzig.

Ihre Mutter legte die Stirn in Falten, als suche sie angestrengt nach den richtigen Worten. «Mia, das bedeutet, dass wir vier – Max, Finn, ich und du – zusammen nach Kanada ziehen!»

∗∗∗

Wie ein verirrter Frisbee knallte ihr die Nachricht an den Kopf. *Wow!* Langsam begann Mia zu begreifen. Plötzlich gewann eine wilde Mischung aus Ärger, Panik und Hilflosigkeit die Oberhand. Es fühlte sich an, als würde sich eine Faust in ihren Magen bohren, die den Boden unter ihren Füßen mit sich riss. *Ich falle. In dieses imaginäre Loch. Im Boden. Unter mir.*

«W-wir ziehen um?! Weg von hier? Aber warum?!», stammelte sie verwirrt, ihre Stimme klang viel höher und lauter, als sie es beabsichtigt hatte. Die Worte hallten schrill im Raum wider.

«Weil es eine einmalige Chance ist – für mich und deine Mutter. Wir können zusammen im selben Krankenhaus arbeiten. Und ich muss nicht mehr stundenlang durch die Gegend fahren», erklärte Max ruhig, fast schon zu sachlich, wie ein Vortrag, der auswendig gelernt schien.

Zack! Bumm! Peng! So einfach ist das!

«Aber... was hat das alles mit mir zu tun? Warum muss ich mitkommen? Ich will hier nicht weg!», platzte es entsetzt aus Mia heraus. Sie sah sich hilfesuchend im Raum um, als könnten die Möbel oder der offene Kamin eine Antwort geben. Wirr fuchtelte sie mit der Hand herum, ihre Stimme wurde noch heftiger: «Mein Leben hier ist schön! Okay! Ich will nicht weg. Versteht ihr das nicht?! Ich will hierbleiben! Mit meinen Freunden... am Meer. Was wird aus ihnen? Und überhaupt...» *Was soll aus mir werden?*, dachte sie verzweifelt, während sie krampfhaft versuchte, ein paar wütende Tränen wegzublinzeln. Weinen vor ihren Eltern? Auf keinen Fall! No way. Erinnerungen blitzten in ihrem Kopf auf: Der Umzug hierher, das Einleben, die neue Schule... und die neuen Freunde. Es hatte so lange gedauert, sich an die neue Umgebung zu gewöhnen. «Ihr könnt mich nicht zwingen! In einem Jahr werde ich 18!», flüsterte sie trotzig, doch ihre Stimme trug die volle Wucht ihrer inneren Rebellion.

«Mia, beruhige dich. Du wirst schon neue Freunde finden. Das ist doch kein Problem. War es doch bisher auch nie! Sei nicht so egoistisch! Du kannst hier nicht allein bleiben. Noch nicht! Punkt», entgegnete ihre Mutter unerbittlich und – so typisch für sie – völlig sachlich, als könnte sie Gefühle und Gedanken einfach beiseite wischen.

Scheiße! Wie können die nur so ätzend sein? Chloe und Lea...! Und Sam...! Mia ballte fassungslos die Hände unter dem Holztisch zu Fäusten. *Das ist nicht fair!* Ihr Herz zersprang fast vor Wut und Schmerz. «Warum werde ich einfach so vor vollendete Tatsachen gestellt? Warum fragt ihr mich nicht einfach? Warum entscheidet ihr über meinen Kopf hinweg? Warum glaubt ihr zu wissen, was gut für mich ist und was nicht?!», platzte es aus ihr heraus. Ihr Kinn war trotzig nach vorne gereckt, die Augen blitzten vor Zorn. «Was soll ich denn in Vancouver?!» *Wo wir doch gerade erst hierher gezogen sind!* An die vielen Umzüge davor wollte sie schon gar nicht mehr denken. *Als wären wir auf der Flucht!* Genau so hatte es sich angefühlt. Eigentlich sollte mit Max, ihrem Stiefvater, alles ruhiger werden. Eigentlich! Und jetzt das? Es war einfach zum Verrücktwerden. Und total ungerecht.

«Mia...!» Ihre Mutter legte ihr beruhigend die Hand auf den Arm und schaute sie an, als wäre sie ein trotziges Kleinkind, dem man Brokkoli schmackhaft machen wollte, indem man die Vorzüge gesunder Ernährung aufzählte. Auf Mias Protest ging sie nicht mal ein!

Mia zog ihren Arm unwirsch zurück. *Bin gespannt, welche lahme Erklärung jetzt kommt!*

«Es wird dir gefallen!», fuhr ihre Mutter gedehnt fort – mit genau diesem Ich-rede-mit-einem-Kleinkind-Tonfall, den Mia nicht ausstehen konnte. «Außerdem ist der Zeitpunkt für einen Schulwechsel perfekt. Du gehst nach den Sommerferien auf eine internationale Schule und machst dort deinen Abschluss. Denk nur an all die Möglichkeiten!»

Oh... Schulwechsel...?! Dann ist ja schon alles geplant! Na, schönen Dank auch!

«Das glaube ich nicht! Ihr habt schon alles organisiert. Stimmt's?!» Mia schlug wütend mit der Faust auf den Tisch. «Ohne mich überhaupt zu fragen!» Total angepisst sprang sie auf, schob ihren Stuhl heftig von sich, stürmte durch das

Wohnzimmer zur Wendeltreppe und über die Galerie in ihr Dachzimmer.

«Mia...!», hörte sie ihre Mutter noch konsterniert rufen.

Aber Mia wollte nichts mehr hören und sehen. Sie wollte einfach verschwinden. *Zusammen mit den Farben in meinem Leben.*

***

Den Blick ins Leere gerichtet, saß Mia in ihrem Hängesessel auf der Dachterrasse. Zwischen den Sternen zeichnete sich die Sichel des Mondes ab. Die Brandung war zu hören. Im Haus dagegen war es mucksmäuschenstill. Die Nachricht musste erst einmal verdaut werden.

Warum? Warum gerade jetzt? Darauf gab es keine Antwort. Mias Gedanken schweiften zu einem Spruch, den sie einmal als Graffiti an einer Wand gelesen hatte: *Mit den Flügeln der Zeit fliegt die Traurigkeit davon.*

Keine Ahnung, ob das stimmt...! Mia schloss die Augen und lauschte der Brandung. Das Rauschen hatte eine beruhigende Wirkung auf sie. Nicht lange, und sie tauchte ein in das Traumgespinst der Nacht. Plötzlich drang aus der Ferne statt des Meeresrauschens der Ruf eines Falken zu ihr. Als sie die Augen wieder öffnete, war das Meer verschwunden, und Mia fand sich mitten in einem Wald wieder. Der Himmel war aschgrau und wolkenverhangen. Ein Falke kreiste über ihr.

«Folge dem Falken», hörte sie eine fremde Stimme sagen.

Wo bin ich? Was ist das? Aber etwas zog sie magisch an. Und so folgte sie dem Falken immer tiefer in den Wald hinein, bis sie plötzlich von dichtem Nebel umgeben war. Der Falke aber war verschwunden. *Wo bin ich? Was ist das?* Mia spürte Panik in sich aufsteigen. Da tauchte vor ihr eine Gestalt in einem Umhang auf, die aussah wie ein Zauberer aus einer anderen Welt. Direkt aus dem Nebelstrudel kam sie auf Mia zu. Der dunkle Umhang fiel wie das Federkleid eines Raben über den Rücken des Fremden. Eindringlich blickte der Achak Mia an und deutete mit dem Finger auf ein Tor. *Wer bist du?* Doch statt einer Antwort drang nur ein markerschütterndes Brüllen aus dem Tor. Mias Herz setzte für den Bruchteil einer Sekunde aus. Dann wachte sie auf. *Was um alles in der Welt war das für ein komischer Traum?* Erschrocken kroch Mia ins Bett, zog sich die Decke über den Kopf und versuchte zu schlafen. Doch der Blick des Achaks verfolgte sie bis in den unruhigen Schlaf.

Als Mia am nächsten Morgen wach wurde, lauschte sie den vertrauten Geräuschen im Haus. Draußen dämmerte die Nacht dem Tag entgegen. Feiner Nebel durchzog die feuchte, salzige Luft. Nicht mehr lange, und alle würden aus dem Haus sein. Genau darauf wartete Mia. Sie musste ja zum Glück nicht zur Schule gehen. Der dumpfe Schmerz in ihrem Inneren war nicht verklungen, nicht leiser geworden. Wie ein Bohrer bei einer Wurzelbehandlung hatte er sich tief in Mias Innerstes gebohrt. Schwermütig lehnte sie sich gegen ihr Kissen. Bei dem Gedanken an den bevorstehenden

Umzug hätte sie vor Wut und Trotz einfach nur kotzen können. *Warum jetzt? Warum immer wieder ein Neuanfang?* Endlich fiel das Garagentor ins Schloss. Erleichtert atmete Mia aus. Hatte sie die ganze Zeit die Luft angehalten? Jetzt setzte sie ihre Kopfhörer auf und schaltete die Welt um sich herum aus. Zumindest für eine Weile.

Ihre Mutter wusste sehr wohl, dass Mia alleine sein wollte. Vielleicht hatte sie sogar eine Weile im Flur gestanden, unschlüssig, wie sie mit der Situation – dem Umzug und überhaupt – umgehen sollte. Aber aus ganz anderen Gründen als die ihrer Tochter.

Gegen Mittag zog Mia ihre Jeans und ihr T-Shirt an und lief zu der kleinen Bucht, die zum Haus gehörte. Der Traum vom Vorabend wollte nicht weichen. Immer wieder tauchten die durchdringenden Augen des verhüllten Wesens auf. *Warum um alles in der Welt erscheint mir ein ... ja, was? Ein Zauberer ... im Traum?* Ein Knacken ließ sie zusammenfahren.

«Hallo?», rief Mia wachsam und runzelte die Stirn. Anwesenheit war zu spüren. Doch die Steinstufen, die zum Haus führten, waren nicht einsehbar. Plötzlich sprang eine Gestalt in ihr Blickfeld: groß, sportlich und mit einer gehörigen Portion Schalk in den meerblauen Augen, die von einer Baseballkappe etwas verdeckt wurden.

«Erwischt!» Sam zog verschmitzt die Mundwinkel hoch. Grinsend ließ er sich neben sie in den Sand plumpsen.

«Sam ... Mensch ... du hast mich erschreckt!» Erleichtert, aber auch ein wenig mürrisch vor Schreck, gab sie ihm einen Klaps auf die Schulter.

«Wow... du siehst aus, als hättest du einen Geist gesehen!», sagte er mit dem für ihn typischen schelmischen Gesichtsausdruck.

«Ha ha...!», entgegnete Mia, vermied es aber, Sam in die Augen zu sehen.

«Ähm... alles in Ordnung?», fragte Sam vorsichtig. «Ich meine... du hast gar nicht auf meine Nachrichten reagiert...», kombinierte er feinfühlig.

«Wir ziehen nach Vancouver!», entgegnete Mia zögernd. Ihr sonst so unbekümmerter Tonfall klang ungewohnt sachlich. Langsam drehte sie den Kopf in seine Richtung und erwiderte Sams Blick mit einer demonstrativ hochgezogenen Augenbraue.

Sams Gesichtsausdruck wechselte zwischen Erstaunen, Freude und etwas anderem, das Mia sich nicht erklären konnte. Es schien, als wolle er seine Gefühle unterdrücken. Seine Kiefermuskeln spannten sich ungewöhnlich hart an.

«Wow... das sind ja tolle Neuigkeiten! Ich meine... wow... mega, oder?»

Mia starrte ihn verständnislos an: «Wie kannst du das sagen, Sam? Ich muss schon wieder alles aufgeben, was mir wichtig ist!», brachte sie ärgerlich hervor, als wäre es anstrengend, sich dafür erklären zu müssen, es einfach nur scheiße zu finden!

«Aber du wirst in Kanada leben! Ich meine K A N A D A!»

Mia warf Sam abermals einen entgeisterten Blick zu. «Sam, es ist dein Traum, eine Weltreise zu machen, okay!»

Nicht meiner, dachte sie frustriert den Satz zu Ende. «Ich habe es so satt, dass mir jeder sagt, es wäre die Chance meines Lebens!» Verärgert schüttelte sie den Kopf. Aber das war es einfach nicht! Irgendwie wollte das niemand verstehen.

«Tut mir leid...! Ich weiß, das mit den vielen Umzügen. Aber glaub mir, es wird sich alles einrenken.»

«Typisch für dich, du Superoptimist», entgegnete Mia zerknirscht. Irgendwie hatten die vielen Umzüge etwas in ihr kaputt gemacht. Kaum hatte sie sich eingelebt, war es auch schon wieder vorbei. Immer alles hinter sich lassend, gab es einfach kein richtiges Ankommen. Kein Ort, an dem sie sich zuhause fühlte.

«Sieh Kanada doch wirklich als Chance... Ich meine –»

«Wieso?!», blaffte sie schnippischer als beabsichtigt.

Sam ließ sich von ihrer demonstrativ zur Schau gestellten Abwehrhaltung nicht beirren: «Na ja, weil...» Irgendwie wollte ihm keine passende Antwort einfallen.

«Ja...?» Mia schaute Sam abwartend an. Seinem Gesichtsausdruck nach zu urteilen, meinte er es wirklich ernst. Doch gerade als Mia etwas erwidern wollte, sah Sam ihr plötzlich viel tiefer in die Augen. Also, mit diesem ganz speziellen Dackelblick.

Was zum Teufel...???? *Oh nein! Bitte nicht!* Wie Schuppen fiel es ihr von den Augen, was sie die ganze Zeit zu verdrängen versucht hatte. Aber nun war es zu spät! Sam hatte bereits seinen Arm um sie gelegt und versuchte sie doch tatsächlich zu küssen. Offensichtlich hatte er etwas falsch verstanden! Wahlweise einfach nicht auf ihre Gefühle geachtet! *Scheiße...! Sam...! Bester Freund! Lieblingsmensch! Warum nur?* Innerlich schlug sie sich mit der flachen Hand gegen die Stirn. Sie war ganz und gar nicht in der Stimmung für ein weiteres Drama in ihrem Leben. *Verdammt!*

«Sam... i-ich... es...! Ich meine... es... es tut mir leid», stotterte sie mühsam.

Sams verträumter Gesichtsausdruck fiel in sich zusammen wie ein Ballon, aus dem man die Luft herausgelassen hatte, und wich gleichzeitig einem undefinierbaren: Mit weit aufgerissenen Augen und einem zu einem «O» geformten Mund sah er Mia starr an. Etwas dämmerte ihm, das war deutlich zu sehen. Und Mia tat es unendlich leid, ihn so verletzt zu haben. Wortlos starrte sie ihn an.

Die peinliche Stille dauerte eine gefühlte Ewigkeit, bis seine gepresste Stimme die angespannte Atmosphäre durchbrach.

«Is' ok...! I-ich meine... Kein Problem. Sorry!», brach es wortkarg aus Sam heraus. Entschuldigend hob er die Hände, als hätte Mia eine Waffe auf ihn gerichtet, und räusperte sich verlegen. «Ich mache mich besser auf den Weg!»

Bevor Mia etwas erwidern konnte, sprang Sam wie von der Tarantel gestochen auf. Zwei Stufen der Steintreppe auf einmal nehmend, drehte sich nicht mehr nach ihr um. Seine durchtrainierten Schultern hingen herab, als hätte man einem Mantel die Schulterpolster und den Kleiderbügel abgenommen.

Scheiße! Es war zum Verrücktwerden!

***

Die wenigen noch verbleibenden Tage bis zum Umzug vergingen fast wie im Flug. Mia und Sam taten so, als wäre nichts passiert. Und doch...! Der missglückte Kussversuch stand zwischen ihnen wie einst die Mauer zwischen Ost- und Westdeutschland. Schier unüberwindbar. Mia ging ihren Eltern aus dem Weg, so gut sie konnte. Die unverhohlene Freude in Max' Augen konnte sie nur schwer ertragen. Dass ihre Mutter dagegen immer stiller und blasser wurde, je näher der Umzug rückte, war Mia ein unerklärliches Rätsel. Genauso wie der seltsame Traum. Er blieb ebenso ungelöst. Bis an einem verregneten Freitag kurz vor dem Abflug etwas Seltsames geschah. Als Mia gerade eine Kiste mit aussortierten Sachen in den Keller bringen wollte, stolperte sie – fast so, als hätte eine unsichtbare Hand sie geschubst. Sie fing sich zwar noch rechtzeitig, doch der Inhalt der Kiste verteilte sich auf dem Boden des Flurs.

«Shit!», fluchte sie vernehmlich, sammelte die Sachen mürrisch auf und warf sie achtlos in die Kiste. Da fiel ein Briefumschlag aus einem Buch heraus und segelte direkt vor ihre Füße. *Was ist das?* Mias Kopfhaut begann zu kribbeln. Neugierig hob sie den Umschlag auf, betastete ihn von allen Seiten und zog schließlich einen Brief heraus. Langsam faltete sie ihn auseinander und begann zu lesen, bis ihr plötzlich der Atem stockte. «No way!», murmelte sie geistesabwesend und riss erstaunt die Augen auf. «No way!»

Dagwáang,

wenn du diesen Brief liest, wird es mich nicht mehr geben in deinem Leben. Das heißt, du bist ohne mich aufgewachsen. Und ich werde nicht wissen, wie es dir in den vergangenen Jahren ergangen ist. Du bist bestimmt ein hübsches Mädchen oder vielleicht sogar schon eine junge Frau geworden. Genau wie deine Mutter, die ich über alles liebe. Auch über den Tod hinaus. Genau wie dich. Sollte dies also der Fall sein, glaube mir, gibt es Gründe dafür. Gute Gründe, die ich dir leider nicht erzählen kann. Nicht mal darf! Nicht jetzt. Aber ich vertraue darauf, dass du alles erfahren wirst.

Eines aber sei gesagt: Wir Haida sind ein stolzer, ein mutiger Stamm. Wir kämpfen für unsere Rechte. Vergib mir also, dass ich mein Volk über die Liebe zu dir gestellt habe. Aber am Ende habe ich einzig für dich, für unsere Freiheit gekämpft. Und doch habe ich alles verloren, was mir lieb und teuer war.

Sei von Herzen umarmt,

in Liebe, Dad

Mia ließ den Brief fallen. *Das kann nicht sein! Never...! Ein Brief vom... Schattenmann?! Für mich? Dad!?* Der Mann, an den sie sich überhaupt nicht mehr erinnern konnte. Und doch...! Sie spürte es. Ganz deutlich. Dieser Brief war an sie gerichtet. Beim Lesen hatte Mia das intensive Gefühl beschlichen, als würde er direkt vor ihr sitzen und ihr in die Augen schauen. Wie ein Geist. Seine Stimme schien zwischen den Zeilen zu erklingen, warm und vertraut, wie ein Echo, das sich durch Raum und Zeit zog. *Das kann doch nicht sein! Ist das wirklich ein Brief von meinem... Dad?!* Das letzte Wort fiel ihr sichtlich schwer. So tief hatte sie den Gedanken an ihren leiblichen Vater verdrängt. Sie wollte so gerne glauben, dass er ein Schattenmann war. Einer, der seine Familie im Stich gelassen hatte. Mit Sicherheit für eine andere Frau! Ihre Mutter hatte nie darüber sprechen wollen. Es war zu einem absoluten Tabuthema zwischen ihnen geworden.

Dagwáang...? Was heißt das? Und unter welchen mysteriösen Umständen ist mein Vater gestorben? Warum weiß ich nichts davon? Tod... ist er wirklich tot? Für mich gestorben? Für seine Familie?! Die Fragen rasten wie ein Karussell durch ihren Kopf. Mia wurde schwindelig. Sie ließ sich auf den kalten Flurboden sinken, das Herz schwer wie Blei. Eigentlich wollte sie den Brief zurück in den Umschlag stecken, doch ihre Finger zitterten, als sie noch etwas darin entdeckte. Ein Foto. „Was ist das?" Mias Stimme war kaum mehr als ein Flüstern, als sie das Bild hervorholte. *No! No! No!* Das Foto zeigte ein junges Paar. Der Mann hatte langes schwarzes Haar und lachte fröhlich. Im Arm hielt er ein kleines Mädchen, nicht viel älter als ein Jahr. Instinktiv wusste Mia sofort, wer das kleine Kind auf dem Bild war. Und die Frau daneben: Ihre Mum! Die Haare lang und zu Zöpfen geflochten. Ganz untypisch für die aristokratische Akademikerin Dr. Sara von Sengbusch!

Mias Kopf begann zu pochen. Alles in ihr schrie nach Antworten, aber nichts fühlte sich real an. »Was um alles in der Welt geht hier vor?«, raunzte sie ungläubig und schüttelte den Kopf. *Mein Vater ist ein... Indianer?!* Mia zitterte bei der Erkenntnis, die wie ein alter, flackernder Leuchtturmstrahl ihren Geist erhellte. Der Keller schien plötzlich enger zu werden, und das schwache Licht der Glühbirne warf verzerrte Schatten an die Wände. Alles um sie herum begann sich zu drehen, als würde sie in einen Strudel gesogen werden. Nichts wollte Halt geben. Mia hielt das Foto so fest, dass ihre Fingerknöchel weiß hervortraten. *Das heißt... auch ich bin eine Indianerin!* Die Erkenntnis war ein Blitz, der sie erstarren ließ. In der bedrückenden Stille des Kellers fühlte Mia sich wie zwischen zwei Welten gefangen. Ein leises Rauschen erklang, fast wie das Flüstern einer Stimme. Oder war es nur ihr Kopf? *Er war stolz. Er hat gekämpft. Für mich, für uns.* Ein Schauer lief ihr über den Rücken, während die Worte des Briefs in ihrem Inneren widerhallten. *Ich muss die Wahrheit herausfinden. Egal, wohin sie mich führt.* Langsam erhob Mia sich. Ihre Knie fühlten sich schwach an, doch in ihrem Herzen begann etwas zu wachsen – ein Funke, den sie nicht benennen konnte. Die Welt um sie herum war noch immer ein Farbbrei, der sie zu verschlucken drohte. Aber irgendwo darin, tief verborgen, musste eine Antwort, die darauf wartete, entdeckt zu werden.

«WER BIN ICH?!», fragte Mia atemlos und mit gerunzelter Stirn, ihre Stimme zitternd vor Frust und Verwirrung. Doch es war niemand da, der ihr eine Antwort geben konnte. Die Frage schien in die Leere des Kellers zu hallen und bekam eine neue Dimension. Eine, die alles Bekannte in ein schwarzes Loch zog und eine totale Leere hinterließ. Es fühlte sich an wie ein blinder Fleck in ihrer Seele, der alles zu verschlingen drohte, was sie je gekannt hatte. «Vielleicht wärst du besser ein Schatten in meinem Leben geblieben!», klagte Mia das Porträt ihres Vaters an, ihre Stimme jetzt brüchig, fast ein Flüstern. Mit zitternden Fingern steckte sie die Fotografie zurück in den Umschlag. Der Blick ihres Vaters schien sie noch immer zu verfolgen, selbst als sie den Brief mit einer Entschlossenheit, die sie kaum selbst verstand, zusammen mit dem ominösen Buch in eine Kommode in ihrem Zimmer versteckte. Die Schublade schloss sich mit einem leisen Knarren, doch der innere Lärm in ihrem Kopf aber verstummte nicht.

In den letzten Tagen vor dem Abflug rührte Mia den Brief und das Buch nicht mehr an. Nur einmal, mit einer Mischung aus Neugier und Angst, suchte sie bei Wikipedia nach dem Wort «Haida». Die Ergebnisse faszinierten und verunsicherten sie gleichzeitig. Sie erfuhr, dass *Haida Gwaii* eine Inselgruppe im Westen Kanadas war, die Heimat des gleichnamigen Stammes. Die *Haida* – bekannt für ihre beeindruckende Schnitzkunst und die Herstellung von Schmuck und Skulpturen. Doch was Mia am meisten faszinierte, waren die Legenden. Jene Geschichten, die traditionell nur mündlich und nur einmal erzählt wurden. Einem Mythos zufolge hatte der Rabe die Welt erschaffen. Die Gesellschaft der *Haida* teilte sich in zwei große Sippen: die Adler und die Raben. Doch jede Familie besaß ihr eigenes Schutztier. Aus reiner Neugier versuchte Mia, mehr über die Legenden zu erfahren. Doch ihre Internetrecherche verlief enttäuschend. Keine

Geschichten, keine Details, nur bruchstückhafte Hinweise und unpersönliche Fakten. Stattdessen stieß sie auf Berichte über die aktuelle Situation der *First Nations*. Die Legenden, Traditionen und Rituale der Ureinwohner Nordamerikas waren vor allem in den letzten 100 Jahren immer mehr verloren gegangen. Importierter Alkohol, eingeschleppte Krankheiten und die berüchtigten *Residential Schools* – Schulen, die nur dazu dienten, Kinder von ihren Familien zu trennen und ihre kulturelle Identität auszulöschen – hatten tiefe Wunden hinterlassen.

Mia starrte auf den Bildschirm und fühlte, wie sich eine unsichtbare Faust um ihr Herz schloss. *Ist dieser Kampf gemeint?* Die Berichte über die Kämpfe der *Haida* um den Regenwald auf ihrem Archipel ließen Mia nicht los. Noch in den 1990er Jahren hatten sie darum gerungen, ihre Heimat vor der Profitgier von Investoren zu schützen, die den Wald abholzen wollten. Ein Kampf, der immer noch nicht beendet war. Mia sank tiefer in ihren Schreibtischstuhl. Die Worte verschwammen vor ihren Augen, als die Schwere der Informationen auf sie drückte. Es gab keine weiteren Antworten. Keine Legenden, die ihr halfen, das Rätsel um ihren Vater und ihre eigene Herkunft zu entschlüsseln. Nur leere Fragen, die in ihrem Kopf kreisten, ohne je einen Halt zu finden. Und dennoch...! Etwas in ihr sagte ihr, dass sie nicht aufgeben durfte. Doch nicht jetzt. Mia schob den Laptop weg und rieb sich die Augen. Es blieb ein Rätsel. Zumindest für den Moment.

*** *

Und dann kam der Tag des Umzugs. Auf der Fahrt zum Hamburger Flughafen hielt Mia eine kleine Schachtel in der Hand. «Von Sam für Mia» stand auf der Verpackung! Sam hatte doch tatsächlich um halb vier am Morgen vor der Tür gestanden, mit einem ordentlich gequälten Ausdruck in den Augen.

«I-ich...», hatte er verlegen gestammelt, «ich wollte dir das hier zum Abschied schenken. Mia... du wirst mir fehlen!»

«Du mir auch», hatte sie mit belegter Stimme entgegnet.

Dann hatte Sam sie in die Arme genommen und ihr einen ganz sanften Abschiedskuss auf die Stirn gehaucht. Ganz freundschaftlich natürlich. Aber genau das war es, was Mia jetzt so sehr zu schaffen machte. Sie schaute die Schachtel an, ihre Finger glitten über die kleinen Buchstaben. *Sam...!* Mia schluckte schwer und öffnete das Geschenk vorsichtig. Innen lag ein feines Lederband, an dem eine filigrane Silberfeder hing. Ein kleiner Zettel war beigelegt. Darauf stand in Sams krakeliger Handschrift: *Ich denk an dich.* Ein bittersüßes Lächeln schlich sich auf Mias Gesicht. Das Lederband fühlte sich weich an unter ihren Fingern, die Feder schimmerte im schwachen Licht des Autos. Warum musste Abschied immer so schwer sein? *Es ist nicht fair! Warum darf nicht einfach alles bleiben, wie es ist?* Sie schloss die Schachtel und legte sie auf ihren Schoß. Trotz der liebevollen Geste fühlte sich Mias Herz bleischwer an. *Wie sehr ich doch Abschiede hasse...*

*** *

Das Flugzeug hob pünktlich ab. Ihre Eltern hatten – natürlich – Business Class gebucht. Nun saß Mia an einem Fensterplatz mit genügend Abstand zum Rest der Familie, denn sie hatte ihren Platz für ein Pärchen eingetauscht, das gerne zusammensitzen wollte. Gelangweilt zappte sie durch das Unterhaltungsprogramm der Fluggesellschaft und steckte schließlich ihre Kopfhörer ein. Nach einer warmen Mahlzeit wurde das Licht im Flugzeug gedämpft.

Endlich!, dachte Mia und zog das Buch mit dem Umschlag aus ihrer Tasche. Ihre Eltern saßen weit genug weg, also begann sie, das handgeschriebene Buch zu lesen, das weder einen Titel noch einen Autor zu haben schien. Irgendjemand – vielleicht ihr Vater? – hatte in fein geschwungener Schrift eine Geschichte darin niedergeschrieben. Sie handelte von einem Assassinen, dessen Bestimmung es war, seine Welt von einer dunklen Macht zu befreien. Mia, deren Herz ganz für Fantasy schlug, verlor sich beim Lesen zwischen den Zeilen, fast so, als wäre sie selbst Teil der Geschichte. Raum und Zeit spielten keine Rolle mehr. Doch wie jede schöne Geschichte fand auch diese ihr Ende – und zwar ein ziemlich abruptes! Eigentlich hörte sie einfach auf. Buchstäblich mittendrin! So, als hätte der Autor oder die Autorin keine Zeit mehr gehabt, weiterzuschreiben.

Aber…! Völlig verblüfft starrte Mia auf die aufgeschlagene Seite. Akzentuiert und verschnörkelt floss die Schrift über die weiße Seite, als wäre diese eine Leinwand. Sogar die Zeichnungen fügten sich in das Schriftbild ein. Es war, als hätte die gestaltende Hand mit Hingabe und Liebe Text und Bild ineinander fließen lassen. Fast wie hineingeworfen in diese andere Welt, kehrte Mia nur widerwillig in das Hier und Jetzt ihrer Realität zurück. Es war, als wäre sie durch ein Stargate geschlüpft. *Magie... das war pure Magie!* Voll schade, dass die Story einfach so aufgehört hat! Sie drehte das Buch in den Händen, fühlte es, roch daran, strich zaghaft über die Seiten. Es musste ihrem Vater gehören. *Aber wer hat das geschrieben?* Die Frage brannte lichterloh in ihr wie eine Holzscheune. Ratlos blickte Mia sich um. Rechts von ihr saß ein Anzugträger, der seinen Laptop malträtierte. Eine Matrone mit geblümter Bluse schlief. Ein leises Schnarchen war zu hören. Ansonsten war es still im Flugzeug. Bis auf das Tastengeklapper von Mr. Man in Black. Wieder strich sie mit den Fingerspitzen sanft über das gemalte Cover – ein Feuerdrache?

Plötzlich prickelte es in ihren Kuppen. Mias Kopfhaut begann zu kribbeln, und ihr Herz schlug bis zum Hals. Im nächsten Moment tauchten Bilder vor ihrem inneren Auge auf: ein magisches Tor, ein silbrig-grün schimmernder Wald und ... ein Drache! Ein leuchtend roter Drache. Er bäumte sich auf, brüllend spie er Feuer. Erschrocken wich Mia zurück. Mit einem dumpfen Knall krachte das Buch zu Boden. Der Anzugträger blickte kurz von seinem Laptop auf, lächelte sie geistesabwesend an und tippte sofort weiter. Mia zuckte nur mit den Schultern und schüttelte verwirrt ihre Gedanken wach. *Was war das denn? Jetzt bloß nicht durchdrehen!* Um sich zu sammeln, schaute Mia aus dem Fenster. Der Himmel blickte freundlich und klar auf sie herab. Er hieß sie in ihrer neuen Heimat willkommen und bildete gleichzeitig einen harten Kontrast zu Mias Stimmung.

Sie wollte von all dem nichts wissen. Durch das Mikrofon wurde bereits die Landung angekündigt. Nun erwachte auch die Matrone und versuchte etwas umständlich, imaginäre Fusseln von ihrer Bluse zu entfernen. Die Tische wurden hochgeklappt, die Sitze zurechtgerückt. Einige Passagiere schnallten sich schon an, während Mia noch einmal auf die Toilette verschwand, bevor das Flugzeug zur Landung ansetzte.

✳✳✳

Schnell schnappte sich Mia ihren Rucksack und folgte der Menge zum Ausgang. Die Empfangshalle war überfüllt. Trotz des Trubels war das Einreiseprozedere per Computer erstaunlich schnell erledigt, und so schlenderte Mia mit ihren Eltern zum Ausgang – nicht ohne einen letzten, flüchtigen Blick auf die beeindruckenden einheimischen Holzfiguren in der Halle zu werfen. Schließlich fiel ihr Blick auf ihre Mutter, die bleich wie ein Gespenst neben Max herlief. *Was ist nur mit ihr los?*, dachte sie und verdrehte innerlich die Augen. *Wenn sie nicht umziehen wollte, warum haben wir es dann getan?* Die Tage vor dem Abflug waren sie sich aus dem Weg gegangen. Irgendwie war da diese drückende, bleischwere Spannung zwischen ihnen zu spüren, die Mia auf den ungewünschten Umzug und den rätselhaften Brief zurückführte. Das komische Verhalten ihrer Mutter aber konnte sich Mia nicht erklären.

Ein Chauffeur brachte die Familie vom internationalen Flughafen in *Richmond* nach *Gastown*, ihrem Zielort. Vorbei an üppigen Parkanlagen, durch belebte Stadtviertel und über einen Fluss hielt die Limousine schließlich – nach einer gefühlten kleinen Ewigkeit von knapp 30 Minuten Fahrt – vor einem imposanten Backsteingebäude. Während der Fahrer der Familie mit den Koffern half, blieb Mia auf der Straße vor einem Coffeeshop mit breiter Glasfront stehen. Den Kopf in den Nacken gelegt, glitt ihr Blick etwas entrückt über das Gebäude. Die rotbraunen Backsteine schienen mit der Abenddämmerung zu verschmelzen, und die Lichter der Umgebung spiegelten sich in den Fenstern. *Was um alles in der Welt soll ich bloß hier?* Ein Gefühl von Verlorenheit überkam sie. Es war wie eine Welle, die sie mitten ins Herz traf und ihr den Atem raubte. Mia schüttelte den Kopf, als wolle sie das Gefühl abschütteln, und betrat das Haus.

✳✳✳

Dass etwas nicht stimmte, spürte Mia bereits, als sie die Haustür der Wohnung öffnete. Kalt wie eine Gletscherwand schlug ihr die Atmosphäre entgegen. *Oha... was ist denn hier los?*, dachte sie und lief den Flur entlang. Ihre Haltung glich der einer Wildkatze im Lauermodus. Vorsichtig spähte sie in ein Zimmer und entdeckte ihre Mutter – in einer Art Schockstarre. Mitten im Raum. Die Augen starr auf die eintretende Mia gerichtet.

«Ähm... Mum? Alles in Ordnung?», fragte sie vorsichtig.

«Nein, es ist natürlich nicht alles in Ordnung!!!», antwortete sie mit ungeheurem Ernst. Der frostige Blick aus den grasgrünen Augen sprach Bände und bohrte sich direkt durch Mia hindurch in die Wand hinter ihr. Ihre Mutter wirkte wie ein blutleerer Vampir kurz vor der Jagd.

«Okee!» Mia zuckte unwillkürlich zusammen und blieb wie angewurzelt stehen. *Ist sie wütend? Entsetzt? Geschockt? Was ist los?* Sie konnte den Blick nicht deuten.

«Woher hast du das?» Es klang bitter, hart und so gar nicht nach ihrer Mum. Die stand immer noch wie zur Salzsäule erstarrt da und bewegte sich keinen Millimeter von der Stelle.

Mias Blick fiel auf den Gegenstand in der Hand ihrer Mutter. Und endlich erkannte sie die Ursache für die seltsame Aufführung. Dort in der Hand lag nämlich der Brief!

«Oh man!», stöhnte Mia genervt, als sie bemerkte, dass ihre Mutter den Rucksack mit nach oben genommen hatte. Aber ihre Mutter hatte überhaupt kein Recht, in ihren Sachen herumzuschnüffeln! Das brachte Mia ordentlich auf die Palme. «Warum durchwühlst du meine Sachen?», hakte sie daher direkt auf Angriff programmiert nach, als wäre das die beste Verteidigung. Es war offensichtlich, dass der schwelende Konflikt zwischen den beiden in diesem Moment zum Ausbruch kam.

«Ich habe nicht gewühlt! Die Sachen sind aus der Tasche gefallen, als ich sie hier deponieren wollte!», stellte ihre Mutter unbeeindruckt klar. Ihre Stimme war hart wie ein Beil, das nun über Mia schwebte.

Jetzt reichte es ihr endgültig! *Enough is enough!* «Aha?! Ja, nee, is klar...! Die sind bestimmt nicht von alleine aus meinem Rucksack gekrochen!», blaffte Mia unbeherrscht zurück. Sie versuchte gar nicht erst, leise zu sprechen.

«Wo hast du das her?» Ihre Mutter zeigte sich von Mias Eskalation unbeeindruckt. Ihre Stimme blieb unverändert streng und hatte die gleiche Lautstärke wie Mias.

In diesem Moment betrat Max mit Finn auf dem Arm das Zimmer. «Alles in Ordnung?», fragte er betont unbekümmert und sah die beiden Streithennen verwirrt an. «Was macht ihr für einen Krach?»

«Nicht wirklich!», antwortete Mia schnippisch. «Meine Mutter durchwühlt ungefragt meine Sachen und stellt mich zur Rede. Danke auch!»

«Sara... kannst du mir bitte erklären, was hier los ist?» Max setzte Finn ab und fuhr verständnislos fort: «Ihr seht aus wie zwei kampfbereite Hyänen! Was soll das Theater?»

«Nichts! Alles in Ordnung, Max! Mia hat nur etwas, das ihr nicht gehört!», stellte ihre Mutter mit versteinerter Miene klar.

Das ist ja wohl n' Witz, oder was? «Ach ja... Ich darf also nicht wissen, wer mein Vater war? Dass er ein Indianer war? Und überhaupt, hm?» Mia verschränkte trotzig die Arme und begann wütend mit dem rechten Fuß zu dribbeln. Ihr Blick ruhte unbeweglich auf ihrer Mutter. Sie schluckte hart, ließ ihre Mutter aber nicht aus den Augen, die vor Wut fast zu blitzen begannen.

«Es gibt nichts zu sagen! Gar nichts!» Die Schärfe in den Worten zerschnitt jede Hoffnung, die Mia sich gemacht hatte. «Habe ich mich klar ausgedrückt?» Das war weniger eine Frage als ein Befehl! Und er war auch an Max gerichtet.

Der schüttelte ungläubig den Kopf: «Das kann doch nicht dein Ernst sein, Sara!»

Gerade als er sich mit einem mitfühlenden Blick Mia zuwenden wollte, stieß diese, von blinder Wut gepackt, den völlig perplexen Max zur Seite und rannte aus dem Zimmer. Unwirsch knallte sie die Wohnungstür hinter sich zu und rannte auf die belebte *Water Street*.

«Ihr könnt mich mal!», hatte sie noch gerufen, bevor die Tür hinter ihr ins Schloss gefallen war. Und wie eine Klappe am Filmset war sie zugefallen:

PENG!

$$***$$

Wie ein tosender Wasserfall stürzte Mia auf die *Water Street* und bahnte sich ihren Weg durch den belebten Spot, random durcheinandergewirbelt von einem bitteren Gefühlscocktail. All die zermürbenden Gedanken ließen sich partout nicht aus ihrem Kopf vertreiben, als hätte sie einen dicken Kater. Im Gegenteil, sie brachten ihre Gefühlswelt unkontrolliert in Wallung. Die Wut hatte sie fest im Griff, oder besser gesagt, sie die ungebremste Wut. So sinnlos eigentlich, denn Mia verbrannte fast innerlich an dem scharlachroten Feuerbiest. Aber innehalten, kurz durchatmen, das wollte sie auch nicht. Stattdessen rannte sie ziellos weiter, während sich ihr Atem beschleunigte. Ihre Schritte verhallten ungehört auf dem Kopfsteinpflaster. Der City-Sound aus Stimmengewirr, vorbeifahrenden Autos, Sirenen und Hupen verschluckte sie zusammen mit ihren schlauchenden Gefühlen wie ein zähflüssiger Haferbrei. Genau wie die Menschenmenge. Wie ein Ertrinkender auf hoher See ging Mia darin unter. Die Hände zu Fäusten geballt, die Gesichtsmuskeln so angespannt, dass die feinen Adern an ihren Schläfen hervortraten. Doch das half nichts gegen das klaffende Loch in ihrem Inneren, aus dem die gefräßige Bestie gekrochen war. *Lügen... alles Lügen*, dachte Mia bestürzt. Gereizt funkelte sie einen Passanten an, der unbeabsichtigt ihren Weg kreuzte.

«Sorry», stieß sie ungeduldig hervor, drosselte ihr Tempo jedoch nicht.

Während sie verzweifelt versuchte, ihre Gedanken zu sortieren, spürte Mia, wie sich Tränen auf den Weg machten und einen feinen, transparenten Schleier vor ihr Sichtfeld zauberten. *Wer ist mein Vater? Warum darf ich nicht wissen, wer er war? Und warum verhält sich meine Mutter so seltsam?* Wie betäubt nahm sie den Hafen wahr: die Schreie der Möwen, den Geruch des Ports. Trotz der sommerlichen Wärme waren Himmel und Berge grau verhangen. *Das ist alles zu viel! Indianer! Haida! Chance! Kampf! Tod! Geheimnis! Wer bin ich eigentlich wirklich?* Zu viele unbeantwortete Fragen. Und niemand schien ihr helfen zu können oder zu wollen!

Plötzlich blieb Mia abrupt stehen und entließ schnaubend ihren Atem. Die Skyline von *Downtown* war bereits zu einem Punkt in der Ferne geschrumpft. Beklommen schaute sie sich um, als sie registrierte, dass sie sich verrannt hatte. Vor ihr ragten nun hohe Bäume empor, und sie hörte den Ruf eines Falken. Obwohl sie nicht wusste, wo sie sich befand, kam ihr der Ort seltsam vertraut vor.

Wo bin ich? Benommen taumelte sie zur Seite und stieß gegen eine Bronzefigur, als abermals der Ruf eines Falken erklang. Sein Schatten kreiste vor dem Wolkendach. *Was hat das zu bedeuten?* Plötzlich begann sich das Mosaik-Plateau, auf dem sie stand, zu drehen. Ein unbehagliches Schwindelgefühl überkam sie. Die Welt um sie herum verschwand und verwandelte sich in einen Farbenbrei, der sämtliche Konturen verschlang. Vor ihr tat sich ein großes Tor auf. Der Ruf des Falken war erneut zu hören – laut, markant und durchdringend.

Was passiert mit mir? Mias Herz raste, als plötzlich eine Gestalt aus dem Tor trat. *Das ist nicht möglich! Never!* Ihre Augen weiteten sich. Mechanisch, als gehörten sie einer anderen Person, tasteten ihre Hände vergeblich nach Halt.

«Wer bist du?», keuchte sie atemlos.

Der Achak schwieg, wies jedoch mit einer langsamen Geste auf den Eingang des Tors. Mia spürte sich magisch angezogen.

Folge dem Ruf des Falken, sagte der durchdringende Blick des Achaks unmissverständlich.

Zögernd machte Mia einen Schritt, dann noch einen kleinen. Und schon war sie da. Es hatte etwas unglaublich Geheimnisvolles. Fasziniert starrte Mia auf das Tor. Für den Bruchteil einer Sekunde erwog sie, umzukehren. Reflexartig zuckte sie zurück, doch dann nahm sie all ihre Willenskraft zusammen und trat durch das Stargate. In nächsten Augenblick wurde sie wie *Alice im Wunderland* hineingezogen und stürzte schwebend in einen nachtschwarzen Tunnel, in dem es mächtig blitzte. Als hätte jemand an der Uhr gedreht, lösten sich Raum und Zeit auf. *Wo ist oben? Wo unten?* Mia streckte überwältigt ihre Hand aus. Alle Gedanken und Emotionen schienen wie weggeblasen. Überwältigt und schwerelos baumelten ihre Füße in der Leere. Ein hysterisches Kichern drang aus ihrer Kehle. Diese Reise ins Ungewisse war eine perfekte Möglichkeit, dem Chaos zu entfliehen, das draußen herrschte.

Im Tunnel jedenfalls fühlte sich alles so easy an, abgeschirmt von all den erdrückenden Sorgen, die ihr in den vergangenen Wochen den letzten Nerv geraubt hatten. Doch der Moment währte nicht lange, und schon entließ der Tunnel sie nahezu sanft. Mias Beine versagten, und sie blieb einfach liegen, wie angewurzelt, weil es ihr gerade einfacher erschien. *Wo bin ich?*, fragte sie sich verblüfft beim Anblick der unbekannten Umgebung. Schon bald sollte sie darauf eine Antwort erhalten.

DAS LICHT DER QUELLE

»(...) dieser glaubt doch, etwas zu wissen, was er nicht weiß, ich aber, der
ich nichts weiß, glaube auch nicht zu wissen.
Ich scheine doch wenigstens um ein Kleines weiser zu sein als dieser, weil
ich, was ich nicht weiß, auch nicht zu wissen glaube (...)«
(Platon „Apologie des Sokrates)

Zusammen mit den Feuerdrachen kehrte auch die Magie auf die Elfeninsel zurück. Die Luft war erfüllt von einem einzigartigen Prickeln, vergleichbar mit der Spannung vor einem Gewitter: Noch nicht ganz greifbar, doch bereits spürbar in ihrer überwältigenden Kraft. Der dunkle Lord – wie man ihn nur noch nannte, seit er das unsägliche Leid über die Insel gebracht hatte – war verschwunden, zusammen mit der blutgetränkten Energie, die er mit seiner gewitterschwarzen Magie heraufbeschworen hatte. Die Assassinen der Elfenarmeen hatten die Feuerdrachen aus seinen Fängen befreit. Ein wahrhaft glücklicher Moment für alle Beteiligten! Das kollektive

Aufatmen der Inselbewohner war noch immer wie ein leises Echo weit über die Lande zu spüren.

Die drei Elfennationen – Erde, Wind und Wasser – stellten nun die Drachenreiter, während die majestätischen, echsenhaften Magiewesen in Freiheit lebten. Den Feuerelfen aber war das Reiten der Drachen untersagt – solange, bis sie bewiesen, dass sie die lichtvolle Seite ihres Elements wieder zum höchsten Wohl aller Lebewesen beherrschen konnten. Die Drachen hatten sich von ihnen abgewandt, sie der edelmütigen Aufgabe nicht mehr für würdig befunden. Zu groß war das Leid, das die Feuerelfen über die Insel gebracht hatten, als sie der dunklen Seite ihres Elements verfielen.

Das Lichtschwert aber – jene heilige Waffe – blieb zerbrochen. Doch die Feuerdrachen, untrennbar mit der Magie verbunden, brauchten einen Schwertträger. Jemanden, der dieser Aufgabe würdig war. Denn die heraufbeschworene dunkle Seite der Feuermacht war noch nicht gänzlich bezwungen. Doch die Inselbewohner schienen sich nicht darum zu kümmern, was aus ihr geworden war, seit dem glorreichen Sieg der Assassinen. Die Stille, die folgte, war fast ohrenbetäubend – und nicht umsonst sagt Sophokles: *Mir dünkt, allzu tiefes Schweigen ist ebenso unheilbringend wie törichtes, lautes Schreien.*

✳✳✳

Der Morgen dämmerte über die Insel. Ein feiner Wind wehte und ließ das Blätterkleid der Bäume im schimmernden Granatrot des Morgens tanzen. Die vier Assassinen ritten auf ihren Drachen über das funkelnde Azur des Meeres und spürten die Freiheit in jeder Faser ihres Körpers. Sie waren eins mit den schlangenartigen, schillernden Mischwesen, allen voran Tan auf dem chilliroten Feuerdrachen Arokh. Die Drachen spürten jede noch so kleine Emotion und jedes Gedankengut sofort. Und wenn man unachtsam war, konnte die telepathische Verbindung schnell zu einem unheilvollen Desaster führen. Doch davon war in diesem Moment keine Rede. Das üppige Grün der Wälder, wie ein schimmernder Samtteppich, verlor sich in der Ferne, während die vier Assassinen fast die feine Linie zwischen Horizont und Ozean erreichten. Dort, im rotvioletten Licht der aufgehenden Sonne, bildeten sie einen magischen Kontrast. Es war ein Anblick, der die Worte Goethes beschwor: *Die Wege bahnen sich vor dem, der in Demut wandelt.*

Der dunkle Lord hatte der Insel unermessliches Unheil gebracht und zahllose unschuldige Leben genommen. Auch Tans Familie war seiner despotischen Teufelsherrschaft zum Opfer gefallen. Doch daran wollte der junge Krieger nicht denken. *Und ganz sicher nicht an…!*

Zzzzip!

Hier durchschnitt Tan augenblicklich das gedankliche Konstrukt, riss sich zurück in den Moment. *Celestarium…*, dachte er stattdessen und richtete seine Aufmerksamkeit auf den Sitz der Zeitwächterin am Mittelpunkt des Inselkontinents. Dorthin waren sie unterwegs, nachdem sie den Süden der Insel hinter sich gelassen hatten. Doch die Bilder, die ihm das Vorauseilende zeigen sollte, blieben ihm verwehrt. Es war, als würde ein schattenhafter Wächter ihm die Sicht versperren. Der Blick in den Raum, der alles beinhaltete, blieb ihm verborgen. Nachdenklich zog Tan die Stirn kraus. Ein Schatten legte sich über seine ozeandunklen Augen, ließ diese noch dunkler erscheinen. Sie ruhten in tiefen Höhlen in einem markanten, eigenwilligen Gesicht, das von einer leicht schiefen Nase und einer Narbe quer über die Wange gezeichnet war. Die Narbe verlief sich in einem schwarzen Bart und verlieh ihm eine verwegene Aura. Doch Tan war es ohnehin gleich, was andere über ihn dachten. *Beherrsch deine Gedanken!* Mit einem Anflug von Unmut bemerkte Tan, dass Arokh seine inneren Konflikte, die Wut und die flüchtigen Emotionen – spürte. Doch der Drache blieb erstaunlich ruhig, fast so, als wollte er Tan ermutigen, die Kontrolle zu bewahren.

Bald würden sie Celestarium erreichen. Tan warf einen prüfenden Blick auf Noam und Roni, die direkt hinter ihm flogen. Noori, die Prinzessin der Wassernation, bildete mit ihrem schimmernden Drachen den Abschluss der Formation.

Warum hat man gerade uns zusammengewürfelt? Was will die Zeitwächterin so Dringendes?, fragte sich Tan, während sein Blick skeptisch auf Roni verweilte. Die undurchdringliche Aura des Feuerelfen ließ ein ungutes Gefühl in ihm aufsteigen. *Und noch immer gelingt mir der Blick in den Raum nicht!* Tans Muskeln spannten sich, und sein Kiefer mahlte, während er versuchte, die Unruhe in seinem Inneren zu kontrollieren.

Arokh bemerkte jedoch die Anspannung seines Reiters. Der Drache begann, unruhig zu fliegen, die Schläge seiner gewaltigen Flügel wurden ungleichmäßig.

«Schon gut…! Ruhig, Arokh!», sagte Tan mit beruhigender Stimme und tätschelte den großen Echsenkopf. Doch Arokh reagierte nicht wie gewohnt. Stattdessen schien seine Unruhe zuzunehmen, als ob eine fremde Macht auf ihn einwirkte.

«Alles ok?», rief Noam, der Assassine aus der Windnation, dessen schneeweißes Haar und zweifarbige Augen – ein strahlendes Blau, das andere smaragdgrün – ihn als Windläufer-Elfen auszeichneten.

«Reitet schon mal vor. Ich komme nach!», antwortete Tan knapp und gab ein Zeichen. Noam nickte und gab die Anweisung an die anderen weiter.

Als die Gruppe verschwunden war, wandte sich Tan mit all seiner Aufmerksamkeit Arokh zu. Doch der Drache wurde immer widerspenstiger, scherte aus der Flugbahn aus und flog in ungleichmäßigen Bögen, als würde er gegen eine unsichtbare Macht ankämpfen. *Das kommt nicht von mir… irgendwas stimmt hier nicht!*, dachte Tan angespannt. Der Drache ignorierte jede Lenkung, die Tan ihm gab.

«Arokh… Wer oder was gibt dir Befehle?!», rief Tan, bemüht, seine Stimme ruhig und kontrolliert zu halten. Doch die Situation entglitt ihm zusehends.

Es war zu spät!

Mit einem lauten, durchdringenden Brüllen stürzte Arokh plötzlich nach unten. Seine Bewegung war so abrupt, dass Tan beinahe den Halt verlor. Der Drache folgte einer unsichtbaren Spur, seine leuchtend roten Schuppen glühten wie flüssige Lava im Sonnenlicht. Er schoss wie ein brandroter Blitz auf die Küste und den magischen Elfenwald zu, den Tan aus der Ferne erkannte.

Was ist das? Was zieht dich dorthin?, dachte Tan, als die Luft um sie herum von der unheilvollen Energie eines unbekannten Ursprungs zu vibrieren begann.

Was hat das zu bedeuten? Tan hatte einige Mühe, sich auf Arokh zu halten, und fühlte sich dabei ziemlich bescheuert. Doch er wollte sich keinesfalls eingestehen, dass er den Feuerdrachen nicht mehr unter Kontrolle hatte. Halsbrecherisch flogen sie über die uralten, knorrigen Bäume des silbergrün schimmernden Elfenwaldes hinweg. Das dichte Blätterdach unter ihnen schimmerte in geheimnisvollem Licht, aber Tan konnte es kaum wahrnehmen. Alles in ihm war Alarmbereitschaft. Es war alles andere als ein Vergnügen und hatte so gar nichts mit Eleganz und Würde zu tun. Schließlich setzte Arokh zum Sturzflug an, und sie schossen auf die Erde zu.

«AROKH... WAS TUST DU?!» Tans Stimme hallte schrill in der Luft wider, bevor die Worte wie frisch gepopptes Korn in seinem Halse steckenblieben. Sein Blick wurde von Panik erfüllt, als ihn die Erkenntnis wie ein Blitzschlag traf. Seine Hände krallten sich krampfhaft an den Schuppenpanzer des Drachen fest. In seinen Augen flammten rebellischer Zorn und unbändige Angst auf. *Den Sturzflug werde ich nie und nimmer heil überstehen!* War das wirklich sein letzter Gedanke? Sein Herz hämmerte wild, und Adrenalin pumpte durch seine Adern, als der Drache plötzlich abrupt stoppte, sich wie von unsichtbaren Fesseln befreite und seinen Körper wild schüttelte. Tan hatte keine Zeit, etwas zu begreifen, bevor Arokh ihn mit einem Ruck in hohem Bogen von seinem Rücken schleuderte. Ohne darauf zu achten, was aus seinem Reiter werden würde, stieß der Drache ein ohrenbetäubendes Brüllen aus, das den Wald erzittern ließ, und jagte pfeilschnell davon.

Tan, dessen Körper reflexartig in Aktion trat, verschränkte schützend die Arme vor der Brust, zog den Kopf ein und presste die Beine eng an seinen Körper. Der Wind pfiff ihm um die Ohren, und für einen Moment war es, als würde die Zeit stillstehen. *Bei Titania…!* Mit einer letzten Anstrengung gelang es ihm, sich beim Aufprall abzurollen. Der Boden unter ihm war weich, aber die Wucht des Falls war unerbittlich. Seine rechte Schulter traf den Boden zuerst, und ein scharfer Schmerz durchzuckte ihn. Auch sein Fuß schien etwas abbekommen zu haben. Ächzend blieb Tan auf dem Rücken liegen, die Brust hob und senkte sich schwer, während er versuchte, die Welt um sich herum wieder in den Fokus zu bringen. Der Schmerz seiner rechten Körperhälfte brannte wie Feuer.

Arokh… was ist mit dir los?! Langsam hob er den Blick, der Himmel über ihm wirkte blendend hell durch das dichte Blätterdach des Waldes, als würde selbst Gaya auf diese

Szene herabblicken. Doch vom Drachen war nichts mehr zu sehen – nur das Echo seines Brüllens hallte noch durch die Bäume.

✳✳✳

«Steh auf, junger Assassine», sprach eine Stimme, die es gewohnt war, Befehle zu geben. Sie klang weiblich, aber keineswegs lieblich – also nicht typisch elfenhaft.

«W-was…?» Tans Lippen bewegten sich kaum. In seinem Kopf herrschte Chaos. Eigentlich gab es da gerade überhaupt keine brauchbaren Worte. «W-wer…?»

«Wer ich bin?!» Die Stimme hatte einen Klang, der keinen Widerspruch duldete. «Das will ich dir verraten. Ich bin die Herrin des Feuers. Und nun steh auf. Schau mir ins Angesicht. Dein Körper ist unversehrt.»

Tans Welt drehte sich wie ein Kreisel. Die schneidende Klarheit der Stimme ließ keinen Platz für Protest. Mit einem Ächzen zwang er sich auf die Beine. Und da stand sie – die flammende Mädchenfrau, die sich wie eine Vision vor ihm erhob.

Wie hypnotisiert starrte Tan sie an. Sie war umgeben von einem Ring aus Feuer, das in rotblauen Flammenzungen um sie herum züngelte. Ihre Gestalt war weder schön noch hässlich, aber sie hatte eine unheimliche Präsenz, die Tans Nackenhaare aufstellte. Ihr Körper schien aus loderndem Feuer zu bestehen - sie war das Element selbst. Fast nichts trug sie – nur einen breiten Gürtel, aus lebendig wirkenden Schlangen geformt, die sich ständig bewegten. Ihre schimmernde Haut, saphirfarben und von seltsamen Ornamenten überzogen, schien mit jedem Atemzug aufzuleuchten. Vom Kopf bis zu den Füßen fiel ihr drachenblutrotes Haar in dicken, glühenden Locken. An ihren Händen funkelten unzählige Ringe, und auf ihrem Scheitel prangte ein Onyxstein – schwarz wie die Nacht, als Zeichen ihres dritten Auges. Ihre Augen… diese Augen! Sie lodernden wie züngelnde Flammen und brannten sich direkt in Tans Seele.

Chepi… die Herrin des Feuers…, dachte Tan und schluckte schwer. Sein Magen zog sich zusammen, als er realisierte, wer da vor ihm stand. Sie galt als Mythos. Als todbringender Mythos noch dazu! Und nun war sie hier, live und leibhaftig, medusenhaft, wie eine Königin der Nacht: *Der Hölle Rache kocht in meinem Herzen; Tod und Verzweiflung flammt um mich.*

«Was hat das zu bedeuten?!» Tans Stimme war nicht mehr als ein Krächzen, doch er zwang sich, die Worte hervorzubringen. «Was habe ich getan?» Sein Tonfall schwankte gefährlich zwischen rebellierendem Übermut und aufkeimender Panik. *Warum sucht mich der Hochgeist des Feuers auf?*

Chepi antwortete nicht sofort. Stattdessen senkte sie ihren Kopf leicht zur Seite, musterte ihn mit einem Ausdruck, der ihm das Blut in den Adern gefrieren ließ. Das Feuer um sie herum loderte stärker auf, als ihre Lippen sich zu einem kalten, unheilvollen Lächeln verzogen.

***

Die Herrin des Feuers lachte, und dabei entblößten sich Zähne, so scharf und reißend wie die eines Löwen. «Ich will zu dir sprechen! Hör mir genau zu: Die Klinge des Lichtschwertes von Titania wurde zerbrochen. Führ sie wieder zusammen. Tust du es nicht, ist die Elfeninsel dem Untergang geweiht!» Ihre Worte hallten wie ein mächtiger Schall über dem Blätterdach des erzitternden Elfenwaldes.

«W-was? W-wieso? Ich meine... wieso ICH?»

Aus den Augen der Feuerelfe blitzte es diabolisch, während ihr Blick Tan wie ein Dolch durchbohrte: «Folgt dem Strom von Raum und Zeit und achtet auf die Zeichen. Lasst euch vom Wind leiten, der euch nach vorne trägt. Achtet auf eure Schritte, die ihr auf der Erde setzt. Verletzt ihr den Rhythmus der Natur, seid ihr des Todes!»

Tolle Aussichten, dachte Tan trocken, während in seinen Augen Ungläubigkeit und Widerwillen aufloderten. *Wen meint sie eigentlich mit „euch"? Wen außer mir?* Laut sagte er: «Ich bin kein Schwertträger, eigentlich nicht mal ein würdiger Feuerdrachenreiter! Ich bin es nicht wert, das wisst ihr doch nur zu gut.» Seine Stimme trug den gleichen Tonfall wie sein Blick – widerspenstig und voller Zweifel.

Die Herrin des Feuers funkelte ihn an, ihre Augen glühten gefährlich. «Du wagst es, mir zu widersprechen?!»

«Nein... ich verstehe nur einfach nicht...!» Tan hob abwehrend die Hände, dann verschränkte er sie trotzig vor der Brust. Doch ihr flammender Blick schleuderte regelrechte Feuerblitze in seine Richtung. «Du musst nicht alles verstehen. Nur dein Schicksal kennen und ihm folgen.»

Natürlich! Folgen… was sonst! Tan biss die Zähne zusammen und starrte sie mit einem Ausdruck an, der irgendwo zwischen Verachtung und Frustration lag. Die Autorität der Oberhäupter – sei es der Herrin des Feuers oder sonst wem – war ihm schon immer ein Dorn im Auge.

Doch Chepi ließ sich von seinem aufmüpfigen Gebaren in keinster Weise beeindrucken. «Geh nun», fuhr sie fort, ihre Stimme ein flammender Befehl. «Doch bevor du gehst, will ich dir noch etwas mit auf den Weg geben.»

Kaum waren die Worte verklungen, öffnete sie ihren Mund, und ein dichter Rauch entwich ihren Lippen. Er wallte auf Tan zu und umhüllte ihn wie ein Mantel. Der Rauch legte sich auf seine Haut, drang in seine Poren und kroch tief in seine Lungen. Tan wurde schwindelig, und ein heftiger Husten riss durch seinen Körper. Sein Brustkorb, der noch immer von dem Sturz schmerzte, zog sich wie in einem Schraubstock zusammen.

«Die Kraft des Feuerelements ist brennend, verzehrend und zerstörend. Sie reißt nieder und schafft den Grund für neues Leben!» Die Stimme der Herrin des Feuers hallte durch Tans Gedanken wie ein unaufhörlicher Gong. Er fühlte sich, als würde das Feuer ihn von innen heraus versengen. Ein Gefühl von brennendem Schmerz durchzog seinen Körper. Er krümmte sich, seine Arme schlangen sich instinktiv noch enger um seinen Torso, als könnte er sich so vor der Glut in seinem Inneren schützen. Sein Atem ging stoßweise, seine Brust hob und senkte sich in hektischen Zügen, während

sein Herz wie ein wild gewordenes Tier raste. *Tod...!*
Sterben...! Hier! Jetzt! Der Gedanke brannte wie das Feuer,
das ihn umschloss.

«Kämpfe nicht dagegen an!» Die Stimme klang nun
strenger, gebietend. «Sonst wirst du von deinem eigenen
Feuer verzehrt! Mit der Zeit wirst du lernen, das Element
vollkommen zu beherrschen.»

Doch die züngelnde Hitze hatte Tan bereits im Griff. Sein
Geist war leergefegt, jede Emotion schien in der Flamme zu
verbrennen. Dann hörte er sie. Die Schreie. Erst einer, dann
viele. Ein infernalischer Chor von Stimmen, die schmerzerfüllt
in sein Bewusstsein drangen. Vor seinen Augen tauchten sie
auf – die brennenden Gestalten. Menschen, deren Gesichter
vor Schmerz entstellt waren. Ihre Augen, weit aufgerissen,
schienen ihm direkt in die Seele zu blicken. Hände, die ins
Nichts griffen, als könnten sie noch Rettung finden. Die
Flammen tanzten wie grausame Dämonen um ihre Leiber.

«NEEEEEIIIN!!!» Tans Schrei brach sich Bahn, ein
animalischer Laut, der in seinen Ohren widerhallte wie das
Heulen einer Sirene. *Machtlos! Ausgeliefert!* Doch er konnte
nichts tun. Sei brannten seinetwegen! Er trug die Schuld an
ihrem Tod.

«Konzentrier dich!» Die Stimme der Herrin des Feuers
wurde leiser, durchdrang jedoch die Flut seiner panischen
Gedanken. «Schall und Rauch... alles ist Magie! Konzentriere
dich, beherrsche das Feuer. Lass es deine Emotionen auflösen
und gib die Toten frei.»

Aber Tan konnte nicht. Die Schreie, die Flammen – alles

kehrte zurück. Wieder und wieder. Er sah sein Dorf, die Häuser, die lodernden Feuer. Menschen, überrascht im Schlaf. Seine Eltern… Ihr Tod brannte sich in sein Herz wie glühender Stahl. *Und ich…? Hilflos! Machtlos!* Er erinnerte sich an die Ketten, die kalte Dunkelheit, die ihn verschlang. An die Scham, die ihn erdrückte. An die Angst, die nie wirklich verschwunden war. Und die Bürde der Schuld. Er war es nicht wert, nicht würdig, den Feuerdrachen zu reiten. Ein Mark erschütternder Schrei brach aus ihm hervor, der so tief und mächtig war, dass er alles um ihn herum zu durchdringen schien. Sein Körper sackte kraftlos auf die Knie, seine Schultern zitterten wie im Wind eines entfesselten Sturms.

«Es war nicht deine Schuld, Krieger!» Die Stimme der Herrin war nun fast sanft, als wolle sie ihn besänftigen. «Nun begib dich auf deine Queste und führe die gespaltene Klinge wieder zusammen. Arokh hat dich gewählt. Es ist deine Bestimmung das Schwert zu führen.»

Ohne ein weiteres Wort verschwand die Vision. Die Herrin des Feuers löste sich auf wie Rauch im Wind, bis nichts mehr von ihr übrig blieb. Nur die glühende Wärme in Tans Körper blieb zurück. Er kroch auf allen Vieren, keuchend, seine Lungen brannten. Sein Magen zog sich schmerzhaft zusammen, die Welt um ihn herum drehte sich, wurde zu einem Strudel aus Farben und Schatten. Der Boden unter ihm fühlte sich an, als würde er nachgeben. Aus der staubigen Erde wurde plötzlich Schlamm, zäh und unerbittlich. Er zog Tan nach unten, während der Wind heulte und das Feuer ihn von innen heraus verzehrte.

«Wasser...!» Das Wort war kaum mehr als ein heiseres Flüstern, ein verzweifelter Versuch, sich zu retten. Doch es war zu spät. Der Boden verschlang ihn. Schlamm und Moder bedeckten ihn wie ein Grabtuch. Tan fühlte, wie ihm die Luft entzogen wurde, als die Dunkelheit ihn umschloss. *Tod?! Nun also kommt der Tod doch?!* Seine Muskeln erschlafften, sein Körper sackte zusammen, und die Stille der Erde nahm ihn auf.

* * *

«Da... seht... Der Feuerdrache...!» rief Noori aufgeregt. «Aber ohne Reiter...!» Ihre Stimme war hoch, fast schrill, die Worte platzten aus ihr heraus, bevor sie sie zügeln konnte.

Noam, der neben ihr flog, musterte den roten Drachen mit einem kühlen, prüfenden Blick. Mit einer knappen Handbewegung dirigierte er seinen Winddrachen näher zu Nooris Seite. «Was mag wohl passiert sein?» Seine Worte klangen ruhig, aber in seinen zweifarbigen Augen lag ein Hauch von Sorge.

«Wir müssen umkehren und Tan helfen!» stieß die Prinzessin hervor. Ihre Stimme überschlug sich, als die Worte in einem Schwall hervorsprudelten. Wie oft hatte sie diesen Tick verflucht! Er war eine Last, die die Wasserelementträger mit sich trugen: Jede Emotion, jede Regung erzeugte Schwingungen, die das Element belebten. Es war eine Kunst, sie zu kontrollieren – eine Kunst, die Noori noch nicht vollkommen beherrschte. Ihr samtig schimmernder Teint begann zu vibrieren, das Zittern durchlief sie wie Wellen auf einem unruhigen See. *Konzentrier dich! Atmen... Atmen!* Mühsam rang sie um ihre Fassung, atmete tief ein und aus, bis die unkontrollierten Schwingungen allmählich nachließen. Ihre Haut wurde wieder glatt, ihre Haltung entspannte sich leicht.

«Reitet weiter. Ich fange den Drachen und bringe ihn zurück zu Tan!» rief Roni mit lauter Stimme aus einiger Entfernung. Der Feuerelf schoss auf seinem etwas behäbigen voran, bevor die anderen überhaupt reagieren konnten. Ohne auf Antwort zu warten, jagte er bereits hinter dem entflohenen Feuerdrachen her.

«Er hat Recht. Fliegen wir zur Zeitwächterin. Die beiden werden schnell nachkommen. Tan ist bestimmt nichts passiert!» sagte der Windelf mit der Gelassenheit eines Assassinen, der sein Element meisterlich beherrschte. Seine Stimme war ruhig, tief, wie das Rauschen des Windes über die weiten Ebenen. Diese Ruhe wirkte wie eine sanfte Sommerbrise, die Noori einen Moment der Klarheit schenkte. Sie atmete tief durch, ließ sich von seiner Überzeugung tragen. Sie nickte langsam und gab ihrem Drachen ein Zeichen. Die beiden Assassinen wendeten ihre Reittiere in Richtung der Zeitwächterin, die in der Ferne auf sie wartete. Ihre Schwingen glitten durch die Luft, getragen von einem Ziel, das sie fest vor Augen hatten.

Vielleicht ist das die richtige Entscheidung, dachte Noori, während sie in den Horizont blickte. *Aber... was, wenn wir uns irren?*

Keiner von ihnen ahnte, dass sie vielleicht gerade den entscheidenden Fehler gemacht hatten.

***

Langsam lichtete sich der bräunliche Schleier vor seinen Augen, während Tan auf Händen und Knien kauerte und verzweifelt nach Luft rang. Etwas in ihm begriff allmählich, dass er weder verbrannt, noch blind, noch tot war. Das schwelende Gefühl des inneren Brennens wich allmählich, hinterließ jedoch ein beklemmendes Vakuum, als wäre jede Wärme aus seinem Körper gesogen worden. Fröstelnd zog er die Knie an seinen Brustkorb und rieb sich die Arme, um sich zu wärmen. *Wo bin ich?* fragte er sich stumm, während seine Augen, noch verschwommen, begannen, Umrisse wahrzunehmen.

Ein seltsames Summen durchbrach die Stille. Zuerst kaum mehr als ein Hauch, wurde es lauter, während Tan sich mühselig auf die Beine zu stemmen versuchte. Sein durchtrainierter Körper fühlte sich wackelig und unzuverlässig an, wie frischer Wackelpudding. Er atmete schwer, seine trockene Kehle brannte. Sein Mund fühlte sich so ausgedörrt an wie ein vergessenes Lebkuchenherz. Endlich stand er, wankte kurz, bevor er sich mit einer Hand an eine der massiven Sandsteinsäulen stützte, die plötzlich klar vor ihm auftauchten. Die Welt vor ihm gewann Konturen. Ein Säulengang aus uraltem Sandstein umgab ihn. Das Summen schien aus einem Brunnen in der Mitte des Raumes zu kommen. Wasser, umgeben von Ranken und Pflanzen, die sich entlang der Säulen in die Höhe schlängelten. Der

Raum roch nach Lehm, nach Leben – und nach einer uralten, unausgesprochenen Kraft.

„H-hallo?", rief Tan mit brüchiger Stimme, während seine Augen die Umgebung absuchten. „Ist da wer?" Seine Worte hallten von den steinernen Wänden wider und wurden eins mit dem Summen. Nichts rührte sich. Tan, von einem seltsamen Impuls getrieben, drehte sich zum Gehen, als plötzlich eine tiefe, sakrale Stimme erklang:

«So schnell, junger Tahotan?»

Tan fuhr herum, seine Augen weit aufgerissen. Doch der Raum war leer. Kein Zeichen von Leben, nur die unnachgiebige Präsenz der steinernen Säulen und das Brummen des Brunnens.

«Wer ist da?» rief er, seine Stimme zitterte leicht, obwohl er sie hart klingen lassen wollte.

«Na, ich!» Die Stimme klang amüsiert, fast schelmisch, und erfüllte den Raum wie eine hallende Glocke.

Ach nee!, dachte Tan genervt und ballte die Hände zu Fäusten. «Wollt ihr euch vielleicht auch zeigen?» rief er, seine Geduld bereits erschöpft.

Die Stimme antwortete mit der Gelassenheit eines Lehrmeisters: «Aber bist du auch bereit, mir gegenüberzu- treten?»

Ist das jetzt ein Witz? Ha ha, kann mich vor Lachen kaum halten. Tan verzog das Gesicht und verschränkte die Arme vor der Brust. «Wovor sollte ich denn Angst haben?», rief er kühn in den Raum hinein, seine Stimme scharf wie ein frisch geschärftes Schwert. *Immerhin habe ich gerade eine Feuerelfe überlebt*, fügte er im Stillen hinzu, während er sich bemühte, seine innere Unruhe zu verbergen.

«Gut. Denn ich habe auf dich gewartet.»

Tan spürte, wie ihm ein Schauer über den Rücken lief. Diese Stimme... da war etwas an ihr. Etwas, das ihn innehalten ließ. Sie war weder bedrohlich noch fordernd, und doch lag in ihr eine Präsenz, die man nicht ignorieren konnte. Schweigend lauschte er, unfähig, das Echo ihrer Worte zu ignorieren.

«Was glaubst du denn, WER ich bin?»

Ein Troll aus dem Elfenwald? Nein, besser nicht... Tan biss sich auf die Zunge. Der Gedanke kam ihm zwar blitzschnell, aber gerade noch rechtzeitig schluckte er ihn hinunter. Etwas in der Stimme des Sprechers schien eine Art wohlige, geerdete Wärme auszustrahlen – nicht bedrohlich, eher wie ein Lehrer mit einem Hauch von Ironie. Mit einem leichten Klatschen schlug er sich mit der flachen Hand an die Stirn: „Ich habe zum Quell der Elementargeister gefunden, richtig?!" Sein Tonfall war forsch, fast herausfordernd, doch die Frage klang ehrlich.

Statt einer Antwort flackerte ein Lichtschein aus einem der Säulengänge auf. Wie ein sanfter Sonnenstrahl, der sich durch einen dichten Nebel brach, wanderte er in Tans Richtung. Das Licht wuchs, seine Helligkeit intensivierte sich, und eine dunkle Gestalt trat daraus hervor. Tan fröstelte. Nicht vor Kälte, sondern wegen des Kontrasts: Das Licht schien aus der Gestalt selbst zu kommen, die so scharf umrissen war, dass sie wirkte, als hätte ein Künstler sie mit einem Pinsel auf die Welt gemalt.

«Sei willkommen, Tahotan», sprach die Gestalt, ihre Stimme nun klar und deutlich, ohne jeden Unterton. Es war eine Begrüßung, und doch fühlte es sich an wie mehr – wie eine Eröffnung.

Tahotan…! Der Name hallte in seinem Kopf wider. So lange hatte ihn niemand mehr so genannt. Es fühlte sich an wie ein längst vergessenes Echo aus einer anderen Zeit. Tan war nie jemand gewesen, der sich selbst als Teil eines Ganzen gesehen hatte. Seit dem Tod seiner Eltern hatte er sich als Einzelgänger verstanden. Ein Leben allein, ohne Bindung.

Doch nun, hier in diesem Moment, machte er drei Feststellungen, die ihn wie ein Schlag trafen: Er fühlte sich nicht mehr allein. Nicht einsam. Nicht so random lost wie zuvor. Seine Augen suchten die Gestalt. «Was ist das hier?», fragte er schließlich, sein Tonfall weniger fordernd, fast ehrfürchtig. *Sollte ich wirklich die Quelle der Elementargeister gefunden haben? Oder… vielmehr, hat die Quelle mich gefunden?* Tan spürte, wie etwas in ihm zu flüstern begann. Ein Echo, das nicht aus dem Raum kam, sondern tief aus seinem Inneren. Es war, als ob die Quelle nicht nur vor ihm stand, sondern ein Teil von ihm war – ein Teil, den er lange vergessen hatte oder niemals kannte. «Tahotan», murmelte er leise, den Namen kostend, als würde er die Bedeutung mit jedem Atemzug begreifen. Sein Atem ging schwer. Tans Herz raste, nicht vor Angst, sondern vor der Gewissheit, dass er hier war

– an einem Ort, von dem er nicht einmal geglaubt hatte, dass er wirklich existiert. Und war das nicht alles nur ein Mythos?

✳✳✳

Der junge Feuerelf trieb seinen Drachen mit Nachdruck zur Eile an. Der Wind peitschte ihm ins Gesicht, doch er ignorierte es. Sein Blick war fest auf den chiliroten Feuerdrachen vor ihm gerichtet. Jede Bewegung dieses mächtigen Wesens weckte eine schmerzliche Erinnerung an eine Zeit, die längst vergangen war. Damals, als es noch seiner Nation zustand, die heiligen Feuerdrachen zu trainieren, und als Roni noch glaubte, dass Ehre eine Frage des Elements und nicht des Herzens war.

Doch das war vor dem Krieg. Vor dem dunklen Lord. Vor dem Verrat.

Warum, dachte Roni voller Bitterkeit, *warum hat sich ausgerechnet Arokh – der mächtigste aller Drachen – für einen Taugenichts wie Tan entschieden?! Einen Niemand, der weder einen wahren Namen trägt, noch Besitz, noch Ehre besitzt! Einen, der nicht einmal ein Element beherrscht!* Sein Atem wurde schwerer, seine Fäuste ballten sich um die Zügel. Etwas Dunkles blitzte in seinen schwarzen Augen auf – ein flackerndes Echo von Neid, Eifersucht und wachsendem Zorn. *Und dieser jämmerliche Tan soll die Ehre haben?! ER?! Nicht ich?! Es hätte meine Wahl sein müssen! Meine! Ich habe alles gegeben, alles geopfert... alles!* Ein Brüllen drang aus Ronis Kehle, doch es wurde vom tosenden Wind verschluckt. Seine Gedanken, dunkel wie Gewitterwolken, jagten schneller als die Drachen durch den Himmel. Ein kurzer, bitterer Moment der Hoffnung blitzte in ihm auf – die Erinnerung an den Augenblick, als Arokhs Blick ihn gestreift hatte. Aber dann war die Wahl gefallen. Und nicht auf ihn. *Nie werde ich diesen Verrat vergeben!* Ronis Augen verengten sich, und ein fast unmerkliches Lächeln umspielte seine Lippen – das Lächeln eines Mannes, der bereits eine Entscheidung getroffen hat. «Du hast deinen Anspruch auf Fairness verloren, Tan!», rief er in den Wind hinaus, die Worte von Hass und Verachtung getränkt.

Plötzlich, wie aus dem Nichts, grollte ein Brüllen wie Donnerschläge durch die Lüfte. Endlich hatte Roni den chiliroten Drachen eingeholt. Geschmeidig flog er neben ihm her, hielt einige Zeit Schritt, als wäre alles einvernehmlich. Doch sein Blick verriet etwas anderes: Die Flammen seines Hasses loderten dunkler als je zuvor. Langsam zog er mit seinem Drachen an Arokh vorbei, bis sie sich Auge in Auge gegenüberstanden. Ronis Haltung war würdevoll, seine Schultern zurückgezogen, seine Präsenz hoch oben in der Luft fast majestätisch. Aber seine Augen – schwarz und abgründig – funkelten vor düsterer Entschlossenheit. Da hob er seine Hände, und aus seinen Handflächen züngelten Flammen hervor, die er mit einem geheimnisvollen Fluch belegte, um ihre finstere Seite zu entfesseln: «Ignis Atorum Evocatur – Das dunkle Feuer wird heraufbeschworen.» Schon verwandelten sich die hellen, warmen Flammen des Feuerelements in finstere, verhext schimmernde Flammen, die nach Zerstörung gierten. Ohne zu zögern zielte er mit tödlicher Präzision auf Arokhs Gesicht.

Die magischen Flammen wirbelten wie Schlangen durch die Luft und umkreisten den massiven Echsenschädel. Mit einem lauten Zischen schlugen sie ein, brannten sich in die Schuppen, als wären sie dafür geschaffen, den Drachen zu brechen. Arokh brüllte vor Schmerz, ein Laut, der die Luft erbeben ließ. Aber Roni blieb ungerührt. Seine Bewegungen waren mechanisch, fast so, als wäre er selbst von einer dunklen Kraft gesteuert. Die nächste Stichflamme folgte, zielte mit der Präzision eines Assassinen und traf abermals. Zielsicher. Gnadenlos.

«Aureth, mein Meister», begrüßte Tan den uralten Quellgeist ehrfürchtig, dessen gleichmütiges Wesen den Eindruck vermittelte, als könne ihn nichts erschüttern – keine noch so schwierige Aufgabe und keine noch so verzweifelte Situation.

Wie alt er wohl sein mochte?, fragte sich Tan insgeheim, während er den Quellgeist verstohlen musterte. *Hunderte, wenn nicht Tausende von Jahren?*, schätzte er überwältigt. Rein äußerlich wirkte der Geist wie ein alter, weiser Mann. Wobei Tan nicht sicher war, ob das seine wahre Gestalt war oder nur eine Erscheinung, eine Illusion. Genauso rätselhaft war der Ort, an dem er sich befand. Zunächst verwirrt, ließ sich schließlich die Erkenntnis nicht leugnen: Da stand tatsächlich der Meister aller Elementargeister vor ihm.

«Wie kann es sein, dass IHR mir als Person erscheint?» Auch Tans Stimme klang ruhig, verriet nichts von der

Nervosität, die in ihm brodelte. Erst der Blackout vor der Herrin des Feuers – und jetzt das! Tans Gehirn kämpfte, die Ereignisse in eine sinnvolle Reihenfolge zu bringen. Doch die Zeit schien an diesem Ort stillzustehen. Und der Raum, so schien es, war unendlich weiter als der Elfenwald. *Der Flug mit dem Feuerdrachen über den Elfenwald und mein Sturz…,* dachte Tan und schüttelte ungläubig seinen Kopf. *Wie lange ist das her? Sekunden? Minuten? Stunden?*

«Zeit ist relativ», hörte er die sanfte Stimme des Quellgeists. «Lass uns einen kleinen Spaziergang machen.» Mit einer einladenden Geste lächelte Aureth ihn an. Seine Augen leuchteten wie die eines Kindes an Weihnachten.

Tan zögerte einen Moment, folgte ihm dann durch den Säulengang. Währenddessen haderte er innerlich mit sich und seinem Schicksal. Doch das schien den Quellgeist nicht zu beeindrucken. Statt darauf einzugehen, stellte er ihm eine Frage: «Was hat dich zu mir geführt?»

Tan strich sich durch das dunkle Haar, das sich durch die vorherige Anstrengung aus seinem Zopf gelöst hatte. Nun wellten sich die langen, dichten Strähnen über seine Schultern. Er sah leicht irritiert aus, als hätte er die Frage nicht richtig verstanden.

«Entschuldigt… aber ich verstehe nicht…!»

Aureth lachte gutmütig, ein Lachen, das in dem steinernen Raum widerhallte und ihn mit Wärme erfüllte. «Es ist eine einfache Frage: Was hat dich zu mir geführt?»

***

Ein bitteres Brüllen drang aus dem Schlund des Feuerdrachens. Überrascht von einem Angriff aus den eigenen Reihen, konnte sich das mächtige Wesen nicht mehr wehren. Die Flammen, von schwarzer Magie getränkt, vernebelten seinen Geist und ließen ihm keine Chance zu entkommen. Noch einmal – ein letztes Mal – bäumte sich der anmutige Drache zu seiner vollen Größe auf. Seine Schuppen glühten wie geschmolzenes Metall, während das ätzende, lähmende Gift aus allen Richtungen in seine Poren kroch und die brennende Schwärze in sein Blickfeld trieb. Doch Arokh war zu stolz, hier zu sterben – direkt vor den Augen des Schergen, der ihm diese Qualen zugefügt hatte. Mit einem letzten, verzweifelten Kraftakt erhob er sich in die Lüfte. Schwer und taumelnd flog er in Richtung der Feenhöhlen des Elfenwaldes. Dort, fern von Feinden, wollte er seine letzte Ruhe finden.

«Was hast du vor, du Verräter ?!», hallte Ronis gallige Stimme über ihn hinweg. Sie war verzerrt, wie von seiner eigenen Boshaftigkeit verschlungen. Doch Arokh kümmerte sich nicht mehr darum, was hinter ihm lag. Er folgte nur noch seinem Instinkt – dem Ruf des Waldes, der ihn zu sich zog.

Einen winzigen Moment lang lag eine unheimliche Stille über dem Land, als ob selbst der Wald den Atem angehalten hätte. Dann war nur noch das dumpfe Geräusch von Flügelschlägen zu hören, bis der Drache schließlich vom silbrigen Grün der wiegenden Bäume verschluckt wurde.

***

Ein echtes Wunder, dachte Tan bei sich, als ihm augenblicklich bewusst wurde, dass der Quellgeist seine Gedanken lesen, ja sogar hören konnte. Eine Eigenschaft, die alle Hochgeister besaßen.

«Du hältst es für ein Wunder?» Das freudige Lächeln verweilte in dem runden, glänzenden Gesicht Aureths, während die Wärme zu Tan durchdrang. «Glaubst du, dass die Verbindung von Wasser und Erde die Kraft besitzt, das Wunder zu vollbringen? Oder war es nicht vielmehr der freie Wille, der dich hierhergebracht hat?»

Tans Mund öffnete sich und blieb offen. Was sollte er antworten? Die Arme vor dem Körper verschränkt, wirkte er verschlossen. Eine Haltung, die er gerne und oft einnahm. Zum Schutz.

«Gibst du den Dingen so viel Macht über dich? Glaubst du wirklich, dass es Dinge waren, die dich an diesen heiligen Ort gebracht haben?» Aureths Schritte waren achtsam gesetzt. Fuß für Fuß, als ob jeder Schritt seine eigene Bedeutung hätte. Eine, die sich dem Gehenden im bewussten Setzen offenbarte. So schienen auch seine Worte gewählt. Der Quellgeist traf immer den richtigen Ton: warm, offen, einladend. Nie wertend. Währenddessen unterstrichen seine Hände das Gesagte, mal sanft, mal präzise.

Die Selbstverständlichkeit seiner Frage und seiner Logik jagte Tan einen Hitzestrom durch die Glieder. Zum ersten Mal lockerte sich etwas in ihm, so dass die Wärme ihn ganz erfüllte. Die harten Züge seines stoppelbärtigen Gesichts wurden weicher. Ein Lächeln schlich sich auf seine Lippen.

Feine Lachfältchen und ein Grübchen umspielten Tans Augen, deren Farbe nun zwischen schatten- und samtschwarz changierte.

«Hast du den Glauben an den freien Willen verloren, Tahotan?»

«Ich weiß nicht, woran ich noch glauben soll!»

***

Roni zögerte, bevor er einen letzten Fluch ausstieß – «Flamma Umbrae Consument Omnia – Die Flamme der Schatten wird alles verschlingen.» Mit verzerrtem Gesicht schleuderte er weitere Flammen aus seinen schmalen Händen. Doch die Magie hatte ihren Preis. Ein Zittern durchlief seinen Körper, seine Muskeln schienen sich unter der Last der dunklen Energie zusammenzuziehen. Plötzlich sackte der Feuerelf zusammen, während sein Drache ihn mühsam in der Luft hielt.

«Was ist mit mir passiert?! «, murmelte Roni, fast tonlos. Sein spitzes Gesicht war aschfahl, die Augen glasig vor Erschöpfung. Er konnte, ja wollte die Realität seiner Tat nicht spüren. Erschöpft und gebrochen lag er auf dem Rücken seines Drachen. «Bei Chepi... ich habe mich der greuel-schwarzen Magie bemächtigt! Keine Gnade und kein Glück für mich...», flüsterte er mit heiserer Stimme. Sein Herz pochte wie ein wilder Trommelschlag, doch in seinem Inneren klaffte eine leere Stille.

Nein. Der Drache hat bekommen, was er verdient hat, dieser elende Verräter, dachte er bitter. Aber auf die merkwürdig dumpfe Stille in seinem Herzen folgte keine Genugtuung auf. Keine Befriedigung keimte auf. Nur Leere – und eine Wahrheit, die er nicht wahrhaben wollte. Für einen flüchtigen Augenblick lichtete sich der Schleier der Verblendung, und die Erkenntnis seiner eigenen Verderbnis traf ihn wie ein Dolchstoß. Er spuckte aus, als wollte er die Wahrheit zurückweisen. «Dass er abkratzt, ist seine eigene Schuld», sagte Roni schließlich, seine Stimme nun wieder gefährlich ruhig. Mit eisernem Willen richtete er sich auf und befahl seinem Drachen, einen neuen Weg zu nehmen.

Hoch oben in den Lüften kehrte langsam die Stille zurück. Doch die Feen des Elfenwaldes, die Zeugen dieses grausamen Schauspiels geworden waren, brauchten einen Moment, um zu begreifen, was sich da eben vor ihren Augen abgespielt hatte.

✳ ✳ ✳

Aureth hielt kurz inne und warf einen Blick auf Tans schützende Haltung. Beide standen sich gegenüber: Meister und Eleve. Auf Augenhöhe. Was der junge Assassine an körperlicher Präsenz – durch Größe und Muskeln – besaß, offenbarte der Quellgeist durch eine starke, klare, überaus feine Aura.

«Nun… bei dir scheinen mir Wille und Trotz sehr nahe beieinander zu liegen!»

«Wo liegt der Unterschied?», fragte Tan ungläubig, und dann fiel es ihm fast wie Schuppen von den Augen: *«Trotz ist eine Form des Widerstands, die auf Willen hindeutet, nicht wahr?»*

«Was würdest du sagen, wenn ich dir antworten würde, dass der Unterschied in der Disziplin liegt!»

Tan verzog die Mundwinkel zu einem Grinsen: «Dann würde ich fragen, was es zu disziplinieren gibt!» Herausfordernd blickte er Aureth an. Und während es ihm so vorkam, als würde die Erscheinung an Licht gewinnen, lachte der Quellgeist schallend auf und setzte seinen Spaziergang fort. Inzwischen hatten sie den Quellbrunnen erreicht, dessen leises Plätschern beruhigend wirkte.

«Dein Übermut und dein rebellisches Wesen gefallen mir. In dir fließt das Blut des Feuerdrachens. Aber wisse, dass du diese kostbare Energie verlierst, wenn du sie nicht beherrschst. Lerne, deine Gedanken und die damit verbundenen Gefühle zu disziplinieren. So kann der von Weisheit und Edelmut durchdrungene Wille ungehindert in dir wirken. Andernfalls bleibst du ein Sklave deiner eigenen Unbeherrschtheit. Das heißt nichts anderes, als dass die Dinge dich führen und deinen Willen lenken. Wie eine blinde Kuh, die nicht anders kann, als umherzuirren.»

In Tan deutete sich weiterer Protest an, und er machte gerade Anstalten, zu einer unbedachten Antwort auszuholen, als ihn die Bedeutung der Worte Aureths stutzig machte und tatsächlich verunsicherte. Nachdenklich rieb er sich das Kinn und hakte nach: «Ich beherrsche die Elemente kaum. Woher soll ich überhaupt wissen, welches Element zu mir gehört?»

***

Eine lange Pause entstand. Aureth ließ die Stille wirken, bevor er mit ruhiger Stimme weitersprach: «Ist es das, was wirklich zählt? Denk nach, Tan: Was hat dich hierher geführt?»

Tan zögerte. Ein Gedanke schlich sich in seinen Kopf, den er am liebsten verdrängt hätte: *Meine eigene Feigheit.* Doch die Wahrheit lag tiefer. Sein Atem ging schwer, als er sich an den Moment erinnerte, als ihn das Feuer fast verzehrt hatte. Wie ein instinktiver Hilfeschrei war der Gedanke an Wasser gewesen. *Wasser, das mich rettete.*

«Es war...», begann er, aber die Worte blieben ihm im Hals stecken. Schließlich zwang er sich, den Blick zu heben. «Es war mein Wille», sagte er. Seine Stimme war kaum mehr als ein Hauch, und doch klang sie wie eine Befreiung. Als hätte das Aussprechen allein einen Knoten in ihm gelöst. «Ich habe mich der Angst hingegeben. Den Zweifeln. Ich habe sie nicht gelenkt – sie haben mich gelenkt.»

Aureth nickte, und etwas wie ein Schimmer aus Anerkennung spiegelte sich in seinen Augen. «Die Herrin des Feuers wollte dir nichts Böses. Sie hat den Feuerdrachen zu sich gerufen, um dir das Feuerelement anzuvertrauen. Als deinen Schutz. Deinen Lehrer.»

«Feuer als Schutz?», murmelte Tan ungläubig. Noch klangen die Worte für ihn wie ein Widerspruch.

«Nicht nur das Feuer», fuhr Aureth fort. «Du hast die Fähigkeit, alle fünf Elemente zu lenken.»

Tan runzelte die Stirn. «Fünf? Ich dachte, es gibt vier! Genau wie die Dynastien auf der Insel.»

Ein leises Lächeln umspielte Aureths Lippen. «Das fünfte Element ist das Fundament. Es verbindet alles und hält es zusammen. Es ist mehr als nur ein Teil – es ist das Ganze. Aber ohne die Teile gibt es kein Ganzes.»

Die Worte des Quellgeistes hallten in Tan wider. «Die Teile... die vier Elemente...», murmelte er und versuchte, den Faden zu fassen. «Und das Fundament ist... die Einheit?»

«Das Fundament ist das, was du in dir trägst», erklärte Aureth sanft. «Es ist das, was die Teile durchdringt und sie zusammenführt. Um die Elemente zu lenken, musst du die Beschaffenheit jedes Einzelnen durchdringen. Verstehst du, Tahotan? Ohne das Verständnis des Einzelnen bleibt das Ganze unzugänglich.»

Tan starrte auf den Quellbrunnen, dessen Wasser in sanften Wellen tanzte. Die leisen Tropfen klangen nun wie eine Melodie, die etwas in ihm zum Klingen brachte. *Inneres und Äußeres... Geheimnisse und Verbindungen. Alles ist eins.* «Ich glaube, ich beginne zu verstehen», sagte er schließlich. Doch sein Tonfall verriet, dass er wusste: Dies war erst der Anfang.

Er hatte wirklich nicht vor, seinen Schutzpanzer aufzugeben. Aber etwas im Wesen des Quellgeistes hatte ihn genau dazu gebracht. Doch Tan spürte ganz deutlich die Anwesenheit der höheren Präsenz, die ihm nichts Böses wollte. Ganz im Gegenteil. Eine sanfte, aber durchdringende

Wärme schien ihn einzuhüllen, wie die Strahlen der Morgensonne, die den Tau auf den Blättern trocknen. In diesem Moment schämte er sich für seine stachelige Abwehrhaltung. Er hatte nicht gewagt, sich einzugestehen, was er längst fühlte. Er räusperte sich hörbar: «Ich... also... ich.» Seine Stimme zitterte, als er schließlich hervorstieß: «... dann habe ich also wirklich die Fähigkeit, ALLE fünf Elemente zu lenken?»

Der Quellgeist, der sich in einem goldenen Schimmer hüllte, schaute ihn mit seinen onyxfarbenen Augen freundlich an. «Erkenne in dir selbst, und du erkennst in allem. Erkenne, wer du bist, und lenke. Leere deinen Geist wie eine Tasse Tee. Konzentriere dich und sammle deine Energie. Lenke und bewege sie. Atme und fließe. Gib dein ganzes Sein den fließenden, kreisenden Bewegungen der elementaren Energie hin. Lass deinen Geist zur Bewegung werden, und du wirst die Bewegung sein. Denn alles ist schwingende Energie.»

Aureths Stimme hallte sanft und doch eindringlich durch den Raum, der nun wie von einem leichten, warmen Wind durchzogen war. Tan glaubte, eine Melodie zu hören – kaum wahrnehmbar, wie eine Erinnerung, die sich nur am Rande seines Bewusstseins zeigte. Der Boden unter seinen Füßen schien leicht zu vibrieren, als würde der Raum auf die Worte des Quellgeistes reagieren. Langsam begann Tan, die Bewegungen des uralten Meisters nachzuahmen. Anfangs ungelenk, dann fließender, bis er schließlich in den Tanz eintauchte. Aureth führte die Bewegungen mit einer Hingabe aus, die Tan bewunderte. Es war, als würde der Raum um sie herum lebendig werden – die Luft schien von kleinen Funken durchzogen zu sein, wie Glut, die aus einem Feuer aufstieg. Tan spürte, wie sich eine unbeschreibliche Wärme in ihm ausbreitete, die seinen ganzen Körper erfüllte.

Eine plötzliche Erkenntnis traf ihn wie ein Blitz: Diese Bewegungen, diese Energie – sie waren ihm nicht fremd. Sie waren tief in ihm verankert, wie eine Erinnerung, die er längst verloren geglaubt hatte. «Ich... kenne das», murmelte er. Seine Stimme war leise, fast ehrfürchtig. Es war, als ob seine Zellen sich erinnerten, als ob sie diese Bewegungen schon immer gekannt hatten.

«Was immer du denkst, wirst du sein», sprach Aureth weiter. «Alles, was du bist, hat dein Geist zuvor gedacht. Befreie deinen Verstand von allem Denken. Befreie dich von allen Emotionen. Denn diese Freiheit bist du. Atme und verbinde deinen Körper mit deinem Geist. Mache dich zu einem leeren Gefäß. Sei und materialisiere, was immer du mit der Kraft deines Willens wünschst. Nutze die Kraft deines Geistes.»

Tan setzte die Bewegungen fort, und plötzlich schien sich die Welt um ihn herum zu verändern. Die Funken in der Luft wurden heller, und die Dunkelheit, die zuvor seinen Geist umhüllt hatte, wich langsam einem klaren, warmen Licht. Sein Atem ging ruhiger, gleichmäßiger, und eine tiefe innere Ruhe durchflutete ihn. Es war, als hätte er einen Teil von sich selbst wiedergefunden, den er lange verloren geglaubt hatte.

Der Quellgeist trat einen Schritt zurück und betrachtete Tan, der nun im Einklang mit der schwingenden Energie des Raumes tanzte. Ein leises Lächeln umspielte die Lippen des uralten Meisters, als er sagte: «Du machst Fortschritte, Tahotan.»

✳✳✳

Und während Meister und Eleve weiter im Einklang die Übungen ausführten, begann sich Tans kraftvoller, durchtrainierter Körper allmählich aufzulösen. Tan fühlte nur noch Schwingung, reine Lichtenergie. Sein Geist, messerscharf fokussiert, wuchs über seinen Körper hinaus und lenkte ihn. Raum und Zeit lösten sich auf, ebenso wie alle verdichtete Energie. Ein leichtes Gefühl, wie zu fliegen, überkam ihn. Tan spürte das spirituelle Licht der Vollkommenheit eines fallenden Sterns, das er selbst war. Jede Zelle seines Körpers war von diesem warmen Licht erfüllt. Und sein Geist bewegte die Materie.

«In der Leere liegt die Kraft eines ganzen Universums. Tahotan, halte nicht fest. Lass einfach los.»

«Aber... was halte ich denn fest? Und was hält das Ganze zusammen?», fragte Tan und hielt mitten in der Bewegung abrupt inne. Schon kroch die ungeduldige Wut wie eine zischende Schlange hervor, und die lichtvolle Energie verpuffte.

Doch statt einer Antwort löste sich die körperliche Illusionspräsenz des Quellgeistes langsam auf. Und Tan hörte Aureths Stimme wie aus weiter Ferne: «Alles ist gut.

Sag nur Ja zu dir selbst. Dann wirst du die Quelle immer in dir finden. Die Hochgeister sind schon längst bei dir.»

Wie gebannt blickte Tan staunend auf die sich auflösende Imagination. Beinahe wäre er beim Rückwärtsgehen über seine eigenen Füße gestolpert. Sein Verstand flüchtete sich bereits in sinnlose Erklärungen, während sein Herz völlig offen blieb. Da hörte er wieder die Stimme Aurehts – diesmal in seinem Inneren sprechen: «Erinnere dich...».

In Sekundenbruchteilen schossen Bilder durch Tans inneres Auge. Tief in seinem Inneren tauchten Erinnerungsspuren auf, denen er folgte. Unzusammenhängende Bilder davon, wie er schon als Kind selbstvergessen die Elemente bewegt hatte. Bis zu jenem verhängnisvollen Moment, als...

Cut.

✳✳✳

Vielleicht hänge ich zu sehr daran..., schoss es ihm durch den Kopf, bevor auch dieser Gedanke verblasste. Zusammen mit der lähmenden Angst: *Ich bin allein.* Er verschwand wie Rauch. Und dieser Nebel löste jede Spannung in ihm.

«Verfüge weise», hörte er Aureth noch in seinem Inneren sagen. «Und gehe in dem Wissen, dass das Ganze mehr ist als die Summe seiner Teile. Denn die Summe der Teile ist wieder teilbar und bedarf neuer Erkenntnis. Bis du zum Kern der Quelle vorgedrungen bist. Dann bist du am Ziel deiner Reise – deiner Queste – angekommen und weißt, was das Ganze zusammenhält. Nun geh, Tahotan. Es war mir eine Ehre, mein bescheidenes Wissen an dich weiterzugeben.

Halte deinen Geist rein und dein Herz offen. Geh nun, man wartet auf dich. Eines noch: Den Splitter des gespaltenen Schwertes haben wir hier aufbewahrt. Nimm ihn an dich und vollende, was bereits begonnen hat. Mein Geist wird bei dir sein.»

Damit war die Zeremonie beendet. Tan konnte nicht sagen, wie lange die Übertragung gedauert hatte. Stattdessen fiel er ehrfürchtig auf die Knie. Ohne sich vom Fleck zu rühren, ließ er das Geschehene in sich wirken.

DAS GLEICHNIS VON LICHT
UND SCHATTEN

«Stelle dir Menschen vor in einer unterirdischen Wohnstätte... von Kind auf sind die in dieser Höhle festgebannt (...) sehen nur geradeaus vor sich hin (...) Durchweg würden die Gefangenen also nichts Anderes für wahr gelten lassen, als die Schatten der künstlichen Gegenstände. Wenn einer von ihnen entfesselt und genötigt würde, plötzlich aufzustehen, den Hals umzuwenden, (...) nach dem Lichte emporzublicken. Zuletzt würde er die Sonne, nicht etwa bloß Abspieglungen derselben im Wasser (...) in voller Wirklichkeit (...) schauen und ihre Beschaffenheit zu betrachten imstande sein.»
(Aus Platons Höhlengleichnis)

Wie um alles in der Welt war sie an diesen seltsamen Ort gelangt, ohne einen Plan zu haben, wie sie wieder zurückkommen sollte? *Was habe ich mir dabei gedacht? Warum bin ich durch dieses Tor gegangen? Reine Neugier?* Mia kam zu dem Schluss, dass sie auf diese Fragen keine Antwort hatte – oder sich lieber keine geben wollte, und das sprach nicht gerade für ihr logisches Denkvermögen. *Toll, jetzt sitze ich hier fest! Ganz toll! Bleibt nur noch die Frage: Wo ist HIER?!* Gerade, als sie sich umsehen wollte, ließ ein lautes, flügelschlagendes Geräusch sie zusammenzucken. Mia sprang auf, ihre Muskeln spannten sich an, und sie spürte, wie ihr ganzer Körper auf Hochtouren lief. Es fühlte sich an, als wäre sie ein Polizist in Alarmbereitschaft bei einer Demo. *Was zum Teufel...?* Der Halbsatz und Mias Gesichtsausdruck gingen eine ziemlich eindeutige Symbiose ein. Denn über ihr schwebte ein riesiges... Ja, was denn? Mia riss die Augen auf, so groß wie bei einem Chiwawa-Welpen, und starrte das fliegende Wesen über sich an. *Ein Drache?!* Sein Brüllen durchschnitt die Luft und brachte sie zum Vibrieren, bevor er im Dickicht eines magisch schimmernden Waldes verschwand. Mias Herz schlug wie wild. Ihr Körper, schon voll im Fluchtmodus, gehorchte ihr nicht mehr. Sie atmete zu schnell, zu viel, und war kurz davor, zu hyperventilieren. Bevor ihr Gehirn jetzt völlig versagte, wollte sie so schnell wie möglich durch das Tor zurück in ihre Welt! Aber nichts geschah! Das Tor blieb einfach ein Tor aus kultischen Steinen mit seltsamen Inschriften! Und der Rückwegausgeschlossen!

«*Bitte... bitte... ich will zurück!*» Mias Stimme brach, während sie verzweifelt mit den Fäusten gegen den kalten Stein des Torbogens schlug. Doch da war nichts. Kein Schimmer von Magie, kein Flüstern eines Zaubers, keine Möglichkeit, zurückzukehren.

Ich sitze hier fest! Der Gedanke jagte ihr einen kalten Schauer über den Rücken. Ein rauer, gequälter Laut entrang sich ihrer Kehle, als sie die Hände sinken ließ. Resigniert lehnte sie ihre Stirn gegen den Stein, der kühl und unnachgiebig unter ihrer Haut lag. Das Blut rauschte in ihren Ohren, pulsierend wie ein Taktgeber ihrer wachsenden Panik. *Verdammt... Aufgeben ist keine Option!* Tief einatmend drehte sich Mia schließlich um und zwang sich, die Umgebung wahrzunehmen. *Wow!* Ihr erster Gedanke war so unerwartet, dass sie fast laut aufgelacht hätte. *Sieht aus wie auf Island... gleich kommt bestimmt ein Hobbit aus seinem Haus gekrochen!* Ein trockenes, fast hysterisches Kichern entwich ihren Lippen. Es war eine verrückte Idee, klar. Aber nach einem Drachen? Warum nicht auch ein Hobbit? Langsam ließ Mia ihren Blick über die Landschaft gleiten, die so surreal schön war, dass sie beinahe den Atem anhielt. Runde Bergketten erhoben sich am Horizont, ihre Hänge von tosenden Wasserfällen gezeichnet, die in dichten, seidig schimmernden Wäldern endeten. Zwischen grünen Wiesen, so samtig wie ein edler Stoff, lag eine Blütenpracht, deren tiefes Purpur sich in den glitzernden Wasserläufen spiegelte. Über all dem spannte sich ein Himmelszelt von einem Saphirblau, das fast unwirklich wirkte. Und doch... keine weiteren Drachen. Nicht einmal ein Flügelschlag oder ein Brüllen. Nur Stille, die von der Natur selbst zu kommen schien. Ihr Blick blieb an etwas haften, das sich aus der Landschaft abhob: eine verfallene Ruine aus Stein, die entfernt an einen alten Tempel erinnerte. Die Mauern waren von Efeu überwuchert, und das Licht brach sich in den zerbrochenen Fenstern wie in zerklüfteten Juwelen. «Was soll›s...», murmelte Mia leise, während sie sich in Bewegung setzte. Sie zwang ihre Beine vorwärts, noch bevor ihr Verstand einen Einwand einwerfen konnte. Ihre Neugier gewann. Wie immer.

✳ ✳ ✳

Tan sah sich suchend um. Er war wieder allein in dem kleinen Tempel. Bis auf das leise, rhythmische Plätschern der Quelle herrschte völlige Stille. Die Präsenz des Quellgeistes war verschwunden, doch seine Worte hallten in Tans Geist nach. *Der Schwertsplitter...* Tan runzelte die Stirn. *Wo soll der hier sein?* Er lauschte in die Stille und spürte eine seltsame Gewissheit in sich aufsteigen. *Natürlich! Das hätte ich mir auch denken können!* Mit entschlossenen Schritten durchquerte er den Säulengang und blieb schließlich direkt vor dem Brunnen stehen. Das Licht der Quelle schimmerte zart auf der Wasseroberfläche, fast hypnotisch.

Ein besseres Versteck gibt es nicht! dachte er und konnte ein leichtes Grinsen nicht unterdrücken. Das Wasser sprudelte klar und ruhig, doch plötzlich zuckte ein greller Lichtblitz über den steinernen Grund. Ohne eine Sekunde zu zögern, tauchte Tan seine Hand in das kühle Wasser. Seine Finger tasteten über den glatten Grund, bis sie etwas Metallisches berührten. Etwas Kaltes, das lebendig in seiner Hand vibrierte. Er zog die Klinge hervor. Im Licht der Quelle funkelte und leuchtete sie in einem faszinierenden Glanz, der über ihre Form hinausging und den Raum zu erfüllen schien. Tan hielt sie staunend in seinen Händen, sein Atem wurde flacher, während er die Energie spürte, die von ihr ausging. Es war, als würde die Klinge mit ihm sprechen – ohne Worte, nur mit Licht und Schwingung.

Unwillkürlich musste Tan an Aureth denken und daran, was der Drachentanz mit ihm gemacht hatte. Diese seltsame, überwältigende Erfahrung, die seinen Geist zu etwas Größerem gemacht hatte – zu etwas, das über die Begrenzung seines Körpers hinausging. «Wir sind so viel mehr als die Ansammlung unserer Körperteile», murmelte er, wie von der Energie der Klinge und des Moments berauscht. Eine plötzliche Erkenntnis traf ihn wie ein Schlag, und ein Gedanke formte sich in ihm: «Was ich denke, formt meine Wirklichkeit!» Tan betrachtete sein Ebenbild, das sich in der glatten Oberfläche der Klinge spiegelte. Sein Gesicht, von neuem Licht erfüllt, lächelte ihm entgegen.

«Hallo? Kannst du mir helfen?»

Die Stimme klang unsicher, fast flehend. Tan fuhr herum, sein Körper spannte sich instinktiv an. Seine funkelnden Augen fixierten die fremde Gestalt, die halb im Schatten des Säulengangs stand. *Wer...?*, schoss es ihm durch den Kopf. Sein Blick verengte sich, durchdringend, wachsam. Das Mädchen, das sich Halt suchend an einer der steinernen Säulen festklammerte, wirkte fehl am Platz – unsicher, ja fast verloren. Ihre großen dunklen Augen musterten ihn fragend, beinahe hoffnungsvoll, während ihr Atem flach ging, als hätte sie gerade eine lange Strecke hinter sich.

«Hallo? Verstehst du mich?» Ihre Stimme zitterte leicht, doch sie schien sich mit aller Kraft zu beherrschen.

Tan sagte nichts. Stattdessen musterte er sie von oben bis unten, als wollte er jedes Detail in sich aufnehmen. Ihre Kleidung war unpassend für diese Welt – seltsam schlicht, ohne die Verzierungen oder Symbole, die ihm vertraut waren. Das Licht des Brunnens fiel auf ihr Gesicht, das von einer Mischung aus Verwirrung und Entschlossenheit gezeichnet war.

Wieder rauschte Mia das Blut durch die Adern, ihr Herz hämmerte in ihrer Brust. Sie konnte den intensiven Blick dieses Fremden kaum ertragen. Und doch hielt sie seinem Blick stand, obwohl sie innerlich zitterte. *Wo um alles in der Welt bin ich hier gelandet?!*

∗∗∗

Schwer atmend lag er da. Dunkelheit umhüllte ihn wie ein dichter Nebel, und keine Lichtquelle wollte ihren Weg zu ihm finden. Doch es war nicht still. Ein leises Rascheln, ein unaufhörliches Huschen erfüllte die Höhle. In seinem dicken Echsenschädel dröhnte ein dumpfes Echo – war das das Klingen kleiner Glöckchen? Hatte er es wirklich geschafft, bis zur Feenhöhle zu fliegen?

Ein winziger Lichtpunkt blitzte auf, gefolgt von einem weiteren und noch einem, bis Dutzende von flackernden Lichtern zu tanzen begannen. Ihre Bewegung erfüllte die Höhle mit einem rhythmischen Glühen, das die Dunkelheit durchbrach. Das Rascheln wurde lauter, kam von allen Seiten. Es vibrierte in der Luft und berührte die Sinne des Drachen wie ein sanftes Wiegenlied. Beruhigend. Vertraut.

«Wicasa... schnell, hilf ihm!», erklang eine zarte, glocken-
helle Stimme. Ein kleines Wesen, kaum größer als ein
Schmetterling, mit silbergrauem Haar und perlmuttschim-
mernden Flügeln, schwebte über dem Drachenkopf. Die
Sorge in ihrer Stimme durchdrang ihn tief.

Aus dem Schatten trat eine Gestalt hervor, eingehüllt in
einen dunkelbraunen Umhang. Behutsam hob sie die Hände,
die ein grünliches, sanft pulsierendes Licht formten. Die
Schwingungen dieser Energie erfüllten die Höhle und ließen
die kleinen Lichter noch heller flackern. Mit ruhiger, aber
kraftvoller Stimme sprach der Achak uralte Worte, die von
einer tiefen, heilenden Magie getragen wurden.

«Atme, alter Freund. Ruhe in dieser Energie, und sie wird
dich erneuern.»

Das Licht aus seinen Händen formte Kreise, die um den
Drachen tanzten und sich wie schützende Arme um ihn
legten. Die Klänge der gesprochenen Worte *Kleithoros Solvitur
Umbra – Möge das Tor der Verzweiflung sich schließen und die
Schatten sich lösen* - schienen selbst Teil der Magie zu sein, die
langsam durch die Schuppen des Drachen sickerte, seine
Wunden heilte und die Schwärze aus seinem Geist vertrieb.

«Wird er es schaffen, Wicasa?», fragte die Fee zögerlich.
Ihre Flügel flatterten in einem unruhigen Rhythmus, der die
Anspannung des Augenblicks verriet.

«Natürlich, Elza. Er ist schwach, aber er wird es schaffen.»
Sanft strich Wicasa über die breite Stirn des Drachen. «Er hat
mehr Kraft, als er selbst weiß. Aber die Wunden, die ihm
zugefügt wurden, sind nicht nur körperlicher Natur.»

«Warum… warum hat er ihm das angetan?», fragte Elza leise, ihre Stimme bebte. Doch Wicasa schwieg. Seine wachen Augen blickten in eine Ferne, die nur er sehen konnte. Aus seiner Tasche zog er ein Amulett, das in der Dunkelheit leuchtete wie ein kleiner Stern.

«Er hat eine Aufgabe zu erfüllen», sagte er schließlich. Seine Worte klangen mehr wie eine Prophezeiung als eine Feststellung. «Eine Aufgabe, die größer ist als wir alle. Und er wird sie nicht allein bewältigen können.»

Der Drache regte sich. Mit einem tiefen Atemzug begann er, sich aufzurichten. Seine goldenen Augen flackerten, dann öffneten sie sich vollständig. Das Leuchten des Amuletts spiegelte sich darin wider. Seine Kraft kehrte zurück, langsam, aber unaufhaltsam.

«Flieg, alter Freund», sagte Wicasa leise. «Suche deinen Reiter. Beschütze ihn und seine Gefährtin. Dieses Amulett wird euch leiten.» Noch einmal berührte er die schuppige Stirn des Drachen, während die kleine Fee zärtlich über seine Augenlider strich.

Mit einem tiefen Brüllen, das die Höhle erfüllte, erhob sich der Drache. Seine mächtigen Flügel breiteten sich aus und wirbelten den Staub auf, der sich in der Dunkelheit gesammelt hatte. Er verschwand mit einem letzten Blick auf Wicasa und Elza in die Lüfte. Die Energie des Moments blieb wie ein Nachhall zurück.

Der Achak verhüllte sich erneut, sein Umhang verschmolz mit den Schatten der Höhle. «Bis bald, alter Freund», flüsterte er. Und dann war auch er verschwunden, als hätte er sich in der Zeit selbst aufgelöst.

∗∗∗

«Do you speak English?», versuchte Mia es auf Englisch und kam sich dabei zugegebenermaßen ziemlich blöd vor. Der Muskeltyp vor ihr, der ein bisschen aussah wie eine jüngere Ausgabe von Aquaman aus dem DC-Universum, hatte wahlweise keine Lust, mit ihr zu reden, verstand sie nicht oder war einfach zu blöd dafür. «Na toll!», rutschte es ihr gereizt heraus. «Ganz toll! Das einzige menschliche Wesen, das ich hier treffe, ist ein hirnloser Muskelprotz! Karma is ne bitch!» Mia verdrehte die Augen.

Plötzlich setzte sich der Typ in Bewegung und durchmaß mit schnellen, kraftvollen Schritten den Raum. Trotz seiner Kraft bewegte er sich geschmeidig wie eine Raubkatze auf Beutezug. Mias Blick folgte ihm. Er kam direkt auf sie zu, stellte sich ihr kurz in den Weg. Aber nur kurz, dann ging er ohne ein weiteres Wort an ihr vorbei.

Toll! Bin echt gerne auf ignore! «Hallo? Mr. Unhöflich? Entschuldige mal...», blaffte sie schnippisch, drehte sich auf dem Absatz um und folgte dem Fremden aus der Tempelruine. Offensichtlich hatte ihr logisches Denkvermögen völlig versagt. Wie sonst sollte sie sich ihr seltsam stoisches Verhalten erklären! «Bitte... ich brauche Hilfe», versuchte sie das Thema noch einmal zu vertiefen und wäre beinahe gegen den plötzlich stehen gebliebenen Hünen gerannt. «Ups!», entfuhr es ihr. Gerade als sie den Mund wieder öffnete, um eine wenig freundliche Bemerkung loszulassen, hörte sie ein unheilvolles Brüllen. *Das auch noch...!* Die Luft vibrierte vom Flügelschlag. Und ohne nach oben zu sehen, wusste Mia sofort, dass es der Drache war, der direkt auf sie zukam.

«Arokh...!», hörte sie die tiefe Stimme des Muskelpakets vor sich.

«Scheiße», presste Mia erschrocken hervor und hob schützend die Arme über den Kopf.

Statt zu landen, schoss der Drache wie ein lebendiger Flammenpfeil heran. In einer einzigen, kraftvollen Bewegung packte er Tan mit seinen mächtigen Klauen und schwang sich in die Luft. Doch damit nicht genug: In einer erstaunlichen Drehung seines massiven Körpers erfasste er mit dem anderen Satz Krallen auch Mia, die keinen Laut mehr herausbrachte – zu abrupt, zu unbegreiflich war das Geschehen.

«Was zum…?!» Tans Protest erstarb im tosenden Wind, während Mia, die plötzlich kopfüber hing, sich an Arokhs Kralle klammerte, als hinge ihr Leben davon ab. Was es auch tat. Der Wind peitschte ihr durch die Haare, ihr Herz hämmerte wie wild.

«Bist du wahnsinnig?!», schrie sie schließlich in Richtung des muskelbepackten Kriegers, der in der anderen Kralle hing und sich bemühte, cool zu bleiben. «Sag deinem Haustier, dass er mich runterlassen soll!»

Tan öffnete den Mund, aber es kam nichts heraus. Er war

zu beschäftigt, den mentalen Kontakt zu seinem Drachen herzustellen, der in diesem Moment zu handeln schien, als wäre er von einer höheren Macht gelenkt.

Über ihnen zog sich der Himmel zu, und ein unheilvolles Donnergrollen vibrierte durch die Luft. Vom Torbogen aus beobachtete der Achak die Szene mit verschränkten Armen. Ein sanftes Lächeln umspielte seine Lippen: «Wunderbar, alter Freund», murmelte er leise. «Alles läuft nach Plan.»

∗∗∗

«Hilfeeeee! Lass mich runter!», schrie Mia schockiert. Doch es war aussichtslos. Alles Winden und Rufen half nichts. Die Kralle hielten sie fest.

Warum macht der Muskeltyp nichts?, dachte sie angepisst. Mias Schockstarre wich allmählich einer ordentlichen Portion Wut. «He... du... Mach doch irgendwas!»

Doch der muskelbepackte Freak in Kampfkleidung blieb erstaunlich ruhig. Und erstaunlich untätig. «Disgusting!», schnaubte Mia verächtlich. «Bis eben war mein größtes Problem noch, ein paar lächerliche Ungereimtheiten in meinem Lebenslauf. Und jetzt...? Hänge ich in der Luft! Aber sowas von. Noch dazu in den Fängen eines Drachen! Ich meine... EINES DRACHEN! Und Mr. total cool Muskelpaket macht einen auf #mirdochegal!», schimpfte sie ausgiebig. Wäre sie nicht so aufgebracht gewesen, hätte die Angst sicher die Oberhand gewonnen. Stattdessen blickte sie stur in die Richtung des anderen. Oh ja, sie war wütend. Und zwar so richtig. Und ihr Gesichtsausdruck ging Hand in Hand mit ihrem Gefühl. Der Angesprochene hingegen starrte sie genervt und ziemlich finster an.

«Das ist sowas von verrückt! So was von...!», stieß sie fassungslos hervor. «Ich hätte doch schwören können, dass mir so etwas nicht passiert!»

Der Drache brüllte laut auf.

Mia riss erschrocken die Augen auf.

«Pass auf, was du denkst! Der Drache kann es spüren!», rief der Typ ausdruckslos. Er hätte genauso gut sagen können: Wir werden alle sterben! Das hätte bestimmt nicht weniger sachlich geklungen.

«Wow, es spricht!», entgegnete Mia uncharmant, als sich ihr Herzschlag etwas beruhigt hatte. Seine tiefe, etwas raue Stimme holte sie in die Realität zurück.

«Und es versteht deine Sprache!», brachte der andere nach einer Weile hervor. In seinen Augen blitzten Belustigung und Spott um die Wette.

Arsch! Mia sah ihn stirnrunzelnd an, bevor sie sich von seinem stummen, unergründlichen Blick löste. Der verzweifelte Wunsch, etwas zu tun, brannte in ihr wie ein ungeduldiges Feuer. «Hilfeee...! Hilfeee...!», rief sie in die Weite des Himmels, doch die Worte verblassten im Wind, der an ihr vorbeizog. Ihre eigene Stimme kam ihr absurd und kraftlos vor. Wer oder was sollte ihr hier oben, mitten in der Luft, und in den Krallen eines Drachen helfen?

Der Typ – Mr. Muskelmann – schüttelte nur den Kopf, als hätte er ihre Bemühungen längst abgeschrieben. Sein

Gesichtsausdruck sprach Bände: *Hör auf, dich lächerlich zu machen.*

Mia schnaubte innerlich, ließ aber nach und nach locker. Mit resignierter Miene baumelte sie schließlich einfach in den Fängen des Drachen. Wäre das alles nicht so... *aberwitzig* gewesen – ja, so surreal und absurd – hätte sie es vielleicht sogar genossen. Der Gedanke, in einem Traum gefangen zu sein, drängte sich auf, besonders, als ihr Blick über das zauberhafte Lichtspiel des delphingrauen Abendhimmels glitt. Zwischen Saphirblau, Purpurviolett und Neongrün wechselte der Himmel die Farben wie ein Kaleidoskop. Die nächtlichen Lichter spiegelten sich in den Wasserstraßen unter ihr, die wie ein funkelndes Mosaik wirkten. Der ganze Anblick – surreal und magisch – erinnerte sie an ein Pop-Art-Gemälde, das Andy Warhol hätte malen können. Für einen Moment vergaß Mia die scharfen Krallen, die ihren Körper hielten, die schwindelerregende Höhe und sogar den Muskelprotz. Der Kopf in den Nacken gelegt, verlor sie sich in den hypnotischen Farben und Formen des Himmels.

«Du kannst sogar mal still sein!», kam plötzlich die raue Stimme des Fremden. Der spöttische Unterton schnitt wie ein kalter Wind durch ihre kurzzeitige Versunkenheit.

Mia blinzelte und richtete den Blick auf ihn. *War das jetzt wirklich nötig?*, dachte sie mit verkniffenem Gesichtsausdruck. Aber sie sagte nichts. Stattdessen ließ sie ihren Blick wieder zum Himmel schweifen.

***

«Keine Sorge, mit DIR wollte ich sowieso nicht mehr reden !», ertönte ihre gereizte Stimme schließlich zickig.

«Schade, ich hätte dir gerne noch ein bisschen beim Eskalieren zugesehen !»

Bevor Mia etwas erwidern konnte, machte der Drache eine scharfe Kurve und raste zielstrebig auf die Erde zu.

«OH.MEIN.GOTT!», entfuhr es Mia. Ihr Herzschlag setzte aus. Entsetzt schnappte sie nach Luft, doch die schien ihr einfach zu fehlen. Das Blut rauschte heftig durch ihre Adern bis in die Ohren. *Ne Achterbahnfahrt is'n Witz dagegen!*

Der Boden kam näher. Gefährlich nah. Da öffnete der Drache plötzlich seine Krallen, und sie plumpsten ziemlich unsanft zu Boden.

«Au!»

Für einen Moment schien selbst der Muskelprotz nicht so recht zu wissen, wie ihm geschah. Er schüttelte den Kopf, wirbelte ihn herum und suchte nach ihr. War da wirklich ein Anflug von Sorge in seinen Augen?

«Keine Panik, mir geht es gut», stieß sie atemlos hervor. «Was machen wir jetzt? Ich meine... du musst mich ja nicht beschützen oder so. Ich schaffe das schon alleine ! IchbinübrigensMia.» Die Worte flossen hektisch ineinander und verrieten ihre Aufregung.

«WIR...? Was WIR tun sollen ?», ahmte der Unbekannte ihre Frage ungläubig nach und machte damit jeden Funken

Hoffnung auf ein wenig Mitgefühl zunichte. Der Typ, der ungefähr in ihrem Alter sein musste, hatte sich noch nicht einmal vorgestellt.

Was für ein Rüpel! Mr. Unverschämt!

Stattdessen gab er Mia unmissverständlich zu verstehen, dass er definitiv keine Lust auf sie hatte und lieber allein sein wollte. Sich demonstrativ laut räuspernd, baute er sich vor ihr auf und erklärte sachlich: «Hör mal, was du da machst, könnte mir im Moment nicht egaler sein. Ich jedenfalls habe eine Mission zu erfüllen und werde jetzt gehen! Zusammen mit dem Drachen.»

Aha! Eine Mission also... Mr. Unverschämt hatte also eine Mission zu erfüllen. Mia zuckte unbeeindruckt mit den Schultern: «Wow, toll! Na dann...!» Energisch zog sie sich die Kapuze ihres Hoodies über den Kopf und funkelte ihr Gegenüber böse an: «Ich nehme an, du hast absolut keine moralischen Bedenken, mich hier mutterseelenallein zurückzulassen. Liege ich da richtig?» *Was für ein Unmensch!*, dachte sie bei sich.

Wieder war es der Drache, der die beiden Streithähne unterbrach. Mia zuckte zusammen, als das riesige, chilirote Ungeheuer gefährlich zu fauchen begann. Es hatte sich in unmittelbarer Nähe der Landestelle niedergelassen. Für einen Moment trat Stille ein. Nach einer Weile öffnete es sein Maul – und etwas Glitzerndes fiel zu Boden.

***

Mia – immer noch in Alarmbereitschaft – beobachtete, wie ihr Gegenüber plötzlich in sich zusammensackte.

«W-was?», begann dieser dumpf und sog die Luft so heftig ein, dass seine Lungenflügel brennen mussten. «Was hast du da, Arokh?» Er streckte einen Arm aus, zog ihn aber abrupt wieder zurück, als hätte er sich verbrannt. Schließlich hob er den Gegenstand doch auf, nahm ihn vorsichtig in die Hand, als wäre er mit Gift getränkt, und starrte ihn geistesabwesend an.

Der Wald schien den Atem anzuhalten. Es war unheimlich still, als der Unbekannte mitten in seiner Bewegung erstarrte. Mia wagte es nicht, auch nur einen Mucks von sich zu geben.

«Woher hast du das ?», hörte sie ihn flüstern. Es klang furchtbar traurig. Und gleichzeitig so hart. Und so, als würde es ihm beim Sprechen wehtun.

«Was ist das?», unterbrach Mia ihn und betrachtete das glitzernde Ding in seiner Hand.

Langsam, als müsse er sich erst an sie erinnern, drehte er sich zu ihr um. In seinem Blick lag eine gefährliche Mischung aus Wut, Trauer und etwas, das Mia nicht einordnen konnte. Bestürzt senkte sie den Kopf.

«Dir ist nichts heilig, oder?», fuhr er sie geradezu hasserfüllt an, drehte sich auf dem Absatz um und verschwand in der Dunkelheit der Nacht.

«Warte...!» Mias Stimme verhallte ungehört im Wald. Tränen brannten in ihren Augen. Mit geballten Fäusten wischte sie sie weg, als sie den Drachen bemerkte. *Ups! Den habe ich total vergessen.*

✳✳✳

«Hi...!», brachte sie mühsam hervor. Von Muskelmann keine Spur. So war sie zum zweiten Mal an diesem Tag ganz auf sich allein gestellt – und sah einem Drachen direkt ins Angesicht.

«Jetzt gibt es nur noch dich und mich! Oder willst du auch einfach abhauen?»

Der Drache schnaubte. Diesmal klang es freundlicher, fast wie ein Schnarchen.

«Ich habe keine Angst vor dir!» Was eine glatte Lüge war. Als hätte sie gerade einen Sprint hingelegt, trommelte ihr Herz wild und ließ ihr Blut in den Ohren rauschen.

Der Drache fixierte sie, seine Augen wie flüssiges Feuer, und schnaubte erneut.

Mechanisch, wie auf Autopilot, trugen ihre Füße sie in seine Richtung. *Ich muss völlig verrückt sein! Total nuts. Eine Sicherung durchgebrannt. Mein Verstand hat sich komplett verabschiedet.* Nur noch einen Schritt entfernt, fokussierten ihre Augen den massiven Schädel der Echse, trotz des perligen Dunkelgraus, das sie beide umgab. Der Himmel sandte noch immer farbenprächtige Lichtkaskaden. «Du tust mir nicht weh. Das weiß ich. Du reißt mich nicht in Fetzen.» Ihre Stimme war nur noch ein heiseres Flüstern, rau und unsicher. Ihr Herz krampfte sich für den Bruchteil einer

Sekunde zusammen. Das Gesicht bleich wie eine Kalkwand. Alle Muskeln angespannt. *Jetzt keine Horrorvisionen*, dachte sie tapfer. Alles lief wie ferngesteuert ab, als hätte eine andere Version von ihr die Kontrolle über ihr Handeln übernommen. «Ich spüre eine Verbindung zu dir», sagte sie erstaunt, und hätte selbst nicht sagen können, woher sie diese Gewissheit nahm.

Als hätte er ihre Gedanken verstanden, schnaubte der Drache – ein leises, vibrierendes Geräusch, das gleichzeitig beruhigend und beeindruckend wirkte.

Endlich hatte sie ihn erreicht. Er verharrte, majestätisch und unbeweglich. Mit zitternden Fingern hob Mia die Hand und strich ihm über die Nüstern. *Es ist fast so, als würde ich ein Pferd streicheln... Also, ein ziemlich großes, ziemlich rotes Pferd mit ziemlich viel Kraft und Feuer unter dem Hintern!*

«Arokh...? Du heißt doch Arokh, oder? Hallo! Ich bin Mia!» Sie brachte ein schwaches Lächeln zustande und fuhr fort, dem Drachen über die Nüstern zu streicheln.

Plötzlich schnaubte der Drache laut und vernehmlich und schüttelte den Kopf.

Mia erstarrte und sah ihn mit weit aufgerissenen Augen an. «Du tust mir nichts», sagte sie ganz nüchtern.

Wieder schüttelte der Drache seinen Kopf – immer wieder von rechts nach links. Als Mia immer noch nicht reagierte, stupste er sie mit seiner riesigen Nase an und schüttelte wieder den Kopf.

Da dämmerte es Mia endlich: «Das willst du doch jetzt

nicht wirklich, oder?» Ihre Stimme klang schriller, als sie es beabsichtigt hatte.

Statt zu antworten, hob und senkte der Drache seinen Kopf. Oh ja, er hatte sie verstanden. Und jetzt wollte er wirklich, dass sie aufstieg! Also auf den Sattel auf seinem Rücken.

«Bitte, was?» *Ist mir hier irgendwas entgangen?* Mia, auf der Suche nach Ausreden, spürte überrascht, wie sich ihr Widerstand in Luft auflöste. Ihre Mundwinkel wanderten bereits verdächtig breit nach oben. Ein ziemlich breites Grinsen schlich sich in ihr Gesicht, als sie sich auch schon in Bewegung setzte.

Geduldig saß der Drache im Gras und wartete, bis Mia in den Steigbügel und schließlich auf seinen Rücken geklettert war. Dann hob er ab, zusammen mit einer überglücklichen Mia, deren Herz vor Freude fast zerspringen wollte.

«OH.MEIN.GOTT! Ich glaub das jetzt nicht!», quietschte sie lachend, als Drache und Reiterin dem katzengrauen Nachthimmel mit seinen mystischen Lichtspielen entgegenflogen. Begleitet von einem lauen Lüftchen, den Wind in den Haaren, ließ sich Mia einfach vom Drachen tragen.

Amazing! Das glaubt mir keiner! Die Luft vibrierte und duftete nach Abenteuer. Jede Zelle ihres schlanken Körpers war von einem Glücksgefühl erfüllt, als würden Tausende von Ameisen in ihr Rugby spielen. «Flieg Arokh... flieg!», hörte man Mia rufen.

Und wieder waren es die Feen, die diesem verrückten Spektakel zusahen. Auch sie ahnten nicht, was das Ziel war. Mia jedenfalls war es in diesem Moment völlig egal, wohin der Drache mit ihr flog. Und nur für den Bruchteil einer Sekunde hatte sie das Gefühl, nichts zu verlieren zu haben!

Zwei Seelen, ein Schicksal gemeinsam geteilt, müssen ihren Weg finden, dachte der Achak und machte sich auf den Weg. Schließlich gab es noch einiges zu tun.

Tan hielt das Amulett so fest in der Faust, dass seine Knöchel weiß hervortraten. Sein Kiefer mahlte. Einfach so weglaufen – das war normalerweise nicht sein Ding. Aber diesmal wollte er wirklich fliehen. Vor dem Mädchen, das viel zu viel geredet und viel zu tief geblickt hatte. Vor seinem Schmerz und der lähmenden Taubheit in seinem Herzen. *Und überhaupt!* Seine Schritte flogen der Dunkelheit entgegen. Doch egal, wie weit er lief, der Schmerz blieb. Klammerte sich an ihn wie ein eiserner Handschuh. Wohin er auch ging, dieser verdammte Klumpen klebte an ihm wie ein Stück Dreck, das sich einfach nicht abschütteln ließ. Er folgte ihm, auf Schritt und Tritt, wie ein Hündchen, das sein Stöckchen zurückbringen wollte, um seinem Herrchen zu gefallen.

Das Problem mit unterdrückten Gefühlen ist, dass man ihnen nicht entkommen kann. Tan biss die Zähne zusammen. *Man kann ihnen auch nicht ungestraft den Rücken kehren.* Sie kamen zurück. Erschütterten ihn wie ein Erdbeben. Schrien ihn an. Bombardierten ihn mit Vorwürfen. Ungestüm stoppte Tan. Mit voller Wucht, begleitet von einem markerschütternden

Schrei, rammte er seine Faust – zusammen mit dem Amulett – in den nächstbesten Baum. Das Holz splitterte unter dem Aufprall. Tan atmete stoßweise, während das Adrenalin durch seine Adern raste. Seine Brust hob und senkte sich in schnellen, unregelmäßigen Bewegungen. Endlich ließ er seine Hand sinken. Seine Knöchel waren blutig. Der Abdruck des Amuletts brannte auf seiner Haut – wie ein Brandmal seiner Schuld. Er wollte das Amulett wegschleudern – es trug das Blut unschuldiger Seelen an sich. Doch plötzlich begann es zu vibrieren.

«Moment mal... Was ist das?» Nachdenklich legte Tan den Kopf schief. Ein seltsames Gefühl kroch über seine Haut, setzte sich in seinem Nacken fest. Sekundenlang herrschte absolute Stille, so tief und vollkommen, dass sie ihm den Atem nahm.

Zisch!

Ein leises Pfeifen durchbrach die Stille. Instinktiv suchte Tan Schutz hinter dem nächsten Baum.

Zisch!

Zu spät! Ein stechender Schmerz jagte durch seinen Arm, als er bemerkte, dass einer der kleinen Wurfpfeile ihn getroffen hatte. Fluchend presste er die Zähne aufeinander. Sein Griff um das Amulett wurde fester. Sein Blick flog durch die Dunkelheit, suchte den Angreifer. Doch nichts war zu sehen, nur die Schatten des Waldes, die jetzt wie lebendige Wesen wirkten.

Was zum Teufel geht hier vor? Verdammt! Ich bin in der

Schusslinie und voll auf dem Präsentierteller! Kein Ausweg. Tan hatte sich in einem unachtsamen Moment leichtsinnig in Gefahr begeben und war längst umzingelt.

Zisch!

Ein zischender Pfeil traf ihn in die Schulter. Schmerz durchzuckte ihn, heiß und stechend.

Zisch!

Ein zweiter Pfeil bohrte sich in seinen Oberschenkel. Tan biss die Zähne zusammen, doch ein Stöhnen entkam ihm. Er taumelte leicht, seine Beine drohten unter ihm nachzugeben.

Und dann waren sie da! Klein, aber nicht zu klein – Puks. Ihre grimmig funkelnden Augen leuchteten in der Dunkelheit wie glühende Kohlen.

Puks! Und noch dazu in der Überzahl! dachte Tan erschöpft, während sein Blick immer wieder zu dem leuchtenden Amulett in seiner Hand wanderte. Doch das Leuchten reichte nicht aus, um die kleinen, zähen Wesen wirklich abzuschrecken.

Die Pfeile, die sie abgeschossen hatten, trugen die Wirkung von verzaubertem Feenstaub in sich. Er spürte, wie sein Bewusstsein langsam schwand, als ob sein Geist in eine zähe, klebrige Masse gezogen wurde. Die Gesichter der Puks vor ihm begannen zu verschwimmen, verdoppelten sich vor seinen Augen. «Bleib... wach... », flüsterte er zu sich selbst, doch seine Stimme war schwach und kaum zu hören.

Plötzlich verstärkte sich das Leuchten des Amuletts. Für einen kurzen Moment wichen die Puks zurück, fauchend und zischend, als ob das Licht ihre Haut verbrannte.

Hoffnung blitzte in Tan auf. *Vielleicht kann ich es schaffen...* *vielleicht...*

Doch die Hoffnung hielt nur einen Herzschlag lang. Einer der Puks tauchte wie aus dem Nichts vor ihm auf. Bevor Tan reagieren konnte, blies ihm das kleine Wesen eine ordentliche Portion des verzauberten Feenstaubs mitten ins Gesicht. Der feine, glitzernde Staub drang ihm in die Nase und die Augen, brannte und setzte sich in seiner Kehle fest.

«Aaargh!» Tan ächzte und stolperte zurück, sein Blick flackerte unruhig zwischen den böse dreinblickenden Puks hin und her.

Keine Chance!

Mit einem gequälten Laut, als würde man einem Tier Schmerzen zufügen, sackte Tan schließlich zusammen. Seine Muskeln versagten, und das Amulett entglitt seiner Hand, während sein Körper schwer auf den Boden prallte. Die Wut, die ihn bis hierher getragen hatte, verschwand vollständig. Nur noch Erschöpfung blieb – und eine letzte, quälende Frage: *Was wird jetzt aus dem Mädchen?*

Dann ging ihm das Licht aus.

Sie flogen über die Berge. *So muss sich Bastian aus der Unendlichen Geschichte gefühlt haben,* dachte Mia. Das Adrenalin strömte durch ihren Körper wie Strom durch eine Leitung – gleichmäßig und ohne Stocken. Sie ließ sich vom

Drachen tragen, als wäre sie die Hauptfigur in ihrer ganz persönlichen unendlichen Geschichte.

Aus heiterem Himmel neigte der Drache plötzlich seine Schwingen und flog zielstrebig in eine große Felsöffnung hinein. Die Dunkelheit verschluckte sie, und die Höhle war plötzlich stockfinster.

«Was machst du?» japste Mia, ihre Stimme eine Mischung aus Verwirrung und Faszination.

Der Drache blieb ruhig und flog immer tiefer in den riesigen Hohlraum des Berges hinein. Seine Bewegungen waren so sicher, als kenne er diesen Ort in- und auswendig.

Du meinst, ich soll dir einfach vertrauen?, dachte Mia und gab einen Laut von sich, der irgendwo zwischen Belustigung und aufkeimender Freude lag. Sie hatte ohnehin keine andere Wahl, als ihm zu vertrauen.

Plötzlich erstrahlte ein Licht. Zunächst nur ein zarter Schein, doch es wurde immer heller, je tiefer der Drache in die Höhle flog.

«Das ist ja unglaublich...» stieß Mia ungläubig hervor, ihre Augen weit aufgerissen. Ihre Finger klammerten sich unbewusst an den Sattel, während sie fassungslos auf den Anblick starrte, der sich vor ihr ausbreitete.

Ein kristallener Palast erhob sich aus dem Inneren der Höhle. Seine Wände schimmerten wie Diamanten, reflektierten das Licht in allen Farben des Regenbogens. Der ausladend breite Treppenturm, der von filigranen Bögen umrahmt wurde, schien direkt aus einem Märchen zu stammen. Der Drache landete sanft genau davor.

Die Luft war frisch und kühl, ein feiner, salziger Nebel hing in ihr. Mias Körper begann zu kribbeln, als ob die Energie des Ortes sie elektrisch auflud.

«Du möchtest, das ich da jetzt reingehe, oder?» fragte Mia, obwohl die sanfte Bewegung des Drachenkopfes die Antwort bereits gab.

Ihre Schritte waren zögerlich, doch der magnetische Sog des Palastes ließ sie keine andere Wahl. Mit klopfendem Herzen nahm sie die breiten Stufen, die zum riesigen Tor führten. Es war mit kunstvollen Gravuren versehen, die Geschichten erzählten, die Mia nicht verstand.

Plötzlich begann das Tor, sich zu öffnen. Ein tiefer, durchdringender Klang erfüllte die Höhle, während die Flügel lautlos auseinander glitten. *Mit den Flügeln der Zeit...*, dachte Mia. Gespannte Stille herrschte, als eine durchscheinende Gestalt in einem langen, fließenden Gewand auf sie zukam.

Mia hielt den Atem an. Ihre Hände ballten sich zu Fäusten, um das Zittern zu unterdrücken. *Was... oder wer ist das?* fragte sie sich und wagte kaum zu blinzeln.

***

«Willkommen in Celestarium, dem Sitz der Wächter von Zeit und Raum.» Ihre melancholische Stimme hallte durch die kristallene Halle. Die Wände, bestehend aus facettenreichen Prismen, brachen das Licht in alle Farben des Regenbogens und tauchten den Raum in ein surreales Leuchten.

«Ich bin Shenandoa, Tochter der Sterne und Hüterin der Zeit.»

Mia runzelte die Stirn. «Wie bitte?» Ihre Augen weiteten sich, während ihr Gehirn verzweifelt versuchte, die Worte zu verarbeiten. *Ein Geist... ernsthaft?! Und dann auch noch ein Zeitgeist?!*

Das lange, schimmernde Gesicht des Geistes mit den durchdringend weißen Augen formte ein sanftes Lächeln, das Mia irgendwie verunsicherte.

«Ich meine... äh... ich wollte nur sagen... also... ich bin Mia», stotterte sie. Ihre Stimme klang dünn, fast piepsig, und ihr Herzschlag fühlte sich an wie ein Trommelwirbel.

«Hallo, Mia. Es freut mich, dass du den Weg zu uns gefunden hast.»

Mia zuckte leicht zusammen. «Also... das war eher der Drache. Ich meine, ich weiß gar nicht, warum ich hier bin! » Sie hob entschuldigend die Hände.

Shenandoa neigte den Kopf leicht zur Seite, als wollte sie Mia genauer betrachten. «Das ist doch nicht das erste Mal, oder?»

«Äh... doch!» Die Worte kamen hastig, fast wie ein Reflex.

Der Geist schien für einen Moment zu überlegen. Dann sagte sie mit einem leichten Schmunzeln: «Tja...»

Die plötzliche Stille füllte den Raum. Und während Mia nach einer Erklärung suchte, drängte sich ein Gedanke in ihren Kopf. *Wie oft hast du Gestirne leuchten gesehen...*

Es war ein Goethe-Gedicht, das sie vor Jahren im Deutschunterricht gelesen hatte. Damals, bei einem Besuch in der Sternwarte, hatte ihr Lehrer jedem Schüler ein Gedicht gegeben. *...und haben sie dich nicht jederzeit anders gefunden?*

Mia erinnerte sich, wie sie damals ungeduldig auf ihre Uhr gestarrt hatte, als Dr. Wagner dazu aufrief, über die Worte nachzudenken. Doch hier, in der kristallenen Halle, schien dieses Gedicht plötzlich eine neue Bedeutung zu haben. *Frage dich auch: Wie verhältst du dich zu Tag und Stunde?*

Ihre Hände zitterten leicht, als sie Shenandoas Blick suchte. «Ich... ich weiß nicht, woran ich mich noch halten soll», flüsterte sie fast unhörbar.

Shenandoa neigte den Kopf und lächelte ein wenig. «Vielleicht ist genau das der Grund, warum du hier bist.»

Der Geist, der ihre Verunsicherung spürte, fuhr fort: «Ich bin, die, die ich bin. Bin, was ich bin. Und doch sieht jeder etwas anderes in mir. Dem einen mag ich als großzügige, vielleicht zu großzügige Gastgeberin erscheinen. Der andere, dem die Zeit davonläuft, wird in mir eher einen gemeinen Dieb sehen. Wie man sieht, ist die Zeit an die Vorstellungen gebunden, die sich jeder von ihr macht. Die Betrachtung gibt ihr Form und Gestalt. Nun folge mir. Ich weiß, warum du gekommen bist.»

Ach ja, dachte Mia verdutzt. Die Einladung hatte sie ziemlich verwirrt, so dass sie gar nicht dazu kam, darüber nachzudenken, was der Grund dafür sein könnte. Stattdessen folgte sie der Gestalt, die anmutig durch die Halle schwebte.

«Darf ich dir eine Frage stellen?», sagte sie nach einer Weile mit ernster Miene und gerunzelter Stirn.

Mit einer auffordernden Geste antwortete der Zeitgeist: «Nur zu.»

«Was haben die Sterne und die Zeit gemeinsam?»

Die Wächterin der Zeit sah Mia einen Moment lang an und antwortete schließlich: «Was fühlst du, wenn du in den Sternenhimmel schaust?»

Für einen Augenblick schloss Mia die Augen. Ihr Körper spannte sich an, als würden kleine Stromstöße durch ihn hindurchfließen. Ihr Gesicht entspannte sich. Sie wusste nicht, warum sie lächeln musste, als sie schließlich antwortete: «Ich habe das Gefühl, der Unendlichkeit ein Stück näher zu sein.»

«… und du fragst dich: Wer bin ich? Woher komme ich? Und wohin gehe ich?», antwortete die Zeitwächterin freundlich.

«Nein... eigentlich nicht! », entfuhr es Mia, bevor sie überhaupt nachdenken konnte. Augenblicklich veränderte sich ihr Gesichtsausdruck. «Ich meine... ich weiß nicht... », stotterte sie und unterdrückte ein Stöhnen. Die Lippen fest zusammengepresst, starrte sie schweigend vor sich hin.

«Raum und Zeit sind an diesem Ort vereint. Der Anblick

der Sterne zeigt dir, dass alles im Leben relativ ist – je nachdem, von welcher Seite du es betrachtest. Keine Sorge, du wirst die Gelegenheit haben, dir diese Fragen zu stellen.» Die Zeitwächterin lächelte sanft, als wäre sie eine Erzieherin, die mit einem Kind spricht und blieb vor einer großen kristallinen Tür stehen.

Aber vielleicht will ich das gar nicht, dachte Mia, als ob es nicht in ihrer Verantwortung läge, sich Kants Fragen zu stellen.

Die Reaktion der Wächterin genügte, um Mias inneren Protest zum Verstummen zu bringen.

Ein leises Knistern erfüllte die Luft, wie das Summen von Elektrizität, und die kristallene Tür begann, in einem zarten, regenbogenfarbenen Licht zu schimmern. Mias Atem stockte, als der Geist eine Hand hob und die Tür sich fast lautlos öffnete.

Hinter dem Türbogen lag ein Raum, der jede Vorstellungskraft überstieg. Mia riss die Augen so weit auf, dass sie wie bei einem Gubi hervortraten. Vor ihr erstreckte sich ein Universum, ein endloser Ozean aus funkelnden Sternen, dessen Tiefe ihr den Atem raubte. Das Licht der Sterne spiegelte sich auf einem kristallglänzenden Meer wider, das sanfte, wellenartige Bewegungen zeigte, als ob die Zeit selbst flüsternd atmete. Eine goldene Brücke schwebte über dem Meer, ohne Anfang und ohne Ende, und schien bei jedem Schritt leicht zu pulsieren.

Ein zarter Duft von frischem Regen und etwas Unbekanntem, fast Ätherischem, stieg Mia in die Nase. Die

Luft fühlte sich kühler an, fast wie ein sanfter, magischer Hauch, der über ihre Haut strich und sie mit einer Mischung aus Ehrfurcht und Neugier erfüllte.

«Folge der Brücke und stelle deine Fragen. Dein Weg richtet sich nach den Fragen, die du stellst. Wenn die Brücke ausgerichtet ist, tauche ein in das, was die Sterne dir zeigen. Gehe einen Schritt nach dem anderen und stelle immer nur eine Frage. Manchmal musst du vielleicht auch zurückgehen.»

Die Worte der Wächterin hallten leise wider, wie eine Melodie, die von den Sternen selbst gesungen wurde. Mia war sprachlos. Ihre Beine fühlten sich schwer und leicht zugleich an, wie in einem Traum.

«Aber woher weiß ich, wo das Ende und wo der Anfang ist?» Ihre Stimme klang brüchig, als hätte die Unendlichkeit vor ihr sie zu einer flüsternden Ahnung ihrer eigenen Bedeutungslosigkeit gemacht.

Die Wächterin lächelte sanft, und ihr Gesicht schien kurz aufzuleuchten, als hätte sie Mias Gedanken bereits verstanden. «Das weiß niemand. Das ist relativ. Vertrau einfach darauf, dass du es fühlen wirst, wenn es soweit ist.» Mit diesen Worten schloss die Wächterin die Tür hinter Mia. Das Klicken des Schlosses war leise, aber endgültig.

Mia war allein. Allein mit den Sternen, der Brücke und einer Flut von Fragen, die wie leuchtende Punkte in der Dunkelheit über ihr schwebten.

***

Da stand sie also... zum dritten Mal an diesem Tag allein und musste eine Entscheidung treffen.

Ich habe sowieso keine andere Wahl!

«Du hast immer eine Wahl!», meldete sich eine leise, vertraute Stimme in ihrem Kopf. Mia zuckte zusammen. Es war eine Weile her, seit sie die Stimme zuletzt gehört hatte.

Das ist ja wunderbar!, dachte sie mit einem Anflug von Ironie, während ihr Herz unruhig in ihrer Brust klopfte. Doch schließlich siegte die Neugier. Sie zwang sich, den inneren Zweifeln keinen Raum zu geben. Etwas in ihr – tief verborgen und doch unerschütterlich – gab ihr ein Gefühl von Sicherheit. Also holte sie tief Luft, schickte ihren inneren Schweinehund in die Versenkung und setzte entschlossen den Fuß auf die goldene Brücke. *Was soll ich fragen?*, überlegte sie fieberhaft. Diesmal blieb ihre Stimme nicht nur in ihrem Kopf gefangen. Die Worte drangen direkt aus ihren Gedanken heraus: «Warum bin ich hier?»

Die Sterne begannen zu tanzen, wirbelten wie Glühwürmchen im Sommerwind. Doch es formierte sich kein klares Bild.

«Warum bin ich auf der Elfeninsel?» Die Frage kam unerwartet und mit einer Intensität, die sie selbst überraschte.

Die Reaktion war sofort spürbar. Der Sternenwirbel beruhigte sich und begann, sich in einer erkennbaren Form auszurichten. Die goldene Brücke vibrierte leicht, als wollte sie Mia ermutigen, einen weiteren Schritt zu gehen.

Den leisesten Zweifel ignorierend, atmete Mia noch einmal tief durch und ließ sich darauf ein. Mit einem leisen *Plopp* trat sie ins Meer der Zeit. Es war, als hätte sie eine Barriere durchbrochen. Doch das Meer war nicht nass. Wärme, Licht und eine seltsame Schwerelosigkeit umfingen sie, als würden zahllose Lichtfunken durch ihre Haut strömen und sich in ihrem Inneren ausbreiten. Plötzlich war sie nicht mehr hier. Sie war… irgendwo anders.

«Dad…?» hauchte sie, als die verschwommenen Bilder vor ihren Augen schärfer wurden. Ein Ruck ging durch ihren Körper. Ihr Magen krampfte sich zusammen, während sich die Muskeln in ihrem Nacken anspannten. Sie biss sich fest auf die Unterlippe, um die aufkommende Flut von Emotionen zurückzuhalten.

«Lass los…», flüsterte eine sanfte Stimme tief in ihrem Inneren. «Lass einfach los.»

Die Worte schienen Mias Herz direkt zu treffen. Sie schloss die Augen, öffnete sie wieder und spürte, wie ihre Seele förmlich zerrissen wurde, als sie zögernd fragte: «Was hat mein Vater mit der Insel zu tun?»

Die Sterne begannen erneut, sich zu bewegen, und diesmal formten sie Bilder, die Mia kaum zu ertragen wagte. Es war, als würden sie direkt in ihre Gedanken brennen. Sie wollte sich wehren, wollte wegsehen, doch die Bilder blieben. Ihr Herz zog sich zusammen wie ein Knoten, und Tränen schossen ihr in die Augen, heiß und unaufhaltsam. Die Wahrheit, die sie weder im Park noch in ihren Träumen akzeptieren wollte, holte sie nun ein – unerbittlich und unentrinnbar.

***

«Daddie…!» Doch ihr Rufen verhallte ungehört in der endlosen Weite.

«Was hat das alles zu bedeuten? Warum muss ich immer an dich denken? Wieso kann ich dich nicht einfach vergessen? Was soll ich hier?» Ihre Worte kamen keuchend, zerrissen. Mias Herz hämmerte so heftig gegen ihre Brust, dass es jeden Moment herauszuspringen schien.

Ich kann nicht mehr! Das ist zu viel! Die Fragen strömten unaufhörlich aus ihr heraus, viel zu schnell, viel zu unüberlegt. Die Sterne um sie herum begannen sich in einem chaotischen Wirbel zu drehen. Das geordnete Glitzern wich einem verwirrenden Strudel aus Licht und Schatten. Ihr Atem wurde immer flacher, bis er in einem verzweifelten Keuchen erstickte. Angst kroch wie ein kaltes, greifbares Wesen über ihre Haut, drang in ihre Glieder. Ein unsichtbarer Strudel zog sie hinab, immer tiefer. Plötzlich flammten Bildfetzen vor ihrem inneren Auge auf. Diffus. Bruchstücke einer Vergangenheit, die nicht vergessen war. Ein Holzstab, verziert mit Tribal-Schnitzereien… Er pulsierte vor Energie, fast wie ein Herzschlag. Ein Auto… ihr Vater… ein Kindersitz auf der Rückbank.

Das bin ich!

Ihr Vater am Steuer, sein Gesicht im Rückspiegel. Ein Lächeln, sanft und liebevoll. Doch dann… dieser Blick! Seine

Augen weiteten sich, erfüllt von einem unheimlichen Schrecken, als würden sie dem Tod direkt ins Angesicht blicken. Die Szenen verschwammen. Das Auto. Ihr Vater. Das Kindersitzgeschirr um ihren kleinen Körper. Alles zerfiel zu einem Kaleidoskop aus schreienden Farben.

Mia hyperventilierte. Ihre Lungen weigerten sich, die Luft aufzunehmen. Ihre Brust war wie von einem unsichtbaren Eisenband umschlossen, jede Bewegung ein qualvoller Kampf. Die Kälte ihrer Angst breitete sich aus, durchdrang jeden Winkel ihres Körpers. «Daddie...!» Ihr Schrei brach aus ihr hervor, erfüllt von verzweifeltem Schmerz, als sie die Hand ausstreckte. Doch da war nichts, kein Halt, kein Trost. Die Sterne um sie herum erloschen, einer nach dem anderen, bis nichts blieb außer Dunkelheit.

***

«Genug», hallte die Stimme der Zeitwächterin über das Meer. In einem Boot stehend, glitt sie mühelos über das leuchtende Wasser und zog die völlig geschockte Mia behutsam an Bord.

«Atme ruhig... », sagte sie sanft und dennoch bestimmt.

«Danke... dass du mir geholfen hast", keuchte Mia mit schwacher Stimme. Ihr Gesicht war kreidebleich, ihre Hände zitterten unkontrolliert. «Ich wäre fast... », mehr brachte sie nicht hervor. Wie ein nasser Sack lag sie im Boot, ihr Körper wirkte wie ausgeknipst.

Die Zeitwächterin nickte ruhig. «Du stehst unter Schock. Das ist ziemlich offensichtlich.»

«Was ist passiert?», stammelte Mia schließlich, nachdem sie sich schwerfällig aufgerichtet hatte. Ihre Stimme klang dünn, fast brüchig.

«Du hast zu viele Fragen gestellt», erklärte die Wächterin, während sie die Ruder wie von unsichtbarer Hand geführt bewegte. «Deine Angst vor der Wahrheit hat sich in den Sternen widergespiegelt.»

«Ich verstehe nicht», murmelte Mia, ihre eisige Stimme von Unsicherheit durchzogen. «Es war so greifbar, als wäre ich wirklich dabei gewesen.»

«Aber du hast eine Blockade aufrechterhalten. Oder einen Schutz. Vielleicht beides! Und beides entspringt demselben Geist», entgegnete die Wächterin mit einem Unterton von Strenge, der von Besorgnis begleitet wurde. «Ich hätte dich nicht ins Meer der Zeit gehen lassen sollen.»

Mia biss sich nervös auf die Unterlippe. Ihr Blick huschte unstet zu ihren Füßen, die in Sneakers steckten. Dann hob sie langsam den Kopf und sah der Zeitwächterin direkt in die strahlend weißen Augen. «Mein Vater... das war mein Vater! Er wollte mir etwas sagen. Da war eine Kraft...“

«Ich habe sie auch gespürt.»

Mia starrte die Wächterin ungläubig an, als hätte diese den Verstand verloren. «Sie ging von dem Stab aus, den ich gesehen habe. Ist das überhaupt möglich?» Ihre Stimme klang brüchig, fast flehend.

Die Zeitwächterin hielt inne, bevor sie mit einer leisen, aber eindringlichen Stimme antwortete. «Die Kraft macht dir Angst. Deine eigene Blockade hindert dich daran, dich dieser Energie zu bemächtigen. Kontrolle entspringt nicht der Verdrängung, sondern der Akzeptanz.»

«Akzeptanz…?!», wiederholte Mia mechanisch, als könnte sie das Wort weder begreifen noch fühlen. Ihre Augen verengten sich misstrauisch, während sie die Zeitwächterin fixierte, als wolle sie ihr jedes Wort aus dem Gesicht lesen.

Die Zeitwächterin hielt inne, bevor sie mit einem fast nachsichtigen Lächeln antwortete: «Es braucht Zeit… UND Raum, um das Vergangene anzunehmen!»

«Und das heißt?» Mias Tonfall war scharf, fast fordernd. Sie lehnte sich leicht nach vorne, ihre Hände fest an den Bootsrand gekrallt, während sie den Zeitgeist zu durchdringen versuchte.

Doch die Wächterin antwortete nicht. Ihr durchscheinender Blick blieb auf das leuchtende Meer vor ihnen gerichtet, das in sanften Wellen glitzerte. Die Stille, die folgte, war fast unerträglich. Mia presste die Lippen zusammen, ihr Puls raste.

«Wohin fahren wir?», fragte sie schließlich, ihre Stimme deutlich leiser, aber nicht weniger drängend.

Die Zeitwächterin wandte sich ihr mit einer Mischung aus Geduld und Bestimmtheit zu. «Zum Wächter des Raums. Wir haben noch einen Gast.»

Mias Herz machte einen Sprung. Ein weiterer Gast? Wer könnte das sein? Sie spürte, wie die Spannung in ihr wuchs, und konnte nicht verhindern, dass ihre Gedanken fieberhaft rasten.

✴✴✴

Nach einer Weile passierten sie einen Torbogen und legten an. Der unterirdische Gang war von Kerzen erleuchtet, deren Flammen wie kleine Tänzer auf den rubinrot schimmernden Steinwänden schwebten. Die Schatten der Flammen spielten unruhig, als wollten sie Geheimnisse flüstern. Die Wächterin schritt voraus, ohne ein Wort zu sagen. Mia folgte ihr mit angehaltenem Atem, während die Umgebung sie in eine Mischung aus Ehrfurcht und Beklemmung versetzte.

Plötzlich blieben sie vor einer grob gezimmerten Holztür stehen. Noch bevor Mia einen Blick in den Raum werfen konnte, hallten schwere Schritte über den Steinboden. Ein dumpfer Hall, der sich in ihrer Brust zu einem beklemmenden Druck aufbaute. Sie spürte die Präsenz, bevor sie sie sah. Eine riesige, furchteinflößende Gestalt baute sich vor ihr auf. Ihre Augen mussten sich erst an das schummrige Licht gewöhnen. Die Umrisse eines Wesens, das aussah, als sei es direkt einem Renaissance-Skizzenbuch entsprungen, zeichneten sich ab. Menschliche Züge verschmolzen mit denen eines Adlers. Scharfe Augen unter buschigen Brauen blitzten sie an. Mit seinen schweren Stiefeln, dem langen, dunklen Pelz und einem Säbel, der gefährlich in seiner Hand ruhte, wirkte er wie ein Krimtatar, der geradewegs aus einer fernen Legende gestiegen war. Mia schluckte heftig. *Das ist nicht euer Ernst! Was ist das hier für ein Horrortrip?* Ihre Hände zitterten leicht, als sie versuchte, ruhig zu bleiben.

«Das ist Dragor, der Wächter des Raums», stellte Shenandoah die gewaltige Erscheinung vor, als sei das die selbstverständlichste Sache der Welt.

Aha! Wirklich großartig... Ich bin von Monstern umgeben! Der Gedanke raste durch ihren Kopf, während Mia spürte, wie Panik ihre Adern hinauffuhr. Ihr Herz hämmerte wie ein Vorschlaghammer. *Lauf! Lauf, bevor es zu spät ist!* Das Rauschen ihres Blutes wurde ohrenbetäubend, und sie musste blinzeln, um das Echo in ihrem Kopf loszuwerden. «Hallo…», brachte sie hervor, ihre Stimme kaum mehr als ein Flüstern. Sie zwang sich, den Blick zu heben und die unheimlichen Augen des Mischwesens zu treffen. *Mein ganzer Körper schreit: Renn weg! Und ich stehe hier wie – ja was?.*

Das Mischwesen nickte... langsam. Feindselig? Genervt? Mia konnte es nicht deuten. Seine Bewegungen wirkten schwer, aber präzise, als würde jede Geste ein unausgesprochenes Urteil fällen.

«Unser Gast schläft», donnerte Dragors Stimme, die Wände erzittern ließ. «Sein Geist ist irgendwo, wo man ihn nicht erreichen kann. Es scheint, als wolle er nicht zurückkommen.»

Die Härte in Dragors Worten ließ Mia unwillkürlich zurückzucken. Die Vibration der Töne hallte in ihrem Kopf nach, als hätte jemand eine Glocke direkt neben ihr geschlagen.

Langsam trat der Raumwächter zur Seite. Mias Herz setzte einen Schlag aus, als sie einen Blick in den Raum werfen konnte.

Da lag er. Der Muskelprotz aus dem Elfenwald.

Mias Augen weiteten sich. *Das kann doch nicht wahr sein!* Ihre Kehle war so trocken, dass sie fast würgen musste. Luft zu holen fühlte sich an, als würde sie versuchen, durch eine viel zu enge Röhre zu atmen. *Das kann doch jetzt echt nicht wahr sein!*

Sie hatte so gehofft, es wäre ihr Vater!

* * *

Tan lag auf einem Lager vor einem Kamin, dessen flackerndes Licht wie ein lebendiger Schatten über die rauen Steinwände tanzte. Das Knistern der Flammen erfüllte den Raum und verstärkte die bedrückende Stille. Langsam, fast zögerlich, näherte sich Mia dem reglosen Körper. Ihr Herz schlug schneller, als sie ihn ansah. Sein Gesicht, sonst von einer Mischung aus Übermut und Stolz gezeichnet, wirkte jetzt leer. Markante Züge, die wie in Stein gemeißelt schienen, waren von Schmerz entstellt. Jede Spur von Stärke schien aus ihm gewichen. *Er sieht so... zerbrechlich aus. Kann das wirklich derselbe Typ sein, der mich vorhin noch ignoriert hat?*

«Was ist passiert?», fragte Mia mit einer überraschenden Ruhe, die sie selbst verwirrte. Ihre Stimme klang gedämpft, fast als wolle sie den Moment nicht stören.

«Eine Gruppe Puks hat ihn eingefangen und mit Feenstaub außer Gefecht gesetzt.», antwortete Shenandoah, ihre Stimme kühl und sachlich. «Die Wirkung hätte längst nachlassen müssen. Aber sein Geist weigert sich zurückzukehren.»

Mia runzelte die Stirn, während sie ihn genauer betrachtete. Sein Atem war flach, fast mechanisch, wie das Ticken einer alten Uhr. «Aber warum nicht?» Ihre Stimme wurde fester, als sie den Blick abwandte und die beiden Wächter fixierte. Sie spürte, wie sich ein seltsamer Knoten in ihrer Brust löste, als Entschlossenheit die Oberhand gewann. «Ich will die ganze Geschichte hören!» Ihre Worte schienen im Raum zu hallen, begleitet von einer leisen Vibration, die durch die steinernen Wände ging.

Shenandoah nickte langsam, als hätte sie Mias Entschlossenheit erwartet. Ihre durchscheinenden Augen schimmerten wie klares Wasser, das verborgene Geheimnisse enthielt. «Tahotan... das ist sein Name. Er wurde von den Hochgeistern zum Schwertträger bestimmt, genau wie sein Vater vor ihm.»

Die Worte trafen Mia wie ein Blitz. *Die Mission...!* Der Gedanke flackerte kurz auf, bevor sie ihn in eine klare Frage verwandelte: «Wer ist sein Vater?»

Ein tiefes, fast drohendes Grollen durchbrach die Stille, als Dragor, der Wächter des Raums, auf sie zutrat. Seine massige Gestalt warf einen bedrohlichen Schatten über den Raum. «Geduld, Mädchen!» Seine Stimme war tief und hallend, wie Donner, der über eine ferne Bergkette rollte. Mias Herz setzte einen Schlag aus, aber sie ließ sich nichts anmerken und hielt seinem stechenden Blick stand.

Shenandoah fuhr ruhig fort, ihre Stimme wie ein sanfter Fluss, der über steinige Pfade floss: «Sein Vater ist der dunkle Lord.»

Mias Augen weiteten sich, und ein leises Keuchen entkam ihren Lippen. «Der dunkle Lord?» Die Worte kamen automatisch, eine Mischung aus Erstaunen und Unglauben – sie klangen wie ein ungläubiges Echo. In ihnen schwang weniger eine Frage, sondern eine schwer zu begreifende Tatsache, die sie zu schlucken versuchte. Ihr Blick wanderte unruhig zwischen den beiden Wächtern hin und her. Ihre Stirn legte sich in tiefe Falten, als sie die Arme vor der Brust verschränkte. *Es gibt also doch eine Story hinter der Story!* Der Gedanke ließ Mias Verstand auf Hochtouren laufen. Ihr Blick wanderte zurück zu Tan, und für einen Moment schien es, als würde der flackernde Schein des Feuers ihre Entschlossenheit widerspiegeln. Sie wusste, dass sie nicht aufgeben würde – nicht, bevor sie die ganze Wahrheit erfahren hatte.

***

«Tahotan ist der Sohn des Lords und einer Kriegerfee, die nach der Geburt verschwand. Das Baby wurde von Puks auf ihr Geheiß hin versteckt. Sie wusste um die dunkle Macht, mit der sich der Lord umgab. Puks aber sind listige Wesen, die ihren eigenen Gesetzen folgen. Sie verkauften das Kind an eine Familie – ließen sie in Unkenntnis über seine Herkunft. Dafür mussten sie teuer mit ihrem Leben bezahlen. Der dunkle Lord suchte seinen Sohn und ließ die Dörfer niederbrennen – Tahotans Pflegeeltern starben.»

Mias Herz hämmerte wie ein Techno-Beat. Sie spürte, wie ihre Finger unruhig zuckten. *Das ist nicht die ganze Wahrheit.* Diese leise Ahnung kroch durch ihren Kopf wie ein Schatten, der sich nicht vertreiben ließ. Ihre Augen hefteten sich an Shenandoah, bis sie fast brannten. Sie schluckte hart, der Kloß in ihrem Hals wurde nur schwer kleiner.

«Genau an diesem Tag hat Tahotan die Wahrheit über sich selbst erfahren. Die letzten Worte zwischen ihm und seinem Pflegevater fielen im Streit. Tahotan lief weg. Er war nicht da, als sie alle starben. Seitdem verleugnet er seine Herkunft und seinen Namen. Er unterdrückt seine Kräfte, aus Angst vor dem Schmerz, der dem Fühlen folgt. Doch er hat eine Aufgabe zu erfüllen. Die dunkle Seite der Elementarkräfte muss gebändigt und das Leben in Einklang mit Licht und Schatten gebracht werden. Das ist seine Bestimmung und zugleich die Bürde des Feuerdrachenreiters. Arokh hat ihn erwählt.»

Die Worte hingen im Raum, schwer wie dunkle Wolken vor einem Unwetter. Selbst der Feuerschein des Kamins schien trübe, als ob die Flammen den Schmerz dieser Geschichte nicht zu ertragen vermochten.

«Das ist grausam», flüsterte Mia schließlich. Ihre Stimme brach fast, und doch sprach sie weiter. «Wie soll jemand all das tragen können?» Ihre Augen wanderten zurück zu Tan. Er lag reglos da, so verletzlich, dass ihr Herz schmerzte. Plötzlich regte sich etwas in ihr, eine Energie, die sie nicht benennen konnte. Wie von einer unsichtbaren Hand geführt, beugte sie sich über ihn. Zögernd strich sie mit den

Fingerspitzen über die Narbe auf seiner Wange. Es war nur eine leichte Berührung, fast ein Hauch, und doch schien sie jede Linie dieser Narbe zu spüren, jeden Schmerz, den sie verkörperte. *Wer atmet dich, Tahotan?* Die Worte blieben ungesprochen, aber ihre Augen flüsterten sie in die Dunkelheit. «Komm zurück», sagte sie schließlich, ihre Stimme fast ein Flehen. «Bitte. Lass mich hier nicht allein. Ich brauche dich.»

Dragor stieß ein scharfes Knurren aus. «Er kann dich nicht hören, Mädchen.»

Alter, halt die Klappe! Sie funkelte ihn an, doch ihre Stimme blieb ruhig, fast abwesend: «Woher willst du das wissen?» Ihre Augen verließen Tan nicht, als ob ihr Blick ihn in die Wirklichkeit zurückholen könnte.

Dragor trat einen Schritt vor, seine riesige Gestalt warf bedrohliche Schatten über Mia und Tan. Mit einer plötzlichen Bewegung packte er ihren Arm. Seine Augen glühten vor Wut. «Du glaubst also, du kannst seinen Geist gegen seinen Willen zurückholen?» Seine Stimme war wie Donner, tief und furchteinflößend.

Mia blieb still, ihre Gedanken rasten. *Ja, das glaube ich. Weil ich es kann! Und, weil ich keine Wahl habe.*

***

Mias Blick flackerte zu Dragor, die Augen zu schmalen Schlitzen verzogen. Ihre Stimme war kühl wie Eis, als sie zischte: «Glaubst du, du kannst mich einschüchtern oder aufhalten?» Ihr Ton war scharf und schnitt durch die Stille wie ein Dolch. «Meine Reise ist bisher ein einziges Chaos, nichts lief nach Plan! Ich habe keinen blassen Schimmer, warum ich hier bin oder wie ich in meine Realität zurückkomme. Aber eines weiß ich: Mein Schicksal und das von Tahotan sind miteinander verbunden. Und ja, ich glaube, ich kann ihm helfen!» Die Worte kamen mit einer Entschlossenheit, die selbst einen Felsen in der Brandung zum Wanken gebracht hätte. «Also lass mich bitte sofort los.»

Dragors kalte, goldene Augen verharrten einen Moment lang auf ihr, glommen wie das Glühen eines erstickten Feuers. Dann löste sich der Druck um ihren Arm mit einer fast widerwilligen Langsamkeit.

«In diesem Fall solltest du zuerst einmal selbst einen Blick auf deinen Geisteszustand werfen. Folge mir, Mädchen», brummte er, seine Stimme vibrierte wie ein tiefes Grollen.

Mia stemmte die Hände in die Hüften, das Adrenalin schoss heiß durch ihre Adern. «Mit welchem Recht benimmst du dich so aufgeblasen und respektlos?» Ihr Ton war scharf, aber in ihren Augen funkelte etwas, das mehr als bloße Empörung war – es war Stolz, gepaart mit einer Ahnung von Angst.

Doch Dragor hatte sich längst umgedreht. Seine schweren Schritte hallten in der Stille wider, als er auf den Ausgang zuging. Seine Silhouette warf lange, drohende Schatten an die rubinrot schimmernden Wände des Raums. Die Kerzen schienen flackernd vor ihm zurückzuweichen, als ob sie selbst seinen Zorn fürchteten.

Mia biss die Zähne zusammen. *Schon wieder eine Entscheidung. Warum immer ich?* Ihr Blick glitt kurz zu Tan, der immer noch reglos auf dem Lager lag. *Ich habe keine Wahl, oder?* Ein unmerkliches Nicken zu sich selbst – dann setzte sie sich in Bewegung, die Anspannung in ihren Muskeln zwang sie förmlich vorwärts. *Wenn ich etwas herausfinden will, dann jetzt.*

∗∗∗

«Wohin gehen wir?», fragte Mia mit herausfordernd erhobener Stimme. Widerwillig folgte sie Dragor, ihre Arme vor dem Körper verschränkt, als könnte sie sich dadurch besser gegen seine dominante Ausstrahlung schützen.

«Du redest zu viel, Mädchen! Es wäre besser, wenn du mir einfach folgst.» Ohne einen weiteren Blick zurück wandte Dragor ihr den Rücken zu und stapfte durch die von Kerzenlicht flackernd erhellten Höhlengänge. Seine Stimme klang so abschließend, als wäre der Dialog damit beendet.

Geht's noch?! Schon wieder so ein kommandierender Freizeit-Pädagoge, der glaubt, mich besser zu kennen als ich mich selbst! Mias Gedanken kochten über, doch sie folgte ihm zähneknirschend. Ihre Augen huschten über die verworrenen Gänge, deren Schatten sie an Spinnennetze erinnerten. *Hier finde ich nie alleine raus!* Die Erkenntnis war beunruhigend.

Plötzlich blieb Dragor vor einem massiven Tor stehen, dessen dunkles Holz von silbrigen Ornamenten durchzogen war. Seine Gestalt schien zu wachsen, als er sich vor dem Eingang aufbaute. Die Wände warfen riesige, verzerrte

Schatten von ihm, und für einen Moment wirkte er fast wie ein Ungeheuer aus einer anderen Welt.

Mia musste unwillkürlich an Franz Kafkas Türhüterlegende denken. Im Literaturunterricht bei Dr. Wagner hatten sie darüber gesprochen. Damals hatten sie Texte geschrieben, die die Gedanken und Gefühle der Protagonisten ergründen sollten. Jetzt fühlte sie sich selbst wie eine jener Figuren, klein und verletzlich vor einer Tür, die sie nicht öffnen konnte. *Diese Welt – oder meine? scheint einzig aus Toren zu bestehen, wie Widerstände, die es zu überwinden gilt!*, überlegte Mia.

«Das ist das Tor zum Weltenraum», verkündete Dragor mit einer Stimme, die wie fernes Donnern durch die Höhlengänge hallte. «Aber ich weiß nicht, ob ich dir Einlass gewähre.»

Mias Atem stockte. Sie straffte die Schultern und erwiderte mit einem scharfen Ton: «Dann weiß ich nicht, warum wir hierhergekommen sind, Mister Torwächter!» Ihre Augen funkelten vor Wut und Trotz.

Dragor lachte, ein tiefes, sarkastisches Lachen, das den Raum mit einer unheilvollen Spannung erfüllte.

«Mädchen, nimm diesen Raum nicht auf die leichte Schulter. Um ihn zu betreten, bedarf es disziplinierter Demut und jahrelanger Erfahrung. Von beidem scheinst du mir nur wenig zu besitzen.» Seine Stimme wurde noch härter, durchdringender. «Deshalb verwehre ich dir den Zutritt, auch wenn der Raum allen offen steht. Es ist eine besondere

Herausforderung, der du mit Sicherheit nicht gewachsen bist.»

Seine Worte hallten in ihrem Kopf wider, und für einen Moment fühlte Mia sich tatsächlich klein und fehl am Platz. Doch dann reckte sie trotzig das Kinn und funkelte Dragor an. *Demut?! Ich zeig dir gleich, wie wenig Erfahrung ich habe!*

Mit jedem Wort des Torhüters spürte Mia, wie ihre Wut anschwoll. Es war keine blinde, unkontrollierte Wut, sondern eine, die sich tief in ihrer Brust sammelte und ihr eine Kraft verlieh, die sie noch nie zuvor gespürt hatte. Ihre Augen funkelten wie lebendige Flammen. Ohne nachzugeben, baute auch sie sich vor Dragor auf, die Hände zu Fäusten geballt, die Schultern aufrecht, als wollte sie jeden Zweifel an ihrer Entschlossenheit zerstreuen.

«Ja klar, TOR-HÜTER!», begann sie, ihre Worte scharf und klar, wie ein schneidender Wind. «Ich warte gewiss nicht wie der alte Mann in Kafkas Gleichnis Jahre, um in diesen Raum zu gelangen! Ich gebe mich bestimmt nicht auf, damit du Macht über mich gewinnst! Im Gegensatz zu dem Mann vom Lande aus der story habe ich meinen eigenen Willen und hege weder Zweifel noch Erwartungen, indem ich mich meiner Angst vor irgendetwas ausliefere!» Ihre Stimme war ruhig, aber unerschütterlich, und schien die Wände des Ganges widerhallen zu lassen. «Du sagst, ich sei der Aufgabe nicht gewachsen. Ich sage dir, ich mache mich nicht ängstlich klein, damit du größer erscheinst, als du bist. Ich verschanze mich nicht vor deinem Verbot und warte, bis ich schwarz werde, damit du mir Einlass gewährst. Ich erlaube es mir selbst. Wovor soll ich Angst haben? Vor dem, was gewesen sein könnte oder noch auf mich zukommen könnte, hm?» Ihre Worte waren wie ein Wirbelsturm, der durch den Raum fegte. Ihr Atem war ruhig, ihr Blick fest auf Dragor gerichtet, als sie mit Nachdruck fortfuhr: «Ich WILL diesen Raum betreten. Koste es, was es wolle! Ich bin bereit, den Preis zu zahlen. Denn ich bin überzeugt, dass es nicht nur zu meinem Besten ist, sondern auch zum Besten von Tahotan! Also T O R W Ä C H T E R!», hier betonte sie jeden einzelnen Buchstaben scharf und mit einer Klinge in der Stimme, die keinen Widerspruch duldete. «Geh zur Seite und mach die Tür frei. Ich will in den Raum!»

Die Luft zwischen ihnen schien zu knistern, als ihre Worte verklangen. Sie standen sich gegenüber – das Mischwesen in Pelz und mit einem schwerem Säbel an der Seite, und das Mädchen in Jeans und Kapuzenpulli, deren Augen vor Entschlossenheit funkelten.

Dragor ließ den Moment in all seiner Spannung ausharren. Schließlich nickte er langsam, sein Blick unverändert finster, doch seine Stimme klang ungewohnt mild: «Mutig, junge Dame. So sei es. Tritt ein. Aber hüte dich vor der Dunkelheit. Halte dich an deinen Geist und verändere, bewerte nichts von dem, was dir in diesem Raum begegnet. Lass geschehen, was geschehen soll. Und atme ruhig.»

Mit diesen Worten trat er zur Seite, die Schwere seiner Gestalt wich plötzlich, als das Tor sich wie von unsichtbarer Hand öffnete. Das Licht, das aus dem Raum dahinter sickerte, war warm, aber fremd. Mia spürte, wie ihre Wut langsam abebbte, ersetzt durch eine seltsame Mischung aus Ehrfurcht und Vorfreude.

✳✳✳

Ein Schritt, und Mia wurde von der nachtschwarzen Dunkelheit verschluckt. Die Stille im Raum drückte schwer auf ihre Brust. Sie holte tief Luft und rief:

«Hallo?»

Doch ihr Ruf verhallte, als hätte es keinen Widerstand gegeben. Keine Wände, keine Begrenzungen, kein Echo. Nur Leere. Die Dunkelheit war nicht einfach da – sie lebte. Sie kroch in Mias Gedanken, füllte die Zwischenräume, in denen ihre Zweifel nisteten. Ein kaltes, unsichtbares Etwas schien über ihre Haut zu gleiten, bis ihr ein Schauer über den Rücken lief.

Was ist, wenn ich falle?

Was, wenn mich nichts auffängt?

Was, wenn ich niemals ankomme?

Was, wenn ich den Weg zurück nicht mehr finde?

Was, wenn ich niemals wieder...

Die Gedanken kamen wie Stiche. Schon donnerte Mias Herz gegen ihren Brustkorb, der ohnehin immer enger zu werden schien. Ihr Atem ging flach, als die Geister des Zweifels um sie herumschwirrten, wie Irrlichter, die in der Dunkelheit zischend auf sie zurasten. Verzerrte Fratzen mit grinsenden Mündern formten sich aus der Finsternis. Lange, klauenartige Finger griffen nach ihr, zogen an ihren Armen, zerrten an ihren Beinen.

Entsetzt schlug Mia die Hände vors Gesicht und kniff die Augen zusammen wie ein verlorenes Kind. *Es war so dumm! So dumm zu glauben, ich könnte… Ja, würde…* Die Geister des Zweifels zogen stärker an ihr, zerrten an ihren Erinnerungen und ließen sie aufsteigen wie einen Nebel, der sich schwer und lähmend um sie legte.

«Lasst mich los!», schrie Mia panisch.

«Lass du uns doch los!», zischten die Geister höhnisch zurück.

Was, wenn mich nichts auffängt, außer dieser Erinnerung…

Da waren sie. Ein Arzt, ihre Mutter, zwei Männer in schwarzen Anzügen. Wortfetzen prasselten auf Mia ein wie Schläge: *Ein Unfall… Müssen Sie doch verstehen… Verlassen… Niemals zurück… Das Kind… Überlebt, doch was wäre, wenn…* Die Worte bohrten sich in ihren Verstand. Ihre Kehle schnürte sich zu. Mia schnappte nach Luft, aber die Dunkelheit war wie eine erdrückende Last auf ihrer Brust. Plötzlich: ein Bild. Ein Auto, das von Lärm und Chaos erfüllt war. Ein dumpfes Krachen. Splitterndes Glas. Eine leblose Gestalt hinter dem Lenkrad. Der Blick des Fahrers verzerrt vor Entsetzen.

Das Bild brach ab wie ein Filmriss. Die Geister des Zweifels zischten erneut, doch diesmal, nur einen Wimpernschlag lang, erblickte Mia etwas anderes. Ein schwaches goldenes Licht in der Ferne. Hoffnung keimte auf. Sie streckte die Hand aus, aber das Licht erlosch, verschluckt von der alles verschlingenden Schwärze. Mia fiel auf die

Knie. Ihr Herz raste, und ihre Finger gruben sich in das unsichtbare Nichts unter ihr. Doch tief in ihr loderte ein Funke. Mit einem letzten, verzweifelten Atemzug schrie sie: «Genug!»

Die Geister zögerten. Das Zischen verstummte. Und in der Stille, die folgte, erhob sich Mia langsam. Mit zitternden Händen wischte sie sich über die feuchten Wangen. *Ich lasse euch nicht gewinnen. Nicht diesmal.*

✳✳✳

Der Schock peitschte durch Mias Innerstes. Von unbändigen Tränen geschüttelt, schlang sie die Arme enger um den Kopf. Ein erstickter Schrei blieb irgendwo zwischen Kehle und Gaumen stecken. Die Last – vielleicht auch die Schranke – die so lange auf ihrem Herzen gelegen hatte, fiel plötzlich ab. Mit ihr brach etwas in Mia auf. Sie weinte, wie auch das Kind auf dem Rücksitz damals geweint hatte. Sie war wieder eins mit sich selbst, eins mit ihrem zweijährigen Ich. Saß wieder in dem Auto, das einen Unfall gehabt hatte.

Was, wenn ich niemals wieder...

«Daddy...!» japste Mia atemlos, ihre Stimme war brüchig und voller Verzweiflung. Sie griff nach ihrem Vater, der leblos hinter dem Steuer klemmte. Das Frontteil des Autos hatte sich in den Innenraum verschoben. Überall war Blut. Rot, warm, pulsierend – es schien den Raum auszufüllen. Die Wände, den Himmel, alles.

Was, wenn ich allein den Weg nicht zurückfinde?

Mias Atem wurde langsamer. Tiefer. Auch die Geister

beruhigten sich allmählich, ihre zischenden Stimmen verstummten. Das Schütteln ihres Körpers ließ nach, ebenso wie der entsetzlich stechende Schmerz in ihrem Herzen. Es war, als hätte die Dunkelheit ihren Griff gelockert. Der Schmerz verlor mehr und mehr an Heftigkeit.

Ich war im Auto. Ich war dort, als er starb. Ich habe gesehen, wie die Männer in Schwarz kamen. Mit ihren grimmigen Gesichtern und der Kälte in ihren Augen. Sie haben mich auf mein Zimmer geschickt. Aber ich habe gelauscht... Die Erinnerungen flackerten auf, deutlich und klar wie Bilder auf einer Kinoleinwand.

Was, wenn ich niemals wieder...

Wir sind überstürzt von Kanada nach Deutschland gezogen. Aber da war diese ältere Frau... Wer war sie? Mia konnte sich nicht erinnern. Die Details entglitten ihr wie Sand zwischen den Fingern. Doch die Zweifelsgeister verschwanden einer nach dem anderen, als wären sie kleine, platzende Lichtfunken. *Der Stab... Aber meine Mutter hat ihn zurückgelassen.* Diese letzte Erinnerung vervollständigte sich, schloss einen Kreis, den Mia nicht einmal bemerkt hatte. Und dann verblasste das Bild. Die Dunkelheit schien sich zurückzuziehen, wurde leichter, transparenter. *Ich konnte ja nicht ewig vor diesen Geistern der Vergangenheit fliehen!* Mia sackte erschöpft zusammen, die Beine versagten ihr. Doch sie traf nicht auf den kalten Boden. Zwei starke Arme fingen sie auf.

Warm, sicher, beständig.

***

Dragor trug Mia schweigend durch die von Kerzen erleuchteten Höhlengänge. Die Wärme seines Körpers und die rhythmischen Schritte beruhigten sie langsam, wie das Schaukeln eines Bootes. Mias Kopf lehnte an seiner Schulter, während sie tief durchatmete, um die Kontrolle über ihre Gedanken zurückzugewinnen. Nach einer Weile richtete sie sich auf, straffte die Schultern und blickte ihn an.

«Was genau ist die Bedeutung von Raum und Zeit?» Ihre Stimme klang fest, doch ein zaghaftes Lächeln spielte um ihre Lippen.

Dragor hielt kurz inne, als ob er die Frage abwog. «*Der Raum ist dem Ort, was die Ewigkeit der Zeit ist*», zitierte er Joseph Joubert. Die tiefe Resonanz seiner Stimme füllte den Gang, während sich seine Mundwinkel langsam zu einem Lächeln hoben.

Mia blinzelte. *Ist das wirklich derselbe Typ, der mich eben noch wie einen Eindringling behandelt hat?* Sie spürte, dass etwas in seiner Haltung sich verändert hatte. Die Härte, die ihn zuvor umgeben hatte wie eine Rüstung, war geschmolzen, ersetzt durch eine unerwartete Gelassenheit.

«Hm... Du meinst wohl die Unbegrenztheit des Geistes?», hakte Mia nach, ihre Neugier geweckt.

Dragor hielt inne und nickte. Doch statt direkt zu antworten, rezitierte er leise: «*Du gleichst dem Geist, den du begreifst.*» Seine Worte hatten etwas Feierliches, als wären sie mehr für ihn selbst bestimmt als für sie.

Mia öffnete den Mund, um etwas zu erwidern, doch die

Worte blieben ihr im Hals stecken. Eine plötzliche Erkenntnis traf sie, so klar und schneidend wie ein Sonnenstrahl durch einen dunklen Raum. Sie atmete tief ein. «Mein alltäglicher Verstand ist begrenzt. Aber mein Geist... Mein Geist ist wie das Universum!» Ihre Stimme wurde leiser, als sie den Gedanken aussprach, der sich in ihr formte. «Mein Geist ist Raum und Zeit zugleich.»

Dragor musterte sie mit einem Ausdruck, der Stolz und Nachdenklichkeit vermischte. Er schien für einen Moment ganz woanders zu sein, als ob ihre Worte etwas in ihm wachgerufen hatten. Schließlich drückte er sanft ihre Hand, bevor er sie wieder auf den Boden absetzte.

«Danke, Dragor.» Mias Lächeln erreichte ihre Augen, und ihr Gegenüber erwiderte es mit einem fast verlegenen Nicken.

Als sie den rubinroten Raum betraten, spürte Mia die Wärme des Kaminfeuers auf ihrer Haut. Das Feuer brannte ruhig und stetig, seine Bewegungen spiegelten eine seltsame Spannung wider. Tan lag noch immer regungslos auf dem Lager. Sein Gesicht wirkte scharf, aber leer, als ob seine Seele anderswo verweilte. Langsam ging Mia auf ihn zu, ihre Schritte kaum hörbar.

Was soll ich tun? Ich habe keine Ahnung... Doch sie ließ sich nicht aufhalten. Sie setzte sich an Tans Seite, spürte die Wärme seines Körpers unter ihren Fingern. Ihre Hand zitterte leicht, als sie über seine Stirn strich, genau an die Stelle, die sie als den Sitz seines geistigen Auges empfand. Ein sanfter Druck. Ihre Lippen berührten federleicht seine

Stirn, ein Hauch, der mehr sagte als Worte. Sie schloss die Augen, suchte nach einem Funken, einer Regung, etwas, das ihm die Rückkehr ermöglichen würde. Leise, fast wie ein Hauch, flüsterte sie: «Wer atmet dich?»

Das Feuer im Raum flackerte plötzlich, als ob es antworten wollte. Doch es blieb still. Still – und voller Möglichkeiten.

***

Die beiden Wächter verharrten schweigend im Hintergrund, während Mia leise zu Tans Geist sprach: «Keine Sorge, ich weiß, was du brauchst, Tahotan.» Mia richtete sich auf und griff automatisch nach dem Amulett, das immer noch in Tans Hand verschlossen war. Behutsam nahm sie es, strich zaghaft darüber, spürte die unruhige Energie, die von dem Artefakt ausging, und legte es dann auf seine Brust.

«Wenn wir getrennt sind von dem, was uns atmet, dann sind wir zwei, die eins sein sollten! *Siehst du nicht an meinen Liedern, dass ich eins und doppelt bin*, so steht es bei Goethe geschrieben. Wann immer du in der Tiefe deines Geistes bist, bist du gleichzeitig mit Raum und Zeit verbunden. Alles ist eins.» Die Worte drangen aus einer Tiefe zu Mia, die ihr selbst unbekannt war. Sie kamen nicht aus ihrem Verstand, sondern schienen direkt von einer anderen Sphäre durch ihr Herz zu fließen. Ihre Stimme hatte einen Klang, der ihr fremd war, und doch fühlte es sich an, als wären sie für diesen Moment bestimmt gewesen. «Aber dich zu vereinen, das kannst nur du. Atme, Tahotan, atme. Denn der Atem verbindet deinen Körper mit deinem Geist.» Kaum hatte Mia die Worte ausgesprochen, begann das Amulett zu leuchten. Es strahlte weit, und seine Leuchtkraft drang tief in Tans Herz.

Augenblicklich hob und senkte sich seine Brust schnell, schneller. Es war, als hätte sich der Raum selbst an die Schwingungen seines Kampfes angepasst. Die Schatten an den Wänden bewegten sich flackernd, während die Luft mit einem kaum hörbaren Summen vibrierte.

Mias Atem stockte, als Tan sich unruhig hin und her warf, als ob sein Körper und sein Geist gegeneinander kämpften. Seine Bewegungen wurden heftiger, begleitet von einem gequälten Stöhnen, das den Raum durchdrang.

Die Stille war keine Leere – sie war geladen mit der Erwartung eines Blitzeinschlags. Selbst die Schatten an den Wänden schienen gespannt innezuhalten, während der Raum atemlos auf eine Entscheidung wartete.

«Kämpf nicht dagegen an, lass einfach los.» Mias Stimme klang ruhig, fast tröstlich, obwohl ihr Herz so wild pochte, dass es schmerzte. Es fühlte sich an, als trüge sie einen Teil seines Kampfes in sich.

Ein letztes Aufbäumen seines Körpers verriet den Kampf zwischen Geist und Verstand. Einer von beiden - der, der die Grenzen viel zu eng gezogen hatte, wollte in der Dunkelheit bleiben. Mias Hände zitterten, aber sie blieb an Tans Seite. Niemand griff ein.

«Lass los!» Die letzten Worte hallten in der Stille wider, und als wäre das Stichwort gefallen, sackte Tans Körper in sich zusammen. Der Raum schien noch immer den Atem anzuhalten. Die Kerzenflammen wurden für einen Moment kleiner.

Mia warf den Kopf herum, ihr Blick suchte Halt bei Dragor, der missbilligend den Kopf schüttelte. Sein Schweigen sprach Bände, als glaube er nicht an ein Wunder. Doch Shenandoah machte eine sanfte Handbewegung, die Mia und Dragor bedeutete, hinzusehen. Und genau in diesem Moment schlug Tan die Augen auf. Sein Blick war klar, durchdringend, und schien das Licht des Amuletts zu spiegeln, das immer noch auf seiner Brust lag.

Es war, als hätte Mia einen Faden gewebt, der den Raum mit der Zeit verband, als hätte sie erkannt, dass das eine ohne das andere nicht existieren konnte. Ein Gleichgewicht, das in ihrer Berührung mit Tans Geist lebendig wurde.

DAS VERMÄCHTNIS DER WEISEN

»Wenn nicht entweder die Philosophen Könige werden oder die Könige und Monarchen sich wahrhaft ausreichend mit der Philosophie befassen und dies nicht in eins zusammenfällt, politische Macht und Philosophie, gibt es kein Ende der Übel für unsere Städte, ja nicht für die Menschheit insgesamt.«
(Platon Der Staat)

In den nächsten Sekunden spürte Mia ihr eigenes Schlottern. Endlich löste sich sein starrer Blick, aber Tan wandte sich wieder von ihr ab. Mia fühlte sich, als hätte jemand einen Kübel eiskaltes Wasser über sie gegossen. Die Selbstsicherheit, mit der sie agiert hatte, begann zu schwinden. Ihr Alltagsverstand übernahm das Ruder. *Warum um alles in der Welt habe ich geglaubt, dass der Typ mir helfen kann?* Sie schloss die Augen und atmete dreimal tief durch, um sich zu sammeln. Als sie die Augen wieder öffnete, hatte Tan sich mit einem Ruck aufgerichtet. Seine Bewegungen waren abgehackt, fast mechanisch. Als er sie bemerkte, flogen seine

Lider hoch, aber sein Blick war immer noch abwesend, auf einen nicht vorhandenen Punkt gerichtet. Mia fühlte sich unbehaglich. Es war, als würde er durch sie hindurchsehen, als wäre sie nur eine schemenhafte Erscheinung.

«Sie ist gestorben... wieder und wieder», sagte er so leise, dass Mia ihn kaum verstehen konnte.

«Wer?» Mias Stimme war vorsichtig, fast flüsternd, als wollte sie ihn nicht noch mehr zerbrechen lassen.

«Ich weiß es nicht.» Tan schüttelte geistesabwesend den Kopf. «Ich kenne sie nicht, habe sie nur schemenhaft gesehen und doch habe ich das Gefühl, sie zu kennen.» Jetzt flackerte sein Blick zu Mia. Die Kälte war aus ihm gewichen. Stattdessen lag Hilflosigkeit in seinen Augen, und eine Frage, die ihn scheinbar selbst überforderte.

Mia wollte etwas sagen, doch bevor sie den Mut dazu fand, erklang Dragors tiefe Stimme hinter ihr: «Er ist in einer Zeitschleife gefangen.»

Mia fuhr herum. Ihre Augen weiteten sich. «Ich verstehe nicht», brachte sie mühsam hervor.

Dragor trat näher, seine schwere Gestalt warf lange Schatten in den Raum. Das Flackern des Kaminfeuers verlieh seiner Silhouette etwas Archaisches, fast Mythisches. «Die Ereignisse in der Zeit vollziehen sich kausal. Auf die Wirkung folgt die Ursache, aus der wieder eine Wirkung entsteht und so weiter. Die Zukunft baut sich aus der Vergangenheit auf, die aber einen gegenwärtigen Augenblick benötigt. Wenn sich jedoch die Zeitachse so krümmt, dass sie sich mit einem vergangenen oder zukünftigen Ereignis kreuzt, entsteht ein Zeitsprung. Genau das ist bei dem Jungen der Fall.»

Seine Stimme erfüllte den Raum und prallte gegen die rubinroten Wände. Es war, als würden diese das Gesagte verschlucken und zugleich bewahren. Für den Bruchteil einer Sekunde war nur das Knistern des Kaminfeuers zu hören.

Mias Blick wanderte zurück zu Tan. Seine Atmung war flach, seine Hände zitterten leicht. Und dann sagte er etwas, das ihr das Herz in der Brust zusammenzog: «Ich habe sie nicht retten können.» Seine Worte klangen wie ein Urteil.

Mia trat einen Schritt näher, ihre Hände zu Fäusten geballt, als müsse sie sich an der eigenen Entschlossenheit festhalten. «Du bist nicht allein, Tan. Wir holen dich hier raus. Und ich werde dafür sorgen, dass du das glaubst.»

Dragor beobachtete sie aufmerksam. Ein kaum sichtbares Nicken legte sich wie eine Anerkennung auf sein adlergesichtiges Antlitz. «Das ist mutig, Mädchen. Aber Mut allein reicht nicht. Die Wahrheit wird euer schwerster Gegner sein.»

Mia erwiderte seinen Blick, ihre Kiefer angespannt. «Dann bring es uns bei. Wir haben keine andere Wahl.»

✴✴✴

«Ich habe also ein zukünftiges Ereignis wieder und wieder erlebt?», fragte Tan leise, seine Aufmerksamkeit nun ganz auf Dragor gerichtet. Seine Stimme war brüchig, als würde jedes Wort eine Mauer in ihm einreißen.

«Um es in Ordnung zu bringen, ja», antwortete Dragor mit einer Ruhe, die fast unheimlich wirkte. Seine Worte hallten nach, schwer wie Stein.

Tan ballte die Hände zu Fäusten, sein Blick flackerte zwischen Shenandoah und Dragor hin und her, bevor er wieder zu Boden sank. «Aber ich konnte nichts tun! Am Ende war sie immer tot.»

Mia, die keinen Plan hatte, was in Tan vorging, ließ ihren Blick abwechselnd zwischen ihm und Dragor wandern. Ihre Gedanken rasten. *Wer ist sie? Was ist passiert? Warum kann ich nichts davon verstehen?*

Shenandoah trat näher, ihre kristalline Gestalt schimmerte im Licht der rubinroten Wände. «Du musst zu den schwingenden Felsen gehen», sagte sie mit sanfter Bestimmtheit. Ihre Stimme hatte etwas Unausweichliches, als hätte sie ein uraltes Orakel gesprochen. «Es ist gefährlich, aber es wird dir Antworten geben.»

Tan schloss kurz die Augen, atmete tief durch und stöhnte, während er sich langsam aufrappelte. Als er schließlich in voller Größe vor Mia stand, schien er fast wie eine andere Person. Seine Schultern waren angespannt, seine Haltung entschlossen. «Ich verstehe...! Die Inschriften... das Vermächtnis der Weisen!», sagte er mit einem abwesenden Nicken, als würde er den Rest des Gesprächs nur noch durch einen Nebel wahrnehmen.

Obwohl ihre Chancen nicht besonders gut standen, sah Mia Tan unverwandt an. Ihre Augen funkelten vor Trotz, während sie ihre Stimme erhob, um sich Gehör zu verschaffen:

«Aber nicht ohne mich!» Dabei hatte sie überhaupt keine Ahnung, was die Zeitwächterin mit «schwingenden Felsen» meinte. *Es klingt irgendwie gruselig...!*

Todesblick von Muskeltyp auf drei, zwei, eins...! Und tada, da war er! Tans durchdringender Blick hatte sich wie ein Messer auf sie gerichtet, aber Mia ließ sich nicht einschüchtern. Innerlich verdrehte sie die Augen und stemmte die Hände in die Hüften, ihr Kinn trotzig erhoben. «Ich bleibe hier auf keinen Fall allein. Ich komme mit. Ob du willst oder nicht!» *Basta!*

Alle Augenpaare waren auf sie gerichtet. Shenandoah lächelte kaum merklich, Dragor zog seine Augenbrauen zusammen, und Tan... Tan sah sie an, als wäre sie gerade vom Himmel gefallen. Doch anstatt sie zurückzuweisen, entwich ihm nur ein resigniertes Seufzen. «Wie du willst», murmelte er und wandte sich ab, bereit, den nächsten Schritt zu gehen. Doch Mia bemerkte den winzigen Anflug von Anerkennung in seinem Blick, bevor er wieder hart und entschlossen wurde.

Dragor hob die Stimme erneut, schwer und eindringlich: «Unterschätzt den Weg nicht! Die dunkle Energie ist auf dem Vormarsch. Sie hat längst wieder begonnen, weitere Willige in ihren Bann zu ziehen.»

Mia merkte, dass er diesmal nicht nur Tan, sondern auch sie meinte. Ihre Lippen zuckten, als ein Grinsen fast die Oberhand gewann. *Die Sache ist geritzt!* Ein leises Frösteln kroch dennoch über ihre Haut, als sie an das dachte, was vor ihnen lag. *Was für eine dunkle Energie? Und wie zur Hölle soll ich dagegen ankommen?* Sie schüttelte den Kopf und zwang sich, den Gedanken beiseitezuschieben. *Das gehört zum Abenteuer dazu*, dachte sie und schluckte das aufkeimende Unbehagen wie einen großen Schluck Wasser einfach herunter. Ihr rebellischer Blick wanderte zu Tan hinüber, wo er förmlich rief: *Siehst du? Ich bin bereit.*

Tan hob resigniert die Hände. «Schon kapiert! So schnell werde ich dich nicht los!» Seine Stimme war ein Gemisch aus Frustration und einer Spur von Anerkennung, die er selbst nicht ganz zu greifen schien. *Warum lasse ich das überhaupt zu?* Sein Blick fiel kurz auf Mia, die den Kopf trotzig erhoben hielt. *Sie wird eine Last sein... oder vielleicht auch nicht?*

Ohne weiter zu sprechen, wandte er sich an Dragor: «Ich habe die dunkle Macht während meines Blackouts gespürt. Sie wollte mich herausfordern...»

Dragor nickte, seine schweren Augenlider halb geschlossen. «Und nicht nur das, nicht wahr? Du musst den Zeitsprung vollständig überwinden. Du kannst das Solide der Vergänglichkeit nicht ändern. Du musst es akzeptieren. Das Fließende der Zukunft ist objektiv und beweglich. Du kannst es durch dein Handeln im Hier und Jetzt verändern. Nimm deine Vergangenheit an. Nimm dich an!»

Tan schnaubte leise. «Das höre ich heute nicht zum ersten Mal.»

Oh mein Gott, er kann sogar lächeln! Und sieht dabei auch noch super hot aus!, dachte Mia, bevor sie errötete. Sie zwang sich, den Blick abzuwenden.

Dragor ließ sich nicht ablenken. Seine Stimme gewann an Schärfe, als er weitersprach: «Arokh wird euch an die östliche Grenze des Gebietes bringen. Von dort müsst ihr allein weiterziehen. Der Dschungel der verlorenen Seelen ist dicht bewachsen. Aus der Luft könnt ihr die schwingenden Steine mit dem Vermächtnis der Weisen nicht sehen. Lasst euch von euren Instinkten leiten. Aber seid gewiss, die dunkle Energie wird unaufhaltsam weiterwachsen!»

Wieder klang Dragor wie ein befehlsgewohnter Admiral, der die Kontrolle über jede Situation behielt. Doch Mia bemerkte mit Genugtuung, dass er sie abermals beide direkt angesprochen hatte. Ein weiterer Beweis, dass sie nicht nur ein Anhängsel war. Sie spürte, wie sich ihr Herzschlag beschleunigte, aber sie verbarg ihre Unsicherheit hinter einem breiten Grinsen. *Ich bin dabei, egal was passiert!*

«Gut, dann los!«, sagte Tan mit einem entschlossenen Nicken und marschierte ohne zu zögern an Mia vorbei aus dem Raum.

Dragor legte ihr behutsam eine Hand auf die Schulter: «Bleib wachsam, Mädchen«, sagte er, und in seiner Stimme lag ein unerwarteter Hauch von Sorge.

Mia nickte, straffte die Schultern, atmete tief durch und folgte Tan, während ihre Gedanken rasten. *Ich bin dabei. Egal, was kommt.*

Gemeinsam durchquerten sie die dunklen Höhlengänge, bis sie schließlich das Ausgangstor erreichten. Arokh wartete dort bereits, sein massiver Körper wie ein Fels in der

Dunkelheit. Als Mia in die bernsteinfarbenen Augen des Drachen blickte, hatte sie das seltsame Gefühl, dass er wusste, was sie dachte. Ein leises, tiefes Brummen erfüllte die Luft – oder war es nur ihr eigener Herzschlag?

∗∗∗

Der Morgen dämmerte dem Tag entgegen, als sie aus der Höhle flogen. Die magischen Lichtspiele am Himmel wurden ebenso vom Delphingrau des Nebels verschluckt wie der Drache und seine Reiter. Und als wolle er die Grenze zwischen Horizont und Universum erreichen, stieg das Echsenwesen immer höher.

Mia schloss die Augen und spürte, wie der Wind durch ihr Haar strich, es wild um ihren Kopf tanzen ließ und ihre Wangen kühl streichelte. Es fühlte sich an, als würde sie von etwas Altem und Unergründlichem getragen. *Das muss Freiheit sein*, dachte sie, und ein kleines Lächeln huschte über ihre Lippen.

Tan saß vor ihr, der Rücken gerade, die Hände fest um die Zügel des Drachen geschlungen. Sein Schweigen war wie immer undurchdringlich, doch es lag etwas in seiner Haltung, das Mia innehalten ließ. *Genießt er das? Oder denkt er immer noch über die Worte des Raumwächters nach?* Sie konnte es nicht sagen, aber in diesem Moment störte sie seine übliche Abwehrhaltung nicht. Vielleicht war es sogar besser so – zumindest musste sie sich keinem seiner mürrischen Blicke stellen.

Die Nebeldecke unter ihnen öffnete sich, und ein Anblick

offenbarte sich, der Mia den Atem raubte. Vor ihnen erstreckte sich die Morgenröte in einem Farbenspiel aus Rotgold und schimmerndem Orange. Die Farben verschmolzen miteinander, tanzten auf der dünnen Linie zwischen Tag und Nacht, während der Dunst sie wie ein weiches Tuch umhüllte. Für einen Moment fühlte Mia eine Wärme in ihrer Brust aufsteigen, als hätte sich ein Sonnenstrahl direkt in ihr Herz verirrt.

Plötzlich vibrierte die Luft, und ein feiner, fast ätherischer Klang drang an ihr Ohr. Es war, als würde jemand Beethovens *Mondscheinsonate* spielen – doch nicht auf einem Klavier, sondern auf einer unsichtbaren, sphärischen Harfe. Mia öffnete die Augen und sah erstaunt, wie schimmernde, durchsichtige Klangkörper um sie herum schwebten. Sie sahen aus wie Seifenblasen, in denen sich das Licht der aufgehenden Sonne brach und regenbogenfarbene Muster auf ihre Haut zeichnete. Die Klangkörper vibrierten sanft, sandten Schallwellen durch die Luft, die sich wie sanfte Schauer über Mias Körper legten. Es fühlte sich an, als würden unzählige Blasen auf ihrer Haut zerplatzen, eine Mischung aus prickelnder Gänsehaut und tröstender Wärme hinterlassend. *Was ist das hier nur für eine Welt?*, fragte Mia sich, und in ihrem Inneren breitete sich ein Gefühl aus, das sie weder greifen noch benennen konnte. Es war eine Mischung aus Ehrfurcht, kindlicher Neugier und dem seltsamen Wissen, dass sie Zeugin von etwas Größerem war, etwas, das sie nie ganz begreifen würde.

Tan bewegte sich kaum, doch Mia glaubte, eine subtile Veränderung in seiner Haltung wahrzunehmen. Es war, als hätte auch ihn dieser Klangteppich berührt, als hätte das Licht, das die Klangkörper erfüllte, einen Weg zu ihm gefunden.

«Was war das gerade?«, flüsterte Mia, mehr zu sich selbst als zu jemand anderem, während sie eine Hand auf den warmen, schuppigen Rücken des Drachen legte.

Der Drache ließ ein tiefes, melodisches Grollen erklingen, fast wie ein Echo der Klänge, die sie gerade durchflogen hatten.

Keine Antwort aber kam von Tan, nur das stetige Rauschen des Windes in ihren Ohren. Doch tief in ihrem Inneren wusste Mia, dass sie eine Grenze überschritten hatten – nicht nur in der Luft, sondern auch in ihr selbst. Sie brauchte keine Antwort von ihm. Für einen winzigen Moment hatte sie das Gefühl, nichts als dieses Licht, diese Klänge und das stetige Rauschen des Windes zu sein. Die Vergangenheit, die sie sonst immer so fest umklammerte, schien weit weg, als hätte sie sich in den Nebelschwaden unter ihnen verloren. Doch tief in ihrem Inneren wusste Mia, dass dies nur der Anfang war – der Beginn einer Reise, die so viel mehr von ihr fordern würde, als sie sich jemals hätte vorstellen können.

***

Schließlich begann sich der Nebel vollkommen zu lichten, und der Drache flog an einem perlweiß schimmernden Strand entlang. Das kristallklare Meer glitzerte und funkelte im Licht der aufgehenden Sonne, als sie schließlich eine

Steilküste erreichten. Die Wellen schlugen sanft gegen die Felsen, und Möwen zogen kreischend ihre Bahnen am Himmel. Mit einem letzten, eleganten Flügelschlag landete der Drache sanft auf einer kleinen Lichtung vor dem Dschungel. Der Moment, so friedlich wie ein gemalter Traum, schien für einen Herzschlag stillzustehen. Doch dann bewegte sich Tan. Mia spürte es sofort – das Ende dieser kurzen, zauberhaften Stille war gekommen.

Der Wind trug den würzigen Geruch von Moos und Erde heran, und am Horizont war ein kaum wahrnehmbares Flüstern zu hören. Es klang wie Stimmen, die sie willkommen hießen – oder warnten. Ein leiser Schauer lief Mia über den Rücken. *Was war das?* Doch Tan ließ sich nichts anmerken, und Mia zwang sich, ihre Zweifel hinunterzuschlucken. Mit einem hörbaren Atemzug streckte sie den Rücken durch und folgte Tan, der bereits zielstrebig auf den Dschungel zuging. *Nein, nicht auf mich warten! Bloß nicht!*, dachte sie spöttisch, schnalzte missbilligend mit der Zunge und rollte die Augen.

«Das Vermächtnis der Weisen… was ist damit gemeint?», versuchte sie, ein Gespräch in Gang zu bringen, während sie über Wurzeln und feuchte Erde balancierte.

«Kein Plan», nuschelte der breitschultrige Rücken vor ihr, ohne sich auch nur die Mühe zu machen, sie anzusehen.

Ja, nee, is klar!, dachte Mia und presste die Lippen zusammen, während sie eine aufdringliche Liane aus dem Weg schlug. «Ich frage nur, weil… als ich vor dem Raum und seinem Wächter stand, musste ich an einen Text von Franz Kafka denken. Und weil ich nicht wie der alte Mann aus der

Türhüterlegende enden wollte, habe ich mich Dragor entgegengestellt.»

Mia wartete.

Nichts geschah.

Der Rücken schwieg.

«Das ist mir auch passiert», kam es schließlich, unerwartet und leise. Tan hielt den Blick nach vorn gerichtet, seine Stimme klang merkwürdig abwesend. «Aureth, der Meister und Licht der Quelle hat mich in einen sokratischen Dialog verwickelt!»

Ah ja, is ja interessant!, dachte Mia und spürte, wie ihre Ungeduld wuchs. Trotzdem hielt sie an ihrer Neugier fest, ließ sich nicht abschütteln.

«Vielleicht ist mit dem Vermächtnis der Weisen gemeint, dass man es in bestimmten Situationen anwenden soll», schloss sie, ihre Stimme hell vor Entschlossenheit.

Tan blieb stehen, als hätte sie einen Nerv getroffen. Doch ohne sich umzudrehen, sprach er: «Ja, vielleicht! Könnte sein.» Es klang, als läge in seinen Worten ein Rest von Resignation – oder von etwas, das Mia nicht benennen konnte.

Bevor sie ihn weiter ausfragen konnte, fügte er knapp hinzu: «Wir werden es bald wissen.» Und bevor sie überhaupt aufholen konnte, war Tan bereits im farngrünen Dickicht des Dschungels verschwunden, sein Schatten von den üppigen Blättern verschluckt.

Mia starrte ihm nach, der Kopf leicht zur Seite geneigt. Der Wind streifte ihr Gesicht, und für einen Moment meinte sie, das Flüstern am Horizont wieder zu hören. Diesmal klang es wie ein Seufzen, leise, eindringlich – oder warnend.

«Großartig», murmelte sie sarkastisch. Dann richtete sie sich auf, straffte die Schultern und folgte ihm entschlossen in die grüne, dampfende Wildnis, wo das Abenteuer bereits lauerte. «Warte auf mich.» Mias Stimme hallte im Dschungel wider, klang jedoch verloren zwischen den raschelnden Blättern und den fremdartigen Geräuschen. Sie fühlte sich ein wenig unbehaglich, spürte die Unruhe in ihrem Brustkorb wie einen kleinen Vogel, der gegen seinen Käfig schlägt. Doch anstatt zurückzubleiben, schob sie die Unsicherheit entschlossen beiseite und trat vor, in das smaragdgrüne Farbenmeer, das sich vor ihr ausbreitete. Es war, als würde sie in eine immersive Ausstellung von Paul Gauguins Gemälden eintauchen – lebendig, pulsierend, beinahe überfordernd in seiner Intensität. Jede Nuance des Dschungels schien sie willkommen zu heißen und gleichzeitig herauszufordern. Die feuchte Luft klebte an ihrer Haut, und Mia konnte den betörenden Blumenduft riechen, der sich mit dem frischen, fruchtigen Aroma der dicht bewachsenen Bäume mischte. Die Bäume wirkten lebendig, als hätten sie Augen, die Mia aufmerksam beobachteten. Ihre Äste, wie lange, dürr bewegliche Tentakel, hingen tief herab, schwangen sanft im kaum wahrnehmbaren Wind. Einige der federweichen Blattfasern kitzelten ihr Gesicht, und Mia zuckte leicht zusammen. Ein Prickeln durchlief ihren Körper, fast wie eine Berührung von unsichtbaren Händen. *Das ist doch nur Einbildung... oder?,* dachte sie und streckte vorsichtig eine Hand aus, um die Blätter beiseitezuschieben. Doch der Dschungel gab nichts von sich preis. Ein plötzliches Rascheln ließ Mia innehalten. Sie erstarrte, spürte, wie ihr Herz gegen ihre Rippen trommelte. *Was war das?* Ihre Augen suchten das Dickicht, versuchten, das Rascheln einem Ursprung zuzuordnen. Aber da war nichts – nur das unaufhörliche Flüstern der Natur, das sie gleichzeitig anzog und beunruhigte. Mia zwang sich, weiterzugehen, folgte dem kaum erkennbaren Pfad, den Tan vor ihr freigelegt hatte. Ihr Blick blieb aufmerksam, ihre Bewegungen vorsichtig, und dennoch spürte sie etwas Neues in sich aufsteigen – eine merkwürdige Mischung aus Faszination und einer unbändigen Lust, mehr zu sehen, mehr zu wissen. Das war kein gewöhnlicher Dschungel. Und Mia war sich sicher, dass er Geheimnisse barg, die noch weit über ihre Vorstellungskraft hinausgingen.

Sie liefen eine Weile über das weiche, dichte Moos, in das Mias Turnschuhe wie Watte einsanken. Der Boden schien sie mit jedem Schritt sanft einzulullen, doch die Umgebung erinnerte sie daran, dass dieser Ort alles andere als einladend war. Im Gegensatz zu Tan, der mit seiner Haltung und seiner Kleidung aussah wie ein Assassine aus den Filmen, die Mia manchmal abends mit Chips schaute, war sie definitiv nicht kampfbereit gekleidet. Er trug zwar keine glänzende Rüstung oder etwas ähnlich Klischeehaftes, aber immerhin Stiefel, die ihn durch das Dickicht trugen, als wäre der

Dschungel sein zweites Zuhause. Mia hingegen blieb immer wieder mit ihren Turnschuhen in Schlingpflanzen hängen, die nach ihr zu greifen schienen, als hätten sie ein Eigenleben. Ihre langen, schmalen Ranken wickelten sich um ihre Knöchel, zogen sie fast wie kleine grüne Hände nach unten. Mehr als einmal musste sie sich hektisch losreißen, um nicht komplett aus dem Gleichgewicht zu geraten. *Was zum Teufel? Hat dieser Dschungel gerade beschlossen, mich zu hassen?*

«… bleib dicht bei mir», sagte Tan beiläufig, während er eine besonders hartnäckige Liane mit einem Messer durchtrennte.

Mias Blick durchbohrte seinen Rücken, und ebenso beiläufig strich sie sich feuchte Strähnen aus dem Gesicht: «Eine andere Wahl hab ich ja wohl nicht, oder!» Ihr Tonfall war weniger schnippisch, als er klang, eher ein Feststellen des Offensichtlichen. Sie hatte inzwischen gelernt, dass Tan jede Form von Freundlichkeitsbekundung wie eine lästige Mücke abwehrte. Dennoch konnte sie sich einen kleinen Seitenhieb nicht verkneifen. «Du könntest etwas freundlicher zu mir sein!»

Er antwortete nicht sofort. Stattdessen schob er die nächste Liane mit einer beinahe lässigen Bewegung zur Seite, bevor er ihr über die Schulter ein Blick zuwarf, der irgendwo zwischen genervt und amüsiert lag. «Sonst noch Wünsche, Kafka?!»

Mia öffnete den Mund, eine bissige Bemerkung schon auf der Zunge, aber dann geschah etwas, das sie vollkommen aus der Fassung brachte. Er drehte sich zu ihr um – richtig um! Und da war es. Ein spöttisches Grinsen, das so unerwartet kam, dass Mia für einen Moment ihre Gedanken nicht sortieren konnte. *War das ein spöttisches Grinsen? Hat er gerade wirklich gelächelt?!*

«Mir bleibt wohl nichts anderes übrig, oder?» Tan zuckte beiläufig mit den Schultern, als wäre dieses kurze Lächeln nichts weiter als ein Reflex. Dann schob er wieder eine Schlingpflanze zur Seite, die vor ihm wie ein Torbogen über den Weg hing. Die Art, wie er das Messer hielt, erinnerte Mia erneut an ein Mini-Excalibur.

Jawohl Eure Durchlaucht!, dachte sie und deutete eine Verbeugung an.

Plötzlich blieb Tan stehen. Mit einer Handbewegung winkte er Mia zu sich.

«Was?», fragte sie, während sie sich vorsichtig durch das Dickicht kämpfte und das Gefühl hatte, jeden Moment mit einer Pflanze kämpfen zu müssen.

Er nickte nur in eine Richtung und bedeutete ihr, nach vorne zu schauen. «Wir sind da!»

✳✳✳

Wie von Merlin selbst erbaut, erhoben sich dicke, kurze und lange Steinquader, Pfeiler und Blöcke vor ihnen. Sie lagen übereinander und bildeten einen konzentrischen Kreis. Doch das Ungewöhnliche war nicht nur die Struktur, sondern die Tatsache, dass die meisten Steine wie von Zauberhand gehalten spiralförmig in der Luft schwebten. Einige Quader waren mit funkelnden Kristallornamenten verziert, während andere von Schriftzeichen bedeckt waren, die flimmerten und mit jeder Sekunde die Sprache zu wechseln schienen.

Mia blieb wie angewurzelt stehen, ihre Augen so weit aufgerissen, dass sie fast schmerzten. Der Anblick war überwältigend. Es fühlte sich an, als hätte jemand die Regeln der Schwerkraft kurzerhand außer Kraft gesetzt.

«Die typische Megalith-Struktur einer Kultanlage», erklärte Tan beiläufig, als sei nichts Besonderes daran.

Mia verschränkte die Arme vor der Brust und sah ihn ungläubig an. «Wow…! Erinnert mich total an den Steinkreis von Stonehenge. Bloß hängt der nicht in der Luft!» Ein unmerklicher Schauder durchlief ihren Körper, als sie die schwebenden Steine betrachtete. Die ganze Szenerie war wie aus einem Fantasyfilm – doch die Anspannung in ihrem Magen sagte ihr, dass sie nicht bloß Zuschauerin war.

Tan, in Gedanken offenbar schon drei Schritte weiter, zuckte nur mit den Schultern und ging auf die Kultstätte zu, als wäre das alles völlig normal. Vorsichtig setzte er einen Fuß auf den ersten Steinquader. Mia hielt den Atem an, als er sich leichtfüßig nach oben hievte. Der Stein unter seinen Füßen setzte sich sofort in Bewegung und begann bedrohlich zu wackeln. Mia spürte, wie ihre Kehle trocken wurde.

«Äh… Tan? Bist du sicher, dass das eine gute Idee ist?» Ihre Stimme klang einen Hauch zu schrill für ihren Geschmack.

Tan, der sichtlich damit beschäftigt war, das Gleichgewicht

zu halten, grinste sie schief an. «Doch nicht so leicht, wie ich dachte!» Mit einer geschmeidigen Bewegung zog er ein Band aus seiner Tasche und band sich das lange Haar aus dem Gesicht. Der Anblick hatte etwas von einem Samurai vor dem Kampf, und Mia musste unwillkürlich schlucken. *Dieser Typ hat Nerven aus Stahl. Oder er ist einfach lebensmüde.*

Mit einem Ruck stieß der wackelnde Steinquader gegen einen anderen. Es klang, als würden gigantische Dominosteine aneinanderschlagen, und die gesamte Struktur begann sich in Bewegung zu setzen. Die schwebenden Quader schienen einer unsichtbaren Choreografie zu folgen.

«Bleib unten und behalte die Umgebung im Auge! Ich werde laut lesen», rief Tan ihr zu, während er sich auf einem weiteren Steinquader stabilisierte.

Mia öffnete den Mund für einen Protest, schloss ihn dann aber wieder. *Er hört sowieso nicht auf mich.* «Okay!» Ihre Stimme klang angespannter, als sie beabsichtigt hatte. Beim Anblick der schwingenden Felsen zog sich ihr Magen noch enger zusammen.

Tan, nun auf einem weiteren Stein balancierend, warf einen kurzen Blick auf die flimmernden Schriftzeichen. «*Es irrt der Mensch, solang er strebt*», las er laut vor, seine Stimme hallte über die schwebenden Steine hinweg.

Mia spürte, wie sich die Haare in ihrem Nacken aufstellten. Irgendetwas an den Worten ließ sie frösteln, als wären sie eine Warnung, die sie nicht ganz verstehen konnte. Und doch war da etwas Vertrautes. *Goethe? Das ist Goethe, oder?* Die Verbindung war so seltsam wie der Ort selbst, und dennoch konnte Mia nicht leugnen, dass die Worte etwas in ihr zum Klingen brachten – so als würde Goethes Geist und das Vermächtnis aller Weisen vor und nach ihm über der gesamten Kultanlage schweben.

***

«Das ist aus Goethes *Faust*...!», rief Mia zögernd nach oben, während ihre Gedanken hektisch ratterten. Den Text hatten sie erst vor Kurzem im Unterricht durchgenommen. «Warte... streben... streben... äh...» Sie kniff die Augen zusammen. Dann: «Ich hab's! Einfach sein statt verbissen handeln! Also entspannen! Das kannst du bestimmt ganz toll!», fügte sie hämisch hinzu. «Bisher hast du dich in dieser Angelegenheit eher als talentfrei erwiesen!»

Von oben kam ein trockenes «Ha ha...» zurück. Doch Tan schien diesmal zu beschäftigt, um schlagfertig zu sein. Er konzentrierte sich auf die nächste Inschrift – abermals ein Zitat aus Faust, das plötzlich in einer flimmernden Schrift auftauchte: «*Wie alles sich zum Ganzen webt, eins in dem anderen wirkt und lebt.*»

Alles ist eins... Mias Stirn legte sich in Falten. *Wer hat das nochmal gesagt?* Irgendwo hatte sie diesen Gedanken schon mal gehört – vielleicht bei Hessen? *Weisheit ist die Bereitschaft der Seele, die Einheit zu fühlen... oder so ähnlich.*

«Ich glaube, das hat etwas mit dem Makrokosmos zu tun!», rief sie und beobachtete, wie Tan immer mehr wie ein Seiltänzer auf den schwingenden Steinen wirkte. Sie schienen ihn zu verhöhnen, jedes Mal, wenn er versuchte, Stabilität zu finden. Die surrenden Geräusche der Steine wurden immer lauter, als ob sie auf ihn reagieren würden. «Was der eine tut, wirkt sich auf den anderen aus, und die Möglichkeiten sind schier unbegrenzt. Ursache und Wirkung...», rief sie hektisch und bemerkte, wie ihr die Worte fast von selbst kamen. «Alles hängt zusammen wie ein Spinnennetz. Abhängigkeit... ist das Zauberwort! Tahotan, pass auf...!»

Tan rutschte einen halben Schritt zur Seite, fing sich aber im letzten Moment. Sein Herz raste, und für einen kurzen Augenblick war er sicher, dass er stürzen würde. Die Steine schienen sein Wanken zu spüren – oder war es sein Geist? *Verdammt... vielleicht hat sie recht. Diese Dinger... sie spiegeln wirklich mich. Meine Haltung, meinen verdammten Zweifel.*

Die Steine brummten und pulsierten wie ein lebendiges Wesen – als ob sie Tans Balance und Mias Erkenntnis gleichermaßen prüfen wollten.

Mia rief: «Die Steine spiegeln deine innere Haltung wider! Sie reagieren auf dich, Tan – wie du denkst, wie du handelst. Trotz deines Wissens um das Vermächtnis. Alles ist...» Ihr Satz brach ab, als ihr die Erkenntnis wie ein Schlag ins Gesicht traf.

«Scheiße, pass auf!» Ihre Augen weiteten sich entsetzt, als Tan ins Straucheln geriet, weil gleich mehrere Geschosse auf ihn einschlugen.

Wie aus dem Nichts kamen plötzlich kleine, koboldartige Wesen angeflogen! Wie Skydiver schossen sie herbei.

Fsssch. Fsssch.

Die riesigen Kulleraugen waren angriffslustig aufgerissen, die verzerrten Mäuler voller spitzer Zähne gierig nach Ärger. Wie ein geölter Schwarm teilte sich die Meute und stürzte sich kreischend auf die beiden. Ihre fledermausartigen Fluglappen zwischen Armen und Beinen verliehen ihnen eine unheimliche Eleganz, die durch ihr aggressives Bellen und Toben gnadenlos zunichtegemacht wurde.

Niedlich? Absolut nicht! «Nur die Ruhe bewahren. Einfach weiteratmen!», murmelte Mia mehr zu sich selbst, als wäre das hier ein Yogakurs und keine Attacke von fliegenden Monstern. Dabei blickte sie nervös zwischen der schreienden Koboldmeute und Tan hin und her. Seltsamerweise blieben die Biester ihr fern und hatten es ausschließlich auf Tan abgesehen. *Warum kriege ich die Sonderbehandlung? Und warum er die Haterparty?* Mia biss sich auf die Lippe. *Egal warum – das ist echt nicht fair!* Ihre Augen huschten hektisch über die Umgebung. Sie suchte nach irgendetwas, das wie eine Waffe aussah. *Oder ein göttliches Eingreifen wäre auch cool!* Aber die Realität hielt keine Rettung parat.

Tan hingegen hatte genug. «Haut ab!», brüllte er die schnappenden Biester an, als könne er sie allein mit seiner Stimme verscheuchen. Mit einem wilden Schlag nach den näher kommenden Kreaturen setzte er zum Sprung an und landete unsanft auf dem nächsten schwebenden Stein. Er rutschte und fiel beinahe, fing sich aber auf allen Vieren ab. Der Stein schwankte bedrohlich hin und her, während Tan sich an den Kanten festkrallte.

«Elende Kobolde», knirschte er zwischen zusammengebissenen Zähnen, als die Biester ihn weiterhin mit Bissen malträtierten. Blut sickerte aus den Wunden an seiner rechten Hand, die von seiner waghalsigen Kletterei ohnehin schon in Mitleidenschaft gezogen war. Die Kobolde kreischten lauter, als ob sie sich über seinen Schmerz lustig machten.

Diese Mistviecher!, dachte Tan, während er krampfhaft versuchte, sein Gleichgewicht zu halten. Der Stein unter ihm schwang wie ein wütendes Pendel, aber er ließ sich nicht beirren. Mit finsterer Entschlossenheit stieß er hervor: «Ich will den verdammten Text lesen.»

Die Kobolde schienen auf seine Stimme zu reagieren. Für einen kurzen Moment hielten sie inne und beobachteten ihn – oder warteten nur darauf, dass er stürzte? Mit bebender Stimme begann Tan zu lesen:

«Allwissend bin ich nicht, doch viel ist mir bewusst.»

Mia, die am Boden stand und hilflos die Szene verfolgte, spürte eine Gänsehaut, als die Worte Goethes aus seinem Mund erklangen. Es war, als hätte die Inschrift auf dem Stein begonnen, die Luft um sie herum zu verändern. Der Klang von Tans Stimme schien die Kobolde noch mehr zu verstören, sie wichen zwar knurrend zurück. Ihre durchdringenden Schreie aber ebbten nicht ab. Und Mia spürte, dass dies nur der erste von vielen Tests war.

* * *

Wissen…! Bewusstheit…? Nach innen schauen?, überlegte Mia und tigerte unruhig hin und her. Ihre Augen ließen Tan dabei keine Sekunde aus den Augen. Unglücklicherweise schien alles viel zu lange zu dauern. Die schwebenden Steine schwankten immer heftiger, je mehr Tan sich auf die Koboldmakis stürzte. Mit einem Arm klammerte er sich an den Stein, während der andere wild in die Luft fuchtelte, um die Biester abzuwehren. Ärger und Frust standen ihm förmlich ins Gesicht geschrieben, während sein Zorn nach außen explodierte.

Er ist total außer sich!, schoss es Mia durch den Kopf, während sie abrupt stehenblieb. Ein Gedanke durchzuckte sie wie ein Blitz: Siddhartha! Als hätte die Erinnerung sie wachgerüttelt. «*Schnell wechselt das Vergängliche…*», rief sie plötzlich und ihre Stimme zitterte leicht. Sie wusste nicht, warum sie genau das sagte, aber es fühlte sich richtig an.

«Was?», fauchte Tan zurück, ohne sie wirklich anzusehen.

«Das ist aus *Siddhartha…* von Hermann Hesse», erklärte sie hastig. «Es geht darum, die höchste Form der Weisheit zu finden. In sich selbst. Das Leben ist vergänglich… der Verstand begrenzt. Im Sein liegt der Schlüssel zur Vollkommenheit!»

Tan hielt kurz inne, bevor er sich wieder den Kobolden zuwandte, die ihn weiterhin belagerten. «Vielleicht hast du die Güte, mir zu sagen, worauf du hinauswillst! Wie du siehst, Kafka, bin ich gerade etwas beschäftigt», bellte er mit einer übertrieben freundlichen Fassade, die förmlich vor Sarkasmus triefte. Der Stein unter ihm schwankte inzwischen wie ein marodes Floß auf stürmischer See.

«Und vielleicht hast DU die Güte, dich mal auf deinen

verdammten Scharfsinn einzulassen!», fauchte Mia zurück. Sie biss sich auf die Lippe, um sich daran zu hindern, ein *primitiver Arsch* hinterherzuwerfen. Obwohl, ehrlich gesagt, genau das perfekt gepasst hätte.

Alles an ihm wirkte so unsäglich wild und aufreibend. Seine taktlosen Worte, seine widerspenstige Art, sein scheinbar unerschütterlicher Ego-Schutzpanzer. Selbst sein dunkles, lockiges Haar, das sich genauso wenig bändigen ließ wie er selbst, schien mit seiner Persönlichkeit im Einklang zu stehen. Ganz zu schweigen von diesem pseudo-nachlässigen Bart, der halb verwegen, halb wie ein Möchtegern-Holzfäller aussah. *Ich bin ein Bad Boy*, schien seine Attitüde zu schreien. Und sie nervte Mia gewaltig!

Doch unter all dem Trotz und der Härte lag etwas anderes. Das spürte Mia jetzt. Eine Verletzlichkeit, die er mit jedem schroffen Kommentar zu verbergen versuchte. Eine Geschichte, die ihn hart gemacht hatte, keine Frage. *Aber trotzdem…! Das gibt ihm nicht das Recht, sich so creepy aufzuführen!*

✳✳✳

«Hör auf zu denken und fühle einfach!» entgegnete Mia, ihre Stimme schnippisch, aber mit einer gewissen Deutlichkeit, die keine Widerrede duldete. *Sei einfach nicht so ein blöder Arsch,* dachte sie bissig hinterher und verschränkte die Arme.

«Ach so! So einfach, ja!» japste Tan genervt, während er sich noch immer mit einer Hand am schwankenden

Steinblock festhielt. Wie ein unfreiwilliger Cliffhanger hängend, drehte er sich zu ihr um – nur, um ihr einen verächtlichen Blick zuzuwerfen.

Natürlich! Dieser Blick, dachte Mia, der war ja so typisch für ihn! Und genau dieser Moment reichte aus, um die Koboldmakis noch mehr anzustacheln. Die kleinen Biester schnappten zu wie eine Horde hungriger Piranhas. Tans Gesicht lief vor Anstrengung rot an, während ihm der Schweiß von der Stirn in die Augen rann. Sein Atem ging stoßweise, seine Bewegungen wurden fahriger. Langsam schien ihm die Kraft auszugehen, und Mia biss sich auf die Lippen, um nicht laut zu fluchen.

«Ich hätte wissen müssen, dass es dir schwerfällt, von deinen Gewohnheiten abzulassen!», sagte sie schließlich, ihr Tonfall sarkastisch und provozierend. *Ja, wenn er halt nicht will…! Dann kann ich ihm auch nicht helfen!,* dachte sie resigniert und schüttelte innerlich den Kopf.

Tan winkte nur erschöpft ab, drehte ihr demonstrativ den Rücken zu und kämpfte sich weiter vor. Schließlich leuchtete eine neue Inschrift auf einem der wackelnden Steine auf. Die Worte Goethes glühten wie eine verborgene Wahrheit und schienen Tan fast zu verspotten: «*Die Zeiten der Vergangenheit sind für uns ein Buch mit sieben Siegeln.*» Er las die Worte laut vor und brüllte fast gegen das Heulen des Windes, das Brummen der Steine und das Kreischen der Kobolde an: «Was soll das jetzt bedeuten?!»

Mia atmete tief durch. Plötzlich wurde ihr klar, dass ihr Sarkasmus und ihr Spott hier fehl am Platz waren. Damit würden sie beide keinen Schritt weiterkommen. Stattdessen setzte sie eine sanftere Stimme auf:

«Tahotan...», begann sie vorsichtig. «Lass die Vergangenheit los! Lass den Schmerz los! Du kannst nicht ändern, was geschehen ist. Und schon gar nicht kannst du verleugnen, wer du bist. Verzeih deinem Vater!»

Tan hielt inne, aber nur für einen winzigen Augenblick. Dann drehte er sich zu ihr um, seine Augen glühten vor Zorn. «N I E – M A L S!»

Jeder einzelne Buchstabe hallte durch die Luft, geladen mit so viel Abscheu und Hass, dass es selbst Mia kurz den Atem verschlug. Und genau in diesem Moment schnappten die Koboldmakis erneut zu. Ihre scharfen Zähne blitzten, und ihre kleinen Klauen kratzten an Tans Rücken. Er schrie auf, sein Gesicht war vor Wut hochrot, während er wild um sich schlug. Seine Bewegungen waren unkoordiniert, fast schon verzweifelt.

Wo ist eine gute Fee, wenn man sie braucht, dachte Mia und verdrehte die Augen. Aber tief in ihrem Inneren wusste sie, dass Tan diesen Kampf allein austragen musste. Mehr oder weniger. Doch das Schlimmste war nicht der erneute Ansturm der Biester. Es war Tans sture Unbeweglichkeit, sein verbissener Widerstand. Er verharrte in seinem eigenen Zorn und Schmerz, und die Kobolde schienen nur ein Spiegel seiner selbst zu sein. Mia konnte nur zusehen, wie dieser Teufelskreis sich immer weiter drehte.

* * *

Spiegel! Sie spiegeln... und wissen nicht, was sie tun! Doch er auch nicht! Sein Handeln wird von seinen Gefühlen bestimmt. Und die lassen ihn in diesem Irrglauben verweilen! Es irrt der Mensch... Irren ist menschlich. Das war von... Aurelius Augustinus? Mias Gedanken jagten wild durcheinander, scharf und klar. Sie fühlte, wie ihr Verstand alles zu einem größeren Bild zusammenfügte, und in diesem Moment war ihr die Antwort sonnenklar.

«Sie spiegeln dich! Sie spiegeln dein Verhalten!» rief sie Tan zu, die Stimme scharf wie ein Dolch. Das ganze Schauspiel war kaum noch zu ertragen.

Mitten in der Bewegung hielt Tan plötzlich inne. Sein Kopf fuhr herum, und er fixierte sie mit einem Blick, der mehr sagte als jedes seiner Worte. Finster, durchdringend – und so intensiv, dass Mia das Gefühl hatte, ihre Knie würden unter der Last seines Blickes nachgeben. *Warum sieht er mich so an? Was will er mir sagen?* Das Bedürfnis, ihm einfach eine reinzuhauen, stieg in Mia auf wie die letzte Cola in der Wüste – kalt, prickelnd und unwiderstehlich. Doch bevor sie auch nur ein Wort sagen konnte, geschah etwas Unerwartetes: Tan lächelte. Nicht hämisch, nicht spöttisch, sondern ehrlich – und mit einer Wärme, die Mia fast aus der Fassung brachte.

Er ließ sich schwer auf einen der schwankenden Steine nieder und las leise keuchend: «*Eine kurze Pause vor dem letzten Stein.*» Sein Blick richtete sich wieder auf Mia, dieses Mal nicht finster, sondern durchdrungen von einem seltsamen Glanz. «Du hast Recht, Kafka!» Seine Worte klangen rau, fast zaghaft, doch da war auch ein Hauch von Anerkennung in seiner Stimme.

Mia hielt inne, zu überrascht, um zu reagieren. Sie beobachtete, wie Tan die Koboldmakis einer genaueren Prüfung unterzog. Die kleinen Biester hatten aufgehört, ihn anzugreifen, und sprangen stattdessen nur noch von Stein zu Stein, als wären sie neugierige Kinder. Sie imitierten seine Bewegungen und sogar die Grimassen, die er schnitt – was, zugegeben, ziemlich komisch aussah.

«Die sehen eigentlich… ganz niedlich aus», murmelte Mia vor sich hin, bevor sie es verhindern konnte. Ein kleines Lächeln huschte über ihr Gesicht, aber sie zwang sich, es zu unterdrücken.

Für einen kurzen Moment sah es aus, als wollte Tan etwas sagen. Seine Lippen bewegten sich, doch keine Worte kamen heraus. Stattdessen schloss er die Augen und ließ den Kopf sinken. Seine Brust hob und senkte sich schwer, während sein Atem wie ein leises Rauschen in der Stille wirkte.

Langsam zogen sich die Kobolde zurück, ihre schrillen Schreie verebbten, bis nur noch ein leises Wispern die Luft erfüllte. Mia stand mit angehaltenem Atem da und spürte, wie sich etwas in der Welt um sie herum veränderte. Es war, als hätte die Natur selbst den Atem angehalten, als würde sie auf etwas warten. Alles schien in einen merkwürdigen Gleichklang zu finden. Die Steine bewegten sich sanfter, fast harmonisch, und die Luft fühlte sich leichter an.

«Es funktioniert», flüsterte Mia mehr zu sich selbst als zu jemand anderem. Ihr Blick blieb auf Tan gerichtet, der immer noch schwer atmend auf dem Stein kniete. *Er lässt los… endlich.*

✳✳✳

Für einen Moment glaubte Mia, einen Anflug von Freude in Tans Augen zu erkennen. Deutlich ruhiger atmend, saß er nun abwartend auf dem nur noch leicht schwankenden Stein. Genau wie die Koboldmakis. Tatsächlich spiegelten sie sein Verhalten wider.

«Gibt es noch mehr Inschriften? »

Tan blickte suchend auf den Stein. «Ja…wieder von Goethe: *Die Kunst ist lang! Und kurz ist unser Leben.*»

«Man kann nicht alles wissen!», sagten beide wie aus einem Munde. Bei dieser Erkenntnis mussten sie laut lachen, doch es war ein trügerisches Licht – flüchtig wie ein Schatten im Wind.

Tan stieß plötzlich einen Laut aus, der an ein verletztes Tier erinnerte. Sein Atem ging ruhiger, aber seine Schultern blieben schwer, als ob er etwas Unsichtbares tragen würde, das ihn erdrückte. Schließlich ließ er sich mit einem leisen Seufzen auf den Rücken fallen. Die Koboldmakis taten es ihm gleich, saßen nun still, als würden sie seine Emotionen in sich aufnehmen.

Mia beobachtete ihn schweigend, wie er die Hände vor sein Gesicht schlug. Sie hörte das Schluchzen, das aus ihm herausbrach – erst leise, dann wie ein Brechen aus einer Tiefe, die er zu lange verborgen hatte. Es war roh, schmerzlich, wie das Weinen eines Kindes, das nicht begreifen konnte, warum die Welt so grausam sein musste.

«Ich kann sie nicht festhalten», stieß Tan zwischen den Tränen hervor, seine Stimme belegt von einer Qual, die Mia fast körperlich spürte. Seine Hände zitterten, als sie langsam auf die Steine sanken. Sein Blick richtete sich auf seine Hände, als ob er ihre Unzulänglichkeit darin lesen könnte. «Was bringen sie mir, wenn ich nichts halten kann?»

Mia fühlte sich klein und hilflos angesichts seiner gebrochenen Stärke.

«Manchmal... manchmal kannst du nichts festhalten», sagte Mia schließlich leise, ihre Stimme brüchig vor Emotion. «Und das tut so verdammt weh, dass es dich von innen zerreißt. Aber... aber du kannst dich erinnern. Sie in dir tragen. Sie sind nicht weg... solange du sie nicht vergisst.» Sie wusste nur zu gut, wie er sich fühlte. Dieser Moment hatte auch etwas in ihr gelöst. Ganz sanft - aber noch nicht vollständig.

Er drehte den Kopf zu ihr, Tränen rannen über seine Wangen, während in seinen Augen eine Mischung aus Schmerz und stiller Dankbarkeit aufleuchtete. Er starrte sie an, seine Lippen zuckten, als wollte er etwas erwidern, doch die Worte blieben aus. Stattdessen nickte er kaum merklich. Es war ein stilles Eingeständnis, ein winziges, verletzliches Zeichen, dass er ihre Worte gehört hatte.

«*Der wahrhaft Tapfere ist nicht der Furchtlose, sondern der, der die Furcht überwindet*», murmelte er schließlich, fast zu sich selbst. Es war, als ob er den Satz, den er so oft gehört hatte, jetzt erst wirklich verstand.

«Das ist von Jules Vernes, nicht wahr?» fragte Mia sanft, und Tan nickte erneut. Sie sah, wie ein Hauch von Wärme seine Züge durchdrang – ein schmerzliches Echo, das dennoch Trost zu spenden schien.

«Mein Ziehvater hat das immer zu mir gesagt.» Langsam setzte sich Tan auf, sein Blick richtete sich in die Ferne, dorthin, wo der Wind die Blätter des Dschungels rascheln ließ. Die Koboldmakis hatten sich zurückgezogen, und die Steine wackelten kaum noch. Die Welt hatte wieder einen Hauch von Frieden gefunden, als hätte sie auf Tans inneren Gleichklang gewartet.

Und auch auf Mias.

Mia ließ sich ins Moos sinken, ihre Arme um die Knie geschlungen. Sie beobachtete ihn, wie er Stück für Stück die Bruchstücke seines Selbst zusammenzusetzen schien. Und während sie ihn ansah, dachte sie mit einem Anflug von Staunen: *Vielleicht bedeutet Stärke manchmal, sich in seiner Schwäche zu zeigen.*

✳✳✳

Mia saß mit dem Rücken zu Tan und lauschte seiner Stimme. Sie klang tief, rau und gleichzeitig weich, als wäre goldener Honig über seine kratzigen Stimmbänder geflossen. Etwas daran hüllte sie ein, legte sich wie ein warmer Mantel um ihre Seele.

«Ich wollte jeden Gedanken an ihren Tod verdrängen», begann er, seine Stimme trug den Hauch eines Geständnisses.

«Die Bilder des Vergangenen tauchten auf wie explodierende Feuerfunken, die mich innerlich verbrannten. Ich war wütend. Sagte Dinge, die verletzten. Ich fühlte mich schwach und stark zugleich. Und verstand nicht, dass es nur die nackte Angst war, die mich am Funktionieren hielt. Meine Hände... sie fühlten sich nutzlos an, weil ich ihnen nicht helfen, sie nicht halten konnte.» Er schwieg kurz, dann fuhr er mit einem leisen Zittern in der Stimme fort: «Da oben auf den Steinen wurde mir klar, dass sie mich auch dann noch liebten, als sie wussten, wer mein Vater war!»

Mia ließ die Worte auf sich wirken. Sie waren wie ein Sturm, der alles Unausgesprochene forttrug. Ohne sich umzudrehen, antwortete sie leise: «Ja, das haben sie.» Ihr Lächeln war weich, fast geheimnisvoll, und spiegelte eine neue Vertrautheit wider, die zwischen ihnen zu entstehen schien. Sie hörte, wie Tan langsam von den schwingenden Felsen herunterkam. Obwohl sie ihn nicht sehen konnte, spürte sie seine Bewegungen. Geschmeidig und kontrolliert, wie die einer großen Katze, die sich leise durch die Dunkelheit schlich.

Plötzlich erschütterte ein gewaltiger Donner die Luft. Er kam aus einer dunklen Ecke des Dschungels, tief und unheilvoll, wie das Echo eines herannahenden Sturms. Mias Augen wanderten wie in Zeitlupe in die Richtung, aus der das Geräusch kam. Ihr Herzschlag setzte aus, und eine eisige Kälte kroch ihr den Rücken hinunter, so durchdringend, als hätte jemand einen Kübel Eiswasser über sie geschüttet.

Was war das? Ihre Gedanken überschlugen sich. *Flucht! Flucht!* schrie es in ihr, doch ihre Glieder gehorchten nicht.

Wie erstarrt saß sie da, gefangen in einer seltsamen Bubble, die sich wie ein schützender, aber zugleich lähmender Kokon anfühlte.

***

«Mia!» Tans Stimme drang wie durch einen Schleier an ihre Ohren, weit entfernt und doch voller Dringlichkeit.

Bevor sie reagieren konnte, brach ein gewaltiges, furchteinflößendes Wesen mit animalischen Zügen aus dem Dickicht hervor. Der Seelenjäger, beinah so groß wie ein Lastwagen, bewegte sich mit einer unaufhaltsamen Wucht, als ob der Dschungel selbst vor seiner Macht zurückweichen musste. Sein mit Reißzähnen gespickter Schlund öffnete sich zu einer unnatürlichen Weite, und ein donnerndes Brüllen durchbrach die Luft. Die Schallwelle raste durch die Vegetation, ließ Blätter und Äste von den Bäumen regnen und brachte die Erde unter ihren Füßen zum Zittern. Das Wesen schien von einer uralten Wut angetrieben, sein massiger Körper strahlte eine Energie aus, die die Luft um ihn herum aufzuladen schien. Seine leuchtenden Augen fixierten Mia, und in diesem Moment schien die Zeit stillzustehen. Sie spürte die unbändige Kraft dieses Wesens – ein unaufhaltsames Rätsel, das wie ein Naturphänomen zu sein schien, bereit, alles einzunehmen, zu zerstören, was seinen Weg kreuzte. Mia fühlte, wie ihr Atem stockte. Ihre Lungen schienen eingefroren, und ihre Augen weiteten sich vor Schreck, während sie wie gebannt auf das Monster starrte, das nun sie ins Visier genommen hatte. Der Seelenjäger bäumte sich auf, die Augen voller wilder

Entschlossenheit, und sein Schlund zielte direkt auf sie. Ein Blitz aus Adrenalin durchfuhr sie, doch anstatt sie zur Bewegung zu zwingen, lähmte er sie nur noch mehr. Tausend Nadeln schienen ihre Haut zu durchbohren, und die eisige Panik, die sich in ihrer Brust ausbreitete, drückte jede Möglichkeit des Atems nieder.

«Mia... lauf!» Tans Schrei zerriss die Szenerie, voller Autorität und Verzweiflung zugleich.

Doch Mia konnte sich nicht rühren. Ihr Körper, starr wie eine Statue, gehorchte nicht. Ihre Gedanken waren wie ein leeres Echo, und der Seelenjäger setzte zum Angriff an. Die Zeit schien für einen Moment stillzustehen, als das Ungetüm einen gewaltigen Satz in ihre Richtung machte.

Doch genau in diesem Augenblick geschah etwas – eine Wendung, so schnell und unvorhersehbar, dass es fast unmöglich war, sie zu erfassen. Es wäre fast zu spät gewesen... aber nur fast.

DIE BESTIMMUNG

«Alsbald und beim ersten Anblick erkannte Govinda:
nun beginnt es, nun geht Siddhartha seinen Weg,
nun beginnt sein Schicksal zu sprossen,
und mit seinem das meine.»
*(*Hermann Hesse *Siddhartha)*

Was wäre, wenn…!
Dieser Gedanke erfüllte jede Zelle ihres Körpers. Mia kämpfte gegen die aufsteigende Übelkeit an. Kreidebleich saß sie noch immer da, gefangen in dieser seltsamen Blase. Wie ein dumpfes Echo hörte sie das wuchtige Getrampel des wilden Seelenjägers – doch diesmal rannte er in die entgegengesetzte Richtung und suchte das Weite. Misstrauisch und mit angehaltenem Atem lauschte Mia dem dröhnenden Geräusch. Vor unaussprechlicher Erleichterung hätte sie sich fast selbst gekniffen, als sie die drei fremden Wesen erblickte, die hinter dem flüchtenden

Ungeheuer aus dem Dickicht des Urwaldes traten. Derjenige, der mit seinem dunklen Umhang aussah wie ein – ja was? Magier? Schamane? – oder Zauberer aus einem Fantasyfilm, hatte etwas laut gesagt – es klang eigenartig in Mias Ohren, woraufhin das Tier die Flucht ergriff. Ihre Bewegungen waren fast unnatürlich ruhig, ihre Schritte schienen den Boden kaum zu berühren, und doch schienen sie eine Wucht zu haben, die Mia fast körperlich spüren konnte.

Tan, der inzwischen von den Steinblöcken heruntergeklettert war, kam zu ihr gelaufen. Besorgnis lag in seinem Blick, den er Mia zuwarf. Und noch etwas flackerte darin auf, das sie nicht benennen konnte. Mitgefühl? Oder doch nur Erleichterung, dass sie am Leben war?

«Alles in Ordnung, Kafka?», fragte Tan und versuchte, es betont beiläufig klingen zu lassen. Doch das Beben in seiner Stimme, begleitet von einem verlegenen Räuspern, und das mitfühlende Aufflackern in seinem Blick verrieten ihn. «Es tut mir unsagbar leid, was passiert ist! Ich konnte dir so schnell nicht helfen!» Seine Feststellung, die er den tragischen Umständen zuschrieb, klang aufrichtig, und er wirkte ehrlich besorgt.

Mia nickte langsam. Ihr Atem wurde ruhiger, doch ihr Brustkorb fühlte sich noch immer an, als hätte jemand ihn mit einem Eisenband umschnürt. Sie wollte etwas sagen, aber ihre Lippen blieben trocken und schwer. Schließlich murmelte sie: «Schon gut...!» Langsam kehrte die Farbe in ihr Gesicht zurück, und sie sammelte sich. «Gib mir bitte einen Moment... und geh ruhig zu den anderen.» Sie wollte Tan nicht abschütteln, aber sie war noch zu verwirrt, zu ausgelaugt, um seine Nähe zuzulassen.

«Okay...», nickte Tan. Doch als könne er sich nicht losreißen, verweilte sein Blick länger als nötig auf ihr. *Geht es dir wirklich gut?*, schienen seine Augen zu fragen. Aber da war noch etwas anderes in ihnen, eine leise Unruhe, die Mia nicht einordnen konnte. *Wer bist du, dass du mir so nahe kommst?*, dachte Tan verwirrt. In diesem Moment wurde ihm klar, dass er weder wusste, wer sie war, noch woher sie kam. Und er hatte sie auch nicht danach gefragt! Sie war einfach da gewesen und nicht mehr von seiner Seite gewichen. Tans Augen flackerten irritiert, seine Augenbrauen zogen sich zusammen, und schließlich drehte er sich um und ging zu den Fremden.

Mia blieb zurück. Ihre Hände zitterten, und sie schlang die Arme um ihre Knie. Der Dschungel schien mit jedem Atemzug lebendiger zu werden. Das Rascheln der Blätter, das Flüstern des Windes, das Knacken der Zweige – sie alle kehrten wie alte Freunde zurück. Und doch fühlte sie sich wie ein Eindringling, der in eine fremde Welt geraten war. *Was wäre, wenn ich zerbrochen wäre? Was, wenn niemand gekommen wäre?* Die Fragen klangen in ihrem Kopf nach, aber sie fühlten sich weniger drängend an. Sie hatte überlebt. Und irgendwie, dachte Mia, würde sie auch das nächste Unbekannte überleben. Langsam hob sie den Kopf und sah Tan in der Ferne stehen. Er sprach mit den Fremden, sein Körper angespannt, aber in seinen Bewegungen lag eine neue Ruhe. *Vielleicht…*, dachte Mia, *ist er auch nur so lost und versucht, seinen Weg zu finden. Genau wie ich.* Sie atmete tief ein, die Luft schmeckte nach Moos und Erde. Der unendliche Dschungel flüsterte weiter, und für einen Moment fühlte sich Mia fast zu Hause. Und als hätte sie zuvor alle Luft zwischen ihre Rippen gepresst, atmete Mia seufzend aus. Ihre Finger lockerten sich.

✳✳✳

«Prinzessin Noori...! Noam...!» Tans Stimme klang ungewöhnlich weich, fast ehrfürchtig, als er auf die Ankömmlinge zuging. Mia bemerkte die intensive Präsenz des Achaks, der etwas abseits von den anderen stand. Seine Haltung war ruhig, fast reglos, und doch schien jede Bewegung von einer unsichtbaren Energie getragen zu werden, die den Raum erfüllte.

Warum kommt er mir so bekannt vor? Wie aus heiterem Himmel schoss die Erkenntnis durch Mias Gedanken. *Aus dem Traum!* Ein Bild blitzte vor ihrem inneren Auge auf: dieselben von feinen Linien gezeichneten Züge, dieselben tief liegenden Augen, die sie durchdringend fixierten. *Das kann doch nicht sein! Das kann nicht sein! No way!* Sie fühlte sich, als wäre sie in einen Sog geraten, der sie mit einer Kraft erfasste, die sie nicht verstand. Die Ruhe in seinen Augen war keine bloße Beobachtung, sondern ein Sehen, ein Erahnen von etwas, das sich tief in ihr verbarg. Es fühlte sich an, als würde er direkt in sie hineinsehen, jede Maske, jede Verteidigung durchdringen. Unwohl und gleichzeitig wie hypnotisiert blieb Mia stehen. Der Gedanke, dass dieser Mann ihre Gedanken lesen könnte, ließ ihr Herz wie wild pochen. Und dann – ohne dass seine Lippen sich bewegten

– hörte sie eine Stimme. Oder vielmehr, sie fühlte sie. Eine melodische Klangfarbe, die sanft in ihrem Kopf vibrierte und doch so klar war, als wäre sie ausgesprochen: «Stell deine Frage.»

Mias Atem stockte. Sie versuchte, sich einzureden, dass das alles ganz normal war. *O.K.… jetzt bloß nicht durchdrehen! Gehört alles zum Abenteuer dazu…!* Doch die Ruhe, die sie sich zusprach, wollte sich nicht einstellen. Ihre Hände zitterten, und ein kalter Schauer lief ihren Rücken hinunter. Am liebsten hätte Mia auf der Stelle kehrtgemacht und wäre in die Tiefen des Dschungels geflohen. Aber etwas hielt sie zurück. Vielleicht war es die unbändige Neugier, die wie ein zarter, aber unerbittlicher Faden an ihr zog. Oder vielleicht war es das unausgesprochene Gefühl, dass sie hier sein musste – dass dieser Moment eine Bedeutung hatte, die sie noch nicht begreifen konnte. Ihr Herz schlug wie ein Trommelwirbel, als sie innerlich nach Worten suchte. Schließlich gab sie nach und stellte im Geiste jene Frage, die sie seit ihrer Ankunft in dieser Anderswelt wie ein glühender Dorn unter der Haut verfolgt hatte: *Warum bin ich hier?* Die Welt um sie herum schien für einen Augenblick zu verstummen. Kein Rascheln der Blätter, kein Summen der Insekten war zu hören. Nur diese Frage, die in der Stille widerhallte, als wäre sie nicht nur an den Achak gerichtet, sondern an die gesamte Existenz.

«Um dich an den Funken in dir zu erinnern! Weil die Schatten in deinem Leben zu groß geworden sind», erklang die seltsam vertraute Stimme des Achak in ihrem Kopf.

Aha... an den Funken in mir also! Mias innerer Monolog war ungläubig, beinahe spöttisch. Doch dieser Tonfall hielt nicht lange an. Etwas an seinen Worten hatte eine Saite in ihr berührt, die sie nicht ignorieren konnte. Die Stille, die darauf folgte, war nicht nur um sie herum, sondern auch in ihr. Noch immer auf der Stelle am Boden verharrend, hob sie langsam den Kopf und begegnete den tiefen, durchdringenden Augen des Achak. *Licht und Schatten,* dachte Mia, während sich die Worte in ihrem Inneren wiederholten. *Über dieses Gleichnis haben wir in der Schule gesprochen. Schatten bedeutet die Abwesenheit von Licht, nicht wahr?* Das jedenfalls hatte sie aus dem Unterrichtsgespräch mitgenommen. Aber das hier fühlte sich... anders an. *Aber... was hat das mit mir zu tun?*

«Licht und Schatten sind zwei Seiten derselben Medaille», antwortete die Stimme in ihrem Kopf, so sanft, dass sie fast wie ein Lied klang. «Die Frage ist nur, welcher Seite man mehr Gewicht beimisst.» Mia blinzelte, verwirrt und doch gebannt. «Ich verstehe nicht, was mit dem Licht gemeint ist. Und was es genau mit mir und der Elfeninsel auf sich hat», sagte sie leise. Ihre Finger verknoteten sich ineinander, als müsse sie sich daran festhalten, dass sie noch hier war, noch real, noch... Mia.

«Der Funken ist Teil des Lichts der Vollkommenheit, den jedes Lebewesen in sich trägt. Alle Menschen streben danach, bewusst oder unbewusst. Doch nur wenigen gelingt es, die Weisheit in sich zu durchdringen. Die Kraft ihres freien Willens entscheidet über Sein oder Nichtsein.»

Für einen Moment blieb Mia stumm. Ihre Gedanken liefen, jagten sich gegenseitig durch die Labyrinthe ihres Verstandes. Und doch war da etwas – etwas, das begann, Sinn zu ergeben. *Dann geht es um das, was ich wirklich aus tiefstem Herzen will, oder? Es geht um das, was ich liebe...!* Sie formulierte den Gedanken nicht laut, doch er hallte in ihrem Inneren wider, klar und prägnant.

«Hast du denn darauf eine Antwort gefunden, Mia?»

Seine Frage war ein feines Seil, das sie aus ihrer gedanklichen Tiefe zog. Verwirrung flackerte in ihrem Blick auf, gemischt mit einer Spur Alarm. Ihre Augen weiteten sich, als die Realität sie einholte. Es war nicht nur die Frage, die sie erschrecken ließ – es war die Tatsache, dass er ihren Namen kannte. *WER bist du, dass du meinen Namen weißt?* Der Gedanke formte sich fast zu einem Schrei in ihrem Kopf. Ihr Herzschlag beschleunigte sich. *Kennst du meinen Vater...?* Sie hielt den Atem an, bevor der nächste Gedanke wie ein Donner durch sie fuhr: *Ist er hier?* Der letzte Gedanke tat weh und kam ihr grotesk vor! Aber er erinnerte Mia daran, warum sie durch das Tor gegangen war. Ihr Kopf war rastlos in Bewegung, als würden ihre Gedanken Achterbahn fahren, unkontrolliert und schwindelerregend. Ihre Brust zog sich zusammen, als die Erinnerung an die Worte des Achak in ihr nachhallte. Doch wenn sie gehofft hatte, weitere Antworten zu erhalten, irrte sie sich gründlich. Der Achak hatte den inneren Dialog buchstäblich mit einem Knall beendet, und das Band zwischen ihnen war verschwunden – wie eine zerrissene Saite, deren Klänge noch lange in der Luft schwebten.

Mit schnellen, festen Schritten, die die Bedeutung seiner ganzen Präsenz trugen, ging der Achak auf die kleine Gruppe zu. Um ihn herum schien sich die Natur leicht zu verändern: Die Blätter der Bäume wiegten sich in einem Windhauch, den Mia nicht spürte, und die Schatten um ihn wirkten tiefer, als könnten sie mehr als nur Dunkelheit bergen.

Mia, du drehst durch!, grummelte sie innerlich, während sie tief durchatmete und sich langsam aufrappelte. Ihre Hände waren feucht, und als sie sie an ihrer Hose abwischte, hinterließen sie dunkle Flecken auf dem Stoff. Der Gedanke, dass sie sich das Gespräch vielleicht doch nur eingebildet hatte, beruhigte sie kaum. *Telepathie? Wirklich? Vielleicht sollte ich aufhören, zu viel über Sci-Fi nachzudenken...* Doch als sie sich den anderen anschloss, spürte sie, wie ihr Blick unwillkürlich wieder zu dem Achak wanderte. Da war etwas an ihm – etwas, das sie nicht benennen konnte. Sein Blick war fest auf die Gruppe gerichtet, aber sie hatte das Gefühl, als hätte er sie immer noch im Visier. Ihre Haut prickelte leicht, wie von einem unsichtbaren Strom berührt. Sie schüttelte den Kopf, versuchte das Gefühl abzuschütteln, doch es blieb.

Der Himmel über ihnen schien sich leicht aufzuhellen, als die Sonne tiefer in den Dschungel drang. Die Geräusche der Umgebung – Vogelrufe, das Rascheln von Blättern, das entfernte Plätschern von Wasser – kehrten langsam und deutlich intensiver zurück, als wären sie aus einer anderen Realität aufgetaucht. Mia blieb stehen und beobachtete die kleine Gruppe vor sich. Sie wirkte wie eine Einheit, die sich organisch bewegte. Und doch fühlte sie sich wie ein Puzzlestück, das nur schwer seinen Platz finden konnte. *Du bist eine Außenseiterin, Mia. Eine, die gerade mit einem Raum-Zeit-Mystiker diskutiert hat und dabei fast den Verstand verloren hätte.* Sie zog die Augenbrauen zusammen, dann ein ironisches Schmunzeln. *Na großartig. Vielleicht werde ich am Ende doch noch die Hauptrolle in einem Fantasy-Roman.*

Als der Achak kurz innehielt, um zu sprechen, spürte Mia einen sanften Druck in ihrer Brust – warm und beunruhigend zugleich. Es war, als würde er mit jedem seiner Worte etwas bewegen, das tief in ihr verborgen lag. Aber er sprach nicht zu ihr. Nicht mehr. Und obwohl sie immer noch das Gefühl hatte, dass sie ihre Antwort noch nicht gefunden hatte, wusste sie eins sicher: Die Reise war noch lange nicht zu Ende.

✳✳✳

Tans Blick wanderte immer wieder zu Mia, während sie alle zusammenstanden und über das weitere Vorgehen berieten. Auffallend still hielt sich Mia im Hintergrund. Ihr war immer noch ein wenig übel – nicht vor Angst, sondern vor Aufregung. Ihre Gedanken drifteten ab, und sie versuchte, so verstohlen wie möglich, ein Bild von dem zu machen, was um sie herum geschah. Wohl oder übel musste sie sich mit der Tatsache abfinden, dass sie offensichtlich in ihrer persönlichen Fantasy-Story gelandet war. *Noch nie zuvor in meinem Leben hat sich etwas so entsetzlich seltsam, fremd und gleichermaßen vertraut angefühlt wie hier, zwischen diesen… Elfen zu stehen. Aber warum fühle ich mich trotzdem, als wäre ich ein Teil davon?* Vereinzelte Gesprächsfetzen drangen wie aus weiter Ferne zu ihr. Doch Mias Hirn, völlig reizüberflutet und überwältigt vom Anblick der beiden überirdisch schönen Gestalten mit den spitzen Ohren und den schneeweißen Haaren, war auf Anstarren programmiert – was ziemlich peinlich, aber auch nicht zu ändern war.

Prinzessin Noori jedenfalls warf Tan einen selbstlosen Blick aus ihren himmelblauen Augen zu. Sie funkelten silbern, als würden sich Sterne darin spiegeln. Ihre Anziehungskraft war gewaltig – der Blick in eine unendliche Weite, in der sich die Blickende fast verlor, so sehr fühlte Mia sich angezogen. *So fühlt es sich also an, wenn Schönheit nicht von dieser Welt ist. Ich bin kein Teil davon, nicht wirklich… oder doch?* Ertappt musste sie schlucken.

« … zur Drachenburg … Bestimmung erfüllen … Schwert zusammenführen … Gefahr … »

Die melodisch raue Stimme des Achak zog Mias Aufmerksamkeit auf sich. Forschend blickte sie den geheimnisvollen Mann an, der einen Umhang trug, auf dem mystische Symbole zum Vorschein kamen. Wie eine jüngere Ausgabe von Albus Dumbledore mit deutlich kürzerem Bart stand er im Kreis der Auserwählten. Und Mia konnte sich einfach nicht entscheiden, ob sie ihn unheimlich und düster oder faszinierend und geheimnisvoll fand, mit diesem eigentümlich ironisch-stolzen Zug in den streng blickenden Augen. *Was ist es, das dich so unergründlich macht? Was verbirgst du hinter diesen Symbolen und diesem Blick?* Fast schien es, als wolle er eine große Tiefe verbergen, in die Mia fast bereitwillig eingetaucht wäre. Doch die Strenge nahm sie gefangen und hielt sie davon ab.

Stattdessen suchte sie Tan mit den Augen und blieb an dem Windelf hängen, der offensichtlich das Wort ergriffen hatte. *Er ist der einzige, der mir ein überaus warmherzig-wertschätzendes Lächeln geschenkt hat,* dachte Mia. Vielleicht fiel es ihr deshalb weniger schwer, ihn einzuschätzen. Trotz seiner offen zur Schau gestellten kriegerischen Haltung schien sein ätherisches Wesen etwas Charaktervolles, Stolzes und Weises zu bewahren, das ihn mit den fühlenden Wesen verband.

« … an der Drachenburg treffen … vorsichtig sein … Schwertträger beschützen … Vergangenheit ruhen lassen … Bestimmung annehmen … »

Mias Blick flackerte zu den beiden fremden Elfen, dann zu Tan. Trotz der Wucht der Situation gelang es ihr nicht, den Worten vollständig zu folgen. *Wie kann ich Teil davon sein?* Fasziniert lauschte sie einfach der Sprache, deren Klang auf den Wellen der Luft tanzte wie der sanfte Abendwind über der Ostsee bei Sonnenuntergang im Juli. Etwas Melancholisches, Erhabenes, Sehnsüchtiges lag darin, das Mias Herz auf eigenartige Weise berührte. *Was, wenn ich nie wieder nach Hause zurückkehre? Wäre das so schlimm?*

Der Windelf, der ihre Gedanken spürte, schenkte Mia wieder ein warmes Lächeln, das weder Urteil noch Belustigung enthielt.

Mit geröteten Wangen senkte Mia den Kopf. *In dieser kurzen Zeit auf der Elfeninsel habe ich Lektionen gelernt, die mir in meinem bisherigen Leben offensichtlich gefehlt haben!*, dachte sie mit einer Mischung aus zerknirschtem Enthusiasmus, als hätte sie soeben den Beweis für extraterrestrisches Leben erhalten – wahlweise selbst erbracht. Konnte mit diesem Wissen allerdings nicht viel anfangen. *Jedenfalls noch nicht.*

«Bist du bereit?» Tans Stimme durchschnitt ihre Gedanken wie ein scharfes Schwert. Der tiefe Blick, mit dem er die Frage begleitete, ließ Mia unwillkürlich zusammenzucken. Es war, als hätte er direkt in ihren Kopf geschaut und ihre Gedanken gelesen. *Hat der mich beobachtet? Ist das etwa Eifersucht in seinem Blick?*

Schlagartig ließ Mia ihre Gedanken los, als wären es mit Helium gefüllte Luftballons, und machte sich gerade. «Mmh... ja», nuschelte sie, als wüsste sie immer noch nicht, woher der Wind eigentlich wehte.

Tan schnaubte leise, drehte sich dann mürrisch zu den anderen um und sagte: «Wir treffen uns also an der Drachenburg.» Die drei Wesen nickten zustimmend, ihre Bewegungen elegant und fließend, bevor sie so schnell im Dickicht des Dschungels verschwanden, wie sie gekommen waren.

«Was passiert jetzt?», fragte Mia, kaum hörbar, als sie wieder allein waren.

«Wir müssen los. Lass uns später über alles reden.» Tans Stimme klang ungeduldig, fast wie eine Welle, die unerbittlich ans Ufer peitschte. Hastig packte er seinen Beutel mit der abgebrochenen Klinge und eilte mit großen Schritten in Richtung der Klippen.

Never change a winning team!, dachte Mia mit ironischem Unterton. Ein Teil von ihr hätte ihm am liebsten schon wieder direkt eines auf die Nase geben können – und zwar richtig! Doch ein anderer Teil... ein leiserer, zögerlicher Teil... bedauerte, dass die kurze Zweierkonstellation nicht wenigstens ein bisschen länger andauerte. Mürrisch trottete sie hinter ihm her, bis sie es total satt hatte.

✳✳✳

«Stopp!», kam es ungebremst - ihre Stimme klang durch die feuchte Luft lauter, als sie es beabsichtigt hatte. Der Dschungel verschluckte das Echo fast sofort. «Ich habe keine Lust, schon wieder hinter dir her zu hetzen. Ich will nur ganz allgemein wissen, was wir jetzt machen! Du musst mir keinen epischen Vortrag halten. Sag mir einfach, wo wir jetzt hingehen!» Wie angewurzelt blieb Mia stehen und rührte sich nicht von der Stelle.

Tan, sichtlich irritiert von ihrer harschen Reaktion, hielt abrupt inne, drehte sich um und baute sich vor ihr auf. Seine Augenbrauen zogen sich zusammen, und es sah so aus, als suche er nach Worten, die nicht schon wieder einen Streit provozieren würden. Doch sein Blick wich ihrem nicht aus, was Mia einen seltsamen Schauer über den Rücken jagte.

Der dichte, grüne Dschungel schien die Spannung zwischen ihnen noch zu verstärken. Über ihnen raschelten Blätter, als sich ein Vogel lautlos von Ast zu Ast bewegte. Von irgendwoher erklang das Rufen eines Tieres, gefolgt von einem entfernten Donnern – oder war es ein brechender Ast? Ein Seelenjäger?

Tan drehte sich um, seine Miene angespannt. Das Licht, das durch die Baumkronen fiel, ließ seine markanten Gesichtszüge noch schärfer wirken. Er wirkte angespannt, fast nervös, als hätte sie etwas in ihm berührt, das er selbst nicht ganz greifen konnte.

Warum starrt er mich so an?, fragte sich Mia, während sie versuchte, ihre Ungeduld nicht offen zu zeigen. Ihre Brust hob und senkte sich unwillkürlich im gleichen Rhythmus wie seine, ein Detail, das sie irritierte.

Sie riecht nach etwas Blumigem... und frischer Erde?, dachte Tan, bevor er den Gedanken hastig abschüttelte. *Was zur Hölle interessiert mich das?* Doch dann war da ihr Blick – herausfordernd, furchtlos, beinahe wissend. Er kämpfte mit einem seltsamen Drang, ihr näherzukommen, nur um sofort wieder Distanz zu suchen. *Streng genommen ist sie nur ein Mensch*, versicherte er sich selbst noch einmal, aber der Gedanke fühlte sich in diesem Moment hohl an.

Mia bemerkte sein Zögern. *Was hat er jetzt schon wieder? Ist er etwa beleidigt?* Sie verschränkte die Arme vor der Brust, was ihre Entschlossenheit nur noch mehr zur Schau stellte. «Also?», fragte sie, ihre Stimme fordernd.

Tan seufzte, als würde er gegen einen unsichtbaren Gegner verlieren. «Na gut, wie du willst, Kafka.»

«Nenn mich nicht immer Kafka!», erwiderte Mia, ein wenig beleidigt, aber mehr aus Gewohnheit als aus echter Kränkung.

«Nenn du mich nicht immer Tahotan!», entgegnete er und

zog eine Augenbraue hoch. Der Anflug eines Grinsens umspielte seine Mundwinkel.

«Wie denn bitte sonst?», fragte sie, ihre Arme nun locker an ihrer Seite.

«Tan!», sagte er knapp, fast trotzig, als wäre der Name ein Geheimnis gewesen.

Mia verdrehte demonstrativ die Augen, bevor sie antwortete: «Also schön, TAN, wohin gehen wir?»

«Zu Arokh.»

«Das war mir schon klar! Aber wie geht es weiter?», hakte Mia nach, während sie kurz inne hielt, um sich einen winzigen Zweig aus dem Haar zu ziehen, den die hängenden Äste ihr beschert hatten. Noch während sie die letzten Worte aussprach, überkam sie das Gefühl, dass sie von der gesamten Unterhaltung zuvor kaum etwas mitbekommen hatte. *Na toll!*, dachte sie, die Hände in die Hüften gestemmt. *Das hier fühlt sich an wie eine Mischung aus einem Ratespiel und einem ungewollten Date mit einem arroganten Bad Boy!*

Tan schüttelte den Kopf, als hätte er ihre Gedanken gehört. Er verschränkte die Arme, sah sie für einen Moment unverwandt an, dann nickte er in die Richtung, aus der das leise Summen eines unbekannten Insekts zu hören war. «Hast du gerade nicht zugehört? Oder hast du was mit den Ohren?» Er zuckte mit den Schultern, das Lichtspiel durch die Bäume ließ ein flüchtiges Lächeln auf seinen Lippen tanzen.

«Ja und nein!», antwortete Mia und lächelte keck über ihr Geständnis. Wenigstens erwiderte Tan das Lächeln. «Mein Hörsinn ist voll funktionsfähig! Sorry...», schob sie hinterher.

«Na gut, Kaf...!», setzte er an, brach jedoch abrupt ab, als er Mias Killerblick registrierte. Dennoch konnte er sich ein spöttisches Grinsen nicht verkneifen. Dafür ähnelte sie in diesem Moment viel zu sehr einer strengen Gouvernante. Mit einer theatralischen Geste verbeugte er sich demütig und fuhr fort: «Äh... Mia! Wir fliegen zur Drachenburg. Dort liegt das Gegenstück zum Lichtschwert. Ich habe die Klinge bei mir und soll sie mit dem Knauf verbinden. Laut Wicasa wurde mir diese Aufgabe von den Hochgeistern der vier Elementardynastien übertragen!». Er zuckte mit den Schultern, als wolle er die Schwere seines Schicksals mit einer Prise Leichtigkeit würzen.

Aha!, dachte Mia und überlegte zum x-ten Mal, was das alles mit ihr zu tun hatte. Die feuchte, dschungelige Luft um sie herum schien plötzlich schwerer zu werden, und Mia spürte den würzigen Geruch von Moos und feuchter Erde noch intensiver.

«Klingt nach einem machbaren Plan!», stellte sie dann aber wohlwollend fest. Ein leichter Wind bewegte die hängenden Blätter über ihnen, ließ Licht- und Schattenmuster auf Tans Gesicht tanzen.

Tan nickte, doch Mia bemerkte sofort, dass das nur die halbe Story war. «Schon klar, wir werden wohl nicht einfach in ein fremdes Schloss spazieren und ein kaputtes Schwert reparieren, oder?». Inzwischen schlug ihr Herz ein wenig schneller. Er war so nah. So verdammt nah. Noch näher, und er würde es wahrscheinlich dröhnen hören! *Holy shit!*

«Nein, Mia, so einfach wird es wohl eher nicht! Es ist die Burg meines...», Tan räusperte sich, als hätte er ein Wort verschluckt, und fuhr schließlich fort, die Situation brottrocken zusammenzufassen: «...des Lords. Er existiert nicht mehr. Aber die dunkle Energie hat genügend willige Helfer, die nur darauf warten, das Lichtschwert in die Hand zu bekommen!». Vor seinem inneren Auge flackerte eine schemenhafte Ahnung auf.

Mia blinzelte und sah ihn an, als hätte sie nicht richtig gehört. Der Dschungel verstärkte die Spannung zwischen ihnen mit seinen geheimnisvollen Geräuschen – dem Knacken eines Astes, dem leisen Summen eines Insekts, das in der warmen Luft verharrte.

«Okay, das heißt also, dass sie auch da sein werden?», hakte Mia nach, als wäre sie etwas schwer von Begriff. Doch ihr süffisantes Grinsen verriet, dass sie sich des Ernstes der Lage durchaus bewusst war. Im Stillen jedoch dachte sie: *Und was dann?*

Da war es wieder, das Leuchten in ihren Augen, verbunden mit dem schönsten Lächeln, das Tan je gesehen hatte. Es war, als würde ein fallender Stern mitten im tiefsten Dschungel auf ihn herabfallen und seine Welt erleuchten. Dieses Mädchen... Mia. Ihre Ausstrahlung traf ihn mit einer Intensität, die ihn völlig aus der Fassung brachte und sein Herz zum Rasen. Er war sicher, wenn sie ihm noch ein bisschen näher käme, würde sie den unkontrollierten Beat in seiner Brust spüren. *Was zum Teufel ist das für eine Kraft?*, fragte Tan sich und spürte, wie sie ihn aus den Socken haute und sein geliebtes Gleichgewicht mit sich riss. Es war eine Energie zwischen ihnen, so stark, dass sie fast greifbar schien. Doch Tan stemmte sich mit aller Macht dagegen, als würde er gegen einen unsichtbaren Sturm ankämpfen. Mit einem abrupten Ruck, heftiger als beabsichtigt, drehte er sich um und marschierte zielstrebig durch den Dschungel. Seine zu Fäusten geballten Hände lockerten sich erst nach einem tiefen Atemzug. Als wolle er etwas Lästiges abwehren, schob er energisch die Zweige vor sich zur Seite. Die Antwort auf Mias Frage blieb er schuldig.

Mia musste schlucken. Der Kloß in ihrem Hals fühlte sich so groß an, dass ein nervöses Geräusch aus ihrer Kehle drang. Es klang wie ein Lachen, war aber keines. Eine seltsame Unruhe fuhr so heftig in ihren Körper, dass sie froh war, Tan nun einfach wieder hinterher eilen zu können. Alles ging gefühlt so randomly schnell. Und irgendwie kam sie einfach nicht mehr mit. Ihre Gedanken fuhren Achterbahn. Es gab so viele Fragen in ihrem Kopf, doch es fühlte sich an, als würde alles nur um **ihn** kreisen. Um *Mr. Superheld*, wie sie ihn in Gedanken taufte. Und darauf hatte sie langsam einfach keine Lust mehr. Sie stieß hörbar die Luft aus, den süßlich-schweren Duft der Umgebung ignorierend und folgte ihm widerwillig, ihre Gedanken jedoch wanderten in eine ganz andere Richtung. *Warum fühlt es sich an, als wäre er der Einzige, der mich hier versteht, obwohl er mich ständig nervt?* Die Zweige und Blätter griffen noch immer nach ihr, die Tierlaute und das Rauschen des Windes aber wirkten plötzlich beruhigend, als hätte der Dschungel beschlossen, sich auf ihre Stimmung einzustellen.

✳✳✳

Schweigend flogen sie entlang der Küste in nördlicher Richtung. Der Drache glitt ruhig durch die Luft, während sich unter ihnen eine Landschaft entfaltete, die einem Gemälde glich. Saftig grüne Bergketten, mal schroff und unnahbar, mal weich und einladend, wechselten sich mit Tälern ab, in denen kleine Flüsse wie silberne Fäden durch das Land zogen. Zu ihrer Linken schimmerte das Meer, als hielte es Türkise in seinem Herzen verborgen. Sanft umarmte es einen perlweißen Sandstrand, an dem kleine Boote in rhythmischer Bewegung schaukelten. Hier und da tauchten Wale wie dunkle Felsen in der Brandung auf, majestätisch und unbeeindruckt von der Welt darüber.

Mia ließ ihren Blick über die Landschaft schweifen, während der Wind durch ihr Haar fuhr. Sie spürte die Ruhe dieses Ortes, doch etwas Dunkles schien in der Ferne zu lauern. Eine Ahnung von Leid, das sich in den Geschichten vergrub, die diese Landschaft erzählte. Und doch wirkten die Dörfer friedlich, als hätten sie den Sturm überdauert.

«Das Gebiet der Wasserelfen hat den Krieg des Lords weitgehend unversehrt überstanden.» Tans Stimme klang leise zu ihr, so als würde er mehr zu sich selbst sprechen - keine Spur mehr von Spott oder Ablehnung. Es klang vielmehr so, als wolle er Mia an etwas teilhaben lassen, das größer war als er. Tan räusperte sich, bevor er weitersprach: «Im Norden tobte der Kampf am schlimmsten – dort, wo die

Erd- und Feuerelfen leben.» *Und meine Eltern*, fügte er im Geiste hinzu.

Mia, die hinter Tan auf dem Drachen saß, spürte seine Gedanken, zog ihre Arme fester um seine Oberkörper, als wolle sie ihm Mut zusprechen. Sie lauschte schweigend, wollte ihn nicht unterbrechen.

Genau wie Arokh. Seine Flügelschläge – wie ein Flüstern des Windes, untermalten sie Tans Ausführungen.

Tan fühlte Mias Berührung nur zu deutlich. Er schluckte, hielt den Blick starr nach vorne gerichtet – doch etwas in ihm wurde zunehmend sanfter, als er fortfuhr: «Der Süden hat auch Glück gehabt. Du musst wissen, dass sich die stark altruistischen Wasserelfen und die von tiefer Liebe getragenen Windelfen nie den dunklen Armeen angeschlossen haben. Sie kämpften, wenn überhaupt, freiwillig Seite an Seite mit dem Elfenkönig Oberon.»

Die Feuerelfen, dachte Mia, *sind anders.* Alles, was sie zuvor über sie gehört hatte, tauchte in ihrem Gedächtnis auf. *Leicht zu manipulieren*, hatte Tan gesagt.

«Von Wut und Leidenschaft beherrscht, geben sie sich oft der dunklen Seite hin. Ihre Hitze, ihre Leidenschaft, kann so zerstörerisch sein, wenn sie nicht von Geduld und Mitgefühl begleitet wird.»

«Und die Erdelementarelfen?», hakte Mia flüsternd nach.

«Stolz und Eitelkeit sind ihre Fallstricke. Verlieren sie ihre Hingabe und innere Ruhe, werden auch sie zu Werkzeugen der Dunkelheit.» Tan schloss kurz die Augen, ließ seine eigenen Worte in sich nachwirken. *Ein Krieg zwischen den Elfen des Mittelreichs hat weitreichende Folgen – nicht nur für uns, sondern für alle Welten, deren Existenz so eng mit der Balance dieser Welt verwoben ist. Wenn die Verbindung zu den universellen Hochgeistern zerreißt, ist das Chaos unvermeidlich.* Und genau das war geschehen. Brüder kämpften gegen Schwestern, Familien wurden zerrissen, und das Licht des Gleichgewichts erlosch in der Dunkelheit von Stolz und Hass.

Mia wusste, dass Tans Schweigen keine Zufälligkeit war. Es war durchzogen von etwas, das sie nicht greifen konnte.

Er drehte sich halb zu ihr um, als hätte er ihre Gedanken gespürt. Sein Gesicht wirkte wie aus Stein gemeißelt, doch seine Augen verrieten eine unausgesprochene Schwere. «Mia, ich muss die Balance wiederherstellen.» Seine Stimme klang tief und getragen, wie ein Echo aus der Vergangenheit.

Mia nickte, unfähig, etwas zu sagen. Sie spürte die Verantwortung, die auf ihm lastete, und begriff, dass sie, ob sie wollte oder nicht, Teil dieses Abenteuers war – Teil einer Geschichte, die weit größer war als sie selbst. Auch, wenn sie ihre Rolle in der story noch immer nicht ganz verstand.

Seine Bestimmung war es, die Tan nun auf den Weg zur Drachenburg lenkte. Die Elfeninsel brauchte einen Schwertträger – jemanden, der die vier Dynastien vereinte und dem sie bereitwillig folgen würden. Dieser Schwertträger sollte die vier inneren und äußeren Elemente ebenso beherrschen wie die vier geheimen, das war die Botschaft des Quellgeistes gewesen.

Und das fünfte Element …! *Was auch immer das fünfte Element sein soll …!* Tans Kopf schwirrte von der Last seiner Bürde. *Die Bestimmung …!* Sie besagt, dass der Träger von Titanias Lichtschwert mit reinem Herzen aus Liebe handeln muss, um bösen Zauber in Licht zu wandeln. *Das Schwert … es trägt dieses Versprechen in sich und erinnert den Träger daran.* Aber der Träger muss es wirklich wollen, dazu stehen – und schweigen. *Er darf die Klinge niemals mit Zorn führen.* Tan atmete tief ein und schüttelte den Kopf, als würde er versuchen, die Gedanken aus ihm herauszuschütteln. Er begriff einfach nicht, was das alles mit ihm zu tun hatte. *Jeder weiß, dass die Elfeninsel einen Schwertträger braucht … Aber ich? Wieso ausgerechnet ich? Ich … bin alles andere als würdig.* Seine Finger gruben sich fester in die Zügel des Drachen, der ruhig weiter durch die Lüfte glitt. Die Landschaft unter ihnen blieb wie ein flüchtiges Gemälde, das seine Aufmerksamkeit nicht halten konnte.

«Es ist totaler Unsinn. Eine sträfliche Nachlässigkeit …!», flüsterte er schließlich mit einem Ton, der gleichzeitig voller Verzweiflung und Trotz war. Er schüttelte ungläubig den Kopf und fluchte leise weiter vor sich hin.

Mia, die Tans Worte hörte, spürte, wie die Schwere seiner Gedanken die Luft um sie herum beinahe greifbar machte. Ein leiser Funke von Mitgefühl regte sich in ihr. Aber sie ließ ihn nicht auflodern. Noch nicht.

Tan, der Mias Anwesenheit für einen kurzen Moment ausgeblendet hatte, um klarer denken zu können, befahl sich selbst zur inneren Ruhe. Die Nähe zu ihr drückte jedoch gewaltig auf seine Brust. *Wer bist du, dass du eine solche*

Wirkung auf mich hast?, fragte er sich erneut, fast verzweifelt. Doch bevor er sich weiter in seinen Gedanken verlieren konnte, spürte er es wieder: dieses aufgeregte Flattern in seiner Brust, als hätte sich dort ein Kolibri niedergelassen, der wild mit den Flügeln schlug.

«Wenn du tatsächlich zurückkehren wolltest, hättest du nur höflich die Zeithüterin darum bitten müssen!», sagte er schließlich und ließ dabei eine Mischung aus Überheblichkeit und Abwehr in seiner Stimme mitschwingen. Es klang, als ob er sie loswerden wollte, schon wieder – als ob Mia nicht bereit wäre, das Risiko einzugehen, das vor ihnen lag.

Mia zuckte nur mit den Schultern, anstatt zu antworten. Ihre Haltung war lässig, aber ihre Augen blitzten. *Nope, ich lasse mich von dir nicht reizen. No way!*

Tan wartete, vielleicht auf eine Reaktion, die ihm die Kontrolle zurückgeben würde. Doch als nichts geschah, seufzte er leise und schüttelte den Kopf. Dieses Kopfschütteln fühlte sich für ihn jedoch viel zu schwach an. *Eine Untertreibung des Jahres*, dachte er ironisch. Aber es lag nicht daran, dass Mia ihm die kalte Schulter zeigte und mit hartnäckigem Schweigen auf seine Kälte reagierte. Er ließ seine Gedanken durch die vergangenen Stunden schweifen und spürte, wie sich etwas in ihm regte – eine Mischung aus Verwirrung und Unbehagen. *Was ist los mit mir? Warum gerät alles aus den Fugen?* Alles erschien ihm einfacher, sich den abtrünnigen Elfen zu stellen, als mit diesen Gefühlen umzugehen, die sich wie ein Sturm in ihm breitmachten. *Ich verliere die Kontrolle. Was soll das?* Für einen Moment sah er in die Ferne, als ob der Horizont ihm Antworten geben könnte. Doch die wogenden Wolken, die die Landschaft unter ihnen beschatteten, blieben stumm. Schließlich schüttelte er wieder den Kopf, diesmal fester, als ob er die Gedanken abschütteln wollte. *Nur eine Störung von kurzer Dauer ... mehr nicht,* redete er sich ein. Aber selbst er konnte nicht verhindern, dass ein leiser Zweifel in seiner Brust zurückblieb.

Hinter ihm zuckte Mia leicht zusammen. Sie wusste, dass Tan kämpfte – mit sich selbst, mit etwas Unsichtbarem, das ihn nicht losließ. Und obwohl sie es nicht verstand, fühlte sie sich seltsam nah an ihm. Doch anstatt etwas zu sagen, ließ sie es unkommentiert. Tan musste diesen Kampf allein durchstehen.

Unerwartet schnell erreichten sie das Gebiet der Feuerelfen. Über eine verbrannte, düstere Erde fliegend, zog die Landschaft wie ein trüber Film an ihnen vorbei. Direkt vor ihnen erhob sich die Drachenburg, wie der dunkle Schatten einer bösen Vorahnung. Ihre Zinnen und Zacken ragten wie Klauen in den Himmel, und die Felsklippen, auf denen sie thronte, wurden unaufhörlich von der Brandung gepeitscht. Schäumende Gischt schoss in die Luft, während das mächtige Tosen der brechenden Wellen den Raum mit donnerndem Klang erfüllte. Der beißende Geruch von Qualm legte sich schwer in ihre Lungen. Ein naher Vulkan, dessen jüngster Ausbruch noch frische Narben in der Landschaft hinterlassen hatte, warf seine finsteren Schatten über das Gebiet. Die dunkle Magie des Lords hatte das Land verheert, jede Spur von Schönheit oder Wunder ausradiert.

Die Natur wirkte wie ausgelöscht, ohne Gnade zurückgelassen. Selbst der Himmel schien diese trostlose Ödnis zu verschweigen, verbarg sich hinter einem undurchdringlichen Schleier aus kohlrabenschwarzen Wolken. Kein Licht, keine Magie – nur die eisige Dunkelheit eines Ortes, an dem die Zeit aufgehört hatte, zu fließen. Der einst prachtvolle Sitz der Feuerdrachen, der von ihrer ungezähmten Magie erfüllt war, hatte seinen Zauber verloren.

Mia spürte, wie ihr Magen sich verkrampfte. «Oh. Mein. Gott!», hauchte sie mit weit aufgerissenen Augen. Ihre Lippen formten die Worte wie von selbst, und doch klangen sie in der bedrückenden Stille dieses Ortes kaum mehr als ein Flüstern. Alles wirkte wie erstarrt – als hätte die Natur aufgehört zu atmen. Der Sand, schwarz wie Kohle, lag still, keine Blumen, keine Lebewesen. Nur ein Gefühl von Endgültigkeit lag in der Luft. Es war, als ob dieser Teil der Insel selbst trauerte.

Der Drache landete vorsichtig auf dem Vorplatz der Burg, seine Krallen gruben sich tief in die erkaltete Erde. Tan stieg schwerfällig aus dem Sattel, jede Bewegung trug die Last seiner inneren Zerrissenheit. Mia folgte ihm, den Blick immer noch an die trostlose Umgebung geheftet.

Obwohl es offensichtlich war, dass Tan diesen Ort am liebsten meiden würde, blieb ihm keine Wahl. Seine Dämonen warteten hier, und er wusste, dass es kein Zurück gab. Er stieß einen gequälten Laut aus, versuchte, seine Emotionen unter Kontrolle zu bringen, indem er seine Hände zu Fäusten ballte. Der Feuerdrache schnaubte leise, als ob er den Sturm in Tans Innerem spürte.

Mia brach die Stille mit einem unerwartet scharfen Ton: «Wehe dir, du sagst jetzt sowas wie ‚Bleib hier und warte auf die anderen. Ich muss das alleine machen'!» Ihre Stimme zitterte leicht, ob vor Ärger oder aus Furcht, wusste sie selbst nicht genau.

Tan blieb stehen, langsam drehte er sich zu ihr um. Seine Augen funkelten gefährlich, und für einen Moment zuckte Mia reflexartig zurück. Doch fast im selben Augenblick fasste sie sich, ihre Haltung wurde wieder felsenfest, und sie hielt seinem Blick stand.

«Wie du meinst!», presste er durch zusammengebissene Zähne, seine Stimme klang rau, die Kiefermuskeln angespannt wie Drahtseile. Ohne ein weiteres Wort drehte er sich um und marschierte los, sein Schritt fest und zielgerichtet auf das massive Eingangstor der Burg zu.

Mia atmete tief durch, spürte, wie ihre Entschlossenheit sich erneut formte. *Ich lasse mich nicht abwimmeln, Mr. Superhero!*, dachte sie trotzig und setzte sich in Bewegung, unerschrocken und bereit, Tan zu folgen – egal, wohin dieser Weg sie führen würde.

$$* * *$$

Wie das klaffende Loch zu einem dunklen Höhleneingang verschluckte die Schwärze die beiden, als sie durch das Tor traten. Mia biss die Zähne zusammen und beschloss, ihr Unbehagen gegen einen Hauch von Risikobereitschaft einzutauschen. Mit angespanntem Atem ließ sie die Umgebung nicht aus den Augen. Jeder Winkel der großen Halle wurde von ihrem misstrauischen Blick gescannt, wie der eines Jägers auf der Lauer. Ihre Schritte verhallten auf einem Boden aus kühlem Stein, der den dumpfen Klang ihrer Sneakers verschluckte. Zerfetzte Fahnen, wie Rinnsale geronnenen Blutes, säumten den Boden. Sie lagen da, als trauerten sie um die verlorene Ehre der Burg. Mia warf einen Blick auf die feuchten, unruhig atmenden Wände, aus denen Kälte zu dringen schien – eine Kälte, die von den Ritzen ausging, als wäre sie der Fluchtweg von längst vergessenen Schrecken. *Wie ein Gefangener muss man sich hier fühlen*, dachte sie und betrachtete die schmalen vergitterten Fensterlöcher mit beklemmtem Gefühl. Die Luft roch abgestanden, nach Moder und verbranntem Holz, als hätte der Atem des Vergangenen diesen Ort nie wirklich verlassen.

Doch dann – völlig unvermittelt – blitzten Bilder vor Mias innerem Auge auf. Bildfetzen, die nichts mit der Tristesse um sie herum gemein hatten: die Drachenburg in ihrer einstigen Pracht. Wie ein glühender Edelstein lag sie auf den Felsen, rotgoldenes Sonnenlicht spiegelte sich auf ihren Mauern, das Meer funkelte wie ein flüssiger Opal, und schillernde Feuerdrachen zogen majestätische Bahnen am Himmel. *Magie...*, dachte Mia, und für einen winzigen Moment schien ihr das Leben hier unvorstellbar schön.

Doch dieser Gedanke war nicht von Dauer. Eine Bewegung in ihrem Augenwinkel riss Mia aus ihren Fantasien. Sie zuckte zusammen, als eine Gestalt aus einem der unzähligen Seitentore trat. Der lange Umhang der Gestalt schien wie ein Schatten über den Boden zu gleiten, als wäre er ein eigenständiges Wesen. Ein erstickter Schrei entwich Mias Lippen, und für einen Moment schien die Welt stillzustehen. Ihre Knie wurden weich, als hätte der Boden unter ihr aufgehört, sie zu tragen. Das Pochen ihres Herzens steigerte sich zu einem Techno-Beat, der ihr durch die Ohren hallte. Stur hielt sie ihren Blick auf die Gestalt gerichtet, die in der Dunkelheit auf sie zukam. Eine ungreifbare Dunkelheit umgab sie, ein angespanntes, lauerndes Etwas, das die Luft schwer machte.

∗∗∗

Geistesgegenwärtig baute sich Tan schützend vor Mia auf. Beinahe hätte sie nach seiner Hand gegriffen, ließ es aber bleiben. Ihre Finger zuckten kurz, als ob sie gegen den Impuls ankämpfen müsste.

«Als hätte ich es nicht schon irgendwie geahnt! Was willst du?», hörte sie ihn verächtlich fragen. Seine Stimme klang hart, schneidend, und ließ keinen Raum für Zweifel an seiner Entschlossenheit.

«Dasselbe wie du!», echote eine Stimme aus der Dunkelheit, deren eisiger Klang die ohnehin kalte Luft noch frostiger machte. «Ich will das, was mir zusteht!» Mit einem theatralischen Ruck erhob der Angesprochene seinen rechten Arm und streckte einen Gegenstand in die Höhe. Es schien, als hätte er jede Bewegung einstudiert, als wäre er ein Akteur auf einer finsteren Bühne. Der Gegenstand in seiner Hand blitzte wie Metall, das von Flammen geküsst wurde, und er wirkte dabei wie eine düstere Version der Freiheitsstatue.

«Wie du siehst, habe ich das Gegenstück zur Klinge», rief er und seine Stimme klang triumphierend, als hätte er bereits gewonnen.

Etwas, das sich wie ein Lachen anhörte, aber keines war, drang aus Tans Kehle. «Das soll jetzt wohl ein Witz sein, oder? Ha ha!», fauchte er gereizt. «Soweit ich weiß, stehen wir auf derselben Seite!»

Die Stille, die folgte, war wie ein Vakuum, das alle Geräusche in sich verschlang. Dann verzog sich der Mund des Unbekannten zu einem unheilvollen Lächeln, seine Stimme schneidend und voller Arroganz: «Ich stehe auf meiner Seite. Wo du stehst, ist dir überlassen. Und jetzt gib mir die Klinge. Dann verschone ich das Mädchen.»

Im nächsten Moment löste sich die Gestalt aus dem Schatten des Steintorbogens. Die Schritte, mit denen er näherkam, waren gefährlich langsam, wie die eines Panthers, der seine Beute umkreist. Sein Auftreten war eine Mischung aus bedrohlicher Eleganz und raubtierhafter Anspannung.

Mia raffte all ihren Mut zusammen und trat beherzt neben Tan. Ihr Herz klopfte wild, und sie hatte keinen Plan, was sie da eigentlich tat. Tans Hand schoss vor und packte sie am Arm, bevor sie weitergehen konnte. Sein Griff war fest, aber nicht schmerzhaft. Er funkelte sie an, sein Blick war eine Mischung aus Warnung und Sorge.

Die fremde Kreatur baute sich vor ihnen auf. Jede Bewegung strahlte Verachtung und Geringschätzung aus, wie ein Richter, der das Urteil längst gesprochen hatte. Dieses Auftreten verstärkte Tans Beschützerinstinkt und versetzte ihn zugleich in höchste Kampfbereitschaft.

«Geh zurück», sagte Tan leise, fast sanft, und hielt abermals schützend seinen Arm vor Mia.

Mia aber war unfähig, sich zu rühren. Ihr Blick war auf die Gestalt vor ihnen gerichtet, die ein Bann aus ihrer Aura zu umgeben schien. Es war, als würde ihre gesamte Energie an Ort und Stelle eingefroren. Die Onyx-Augen des Unbekannten lodernden gefährlich unter der Kapuze seines Umhangs hervor.

Dann hob er die Hände, und aus seinen Handflächen stiegen Flammen empor, die in einer unheimlichen Symmetrie tanzten. Die Schatten um sie herum schienen sich zu verdichten, während er in das Feuer Worte flüsterte – ein unverständliches, bösartiges Flüstern, das Mia bis in die Knochen drang.

«Ignis Atorum Evocatur – Das dunkle Feuer wird heraufbeschworen.»

«Was soll das? Hör auf...! Oder willst du uns alle umbringen?», sagte Tan mit beschwichtigendem Tonfall, während seine Hände eine passende, beschwörende Geste formten. Seine Stimme trug eine fast schon gefährliche Ruhe, die jedoch von der angespannten Atmosphäre durchdrungen war.

Der andere lachte kurz und kalt, ein Laut, der wie ein Echo von gebrochenem Glas durch die Halle schnitt. Ohne zu zögern hob er seine Hände und zielte.

Mia zuckte zusammen, ihr Herz schlug wie ein wild gewordener Trommelwirbel in ihrer Brust. Vor Anspannung biss sie sich auf die Lippen, während sie zögerlich zwischen den beiden hin und her sah. Tans Stimme riss sie aus ihrer inneren Starre: «Mia, bitte geh zurück. Bring dich in Sicherheit.»

Das „bitte" war wie ein sanfter Druck, dem sie nicht widerstehen konnte. Mia nickte mechanisch und trat zögernd zurück. Es fühlte sich an, als würde sie etwas Entscheidendes aufgeben – nicht nur ihre Position, sondern auch ihre Handlungsmacht. Ihre Beine fühlten sich schwer an, als sie sich langsam in Richtung eines Torrahmens bewegte, der etwas Schutz bot. Ihre Augen blieben auf den Angreifer fixiert, selbst als sie rückwärts ging. Der eiskalte Stein der Wand, an die sie sich schließlich presste, ließ ihre Hände noch kälter und gefühlloser erscheinen.

Tan entspannte sich ein wenig, als er sie in Sicherheit wähnte, doch seine eigene Anspannung schien wie eine gespannte Saite, kurz vor dem Zerreißen. Alle seine Muskeln waren darauf ausgerichtet, den Angriff abzuwehren. Seine Stimme war schneidend, als er zwischen zusammengepressten Zähnen hervorbrachte: «Die Klinge… die musst du dir schon holen, wenn du sie haben willst!»

Mia fühlte sich wie eingefroren, ihre Finger gruben sich in die poröse Steinwand, als könnte sie sich dadurch festhalten, in dieser dunklen, unberechenbaren Welt nicht verloren zu gehen. Ihr Verstand arbeitete fieberhaft. Sie dachte an den Achak, der doch unter diesem Umhang stecken musste. Doch je länger sie hinsah, desto deutlicher wurde ihr Denkfehler. Das war nicht der Achak. Das war jemand anderes, etwas anderes.

Der Angreifer schrie plötzlich: «So sei es...!» Seine Stimme war erfüllt von einem giftigen Klang, der in Mias Ohren nachhallte. Die eigentlich schönen, fast akademischen Züge seines Gesichts verzerrten sich zu einer Fratze voller Wut und Gier. Es war, als ob die Dunkelheit in ihm, lange verborgen, nun vollständig durchbrach. Wie ein Schleier aus gelblich-grünem Gift drangen Habgier, Neid und Eifersucht aus jeder Pore seines Körpers und verschmolzen zu einer pulsierenden Aura der Verderbtheit.

«Flamma Umbrae Consumet Omnia! – Die Flamme der Schatten wird alles verschlingen», fauchte seine Stimme giftgetränkt. Und mit einem Ruck stieß er abermals Flammen aus seinen Händen direkt auf Tan ab. Die Energie zischte durch die Luft wie eine zornige Schlange, bereit, alles auf ihrem Weg zu zerstören.

Tan duckte sich blitzschnell und sammelte die reinigende grüne Energie des Erdelements in seinen Fäusten. Die Kraft schien aus dem Boden zu kommen, durch seine Beine zu fließen und sich in seinen Händen zu bündeln. Der Kontrast zwischen den giftigen Flammen und dem beruhigenden, erdigen Grün seiner Energie war fast schmerzhaft anzusehen.

Mia hielt den Atem an, ihr Körper wie erstarrt, während ihre Augen jeden Moment des Kampfes verfolgten. Die beiden Kämpfer standen sich gegenüber wie zwei Raubtiere, die nur wenige Meter voneinander trennten. Jeder Schlag, jeder Angriff war präzise, tödlich, und doch schien es mehr als ein Kampf um Macht – es war ein Kampf um den Erhalt des reinen Edelmuts gegenüber der tiefgreifenden Dunkelheit.

✱✱✱

«Umbra Pyralis Libera Est! - Die Schatten des Feuers sind frei. Ignis Fatum Obscurum! – Das Feuer des dunklen Schicksals ist entfesselt.»

Worte, die wie ein Fluch klangen, hallten durch die Halle, während das Licht spärlicher wurde. Der Himmel draußen verdunkelte sich zu einer bedrohlichen Finsternis, die vom unheilvollen Donnergrollen durchbrochen wurde. Blitze, blutrot und voller Zorn, zerrissen den Himmel wie gewaltige Risse im Stoff der Realität.

«OhmeinGott!ErbeschwörtdiedunkleEnergie!», schrie Mia hektisch, ihre Stimme überschlug sich vor Entsetzen, während sie nach Luft rang. Ihre Augen weiteten sich, als das Giftgrün der Flammen, das von Roni heraufbeschworen wurde, die Umgebung wie eine Krankheit durchdrang. Es war, als hätte sie geradewegs in die Geschichte aus dem Flugzeug geschaut, die sie gelesen hatte. Pure Panik durchströmte ihren Körper. «Tan… du musst es nur wollen!», rief sie stockend, während sie all ihre Kraft in diese Worte legte. *Und einen verdammt starken Willen brauchst du auch!*, fügte sie in Gedanken hinzu. Ob das überhaupt stimmte, wusste Mia nicht. Aber etwas zu tun fühlte sich besser an, als tatenlos zuzusehen.

Roni verstärkte seinen Angriff. Weitere Flammen, getränkt in einer unnatürlichen giftschwarzen Farbe, zischten durch die Luft. Sie schlugen mit der Wucht eines Orkans gegen die Steinwände und rissen glühende Risse in den Boden.

Tan sprang zur Seite, während der Beutel mit der Klinge auf seinem Rücken hin- und herbaumelte. Doch sein eigener Angriff – energetisch aufgeladene Kugeln, die er mit Präzision warf – schien wirkungslos gegen die dunkle Magie von Ronis blitzender Flammenkraft. Tan starrte auf seine Hände, als wären sie ihm fremd. *Was soll ich nur tun?* Die Frage hallte in seinem Kopf wie ein unaufhörliches Echo. *Du musst es nur wollen!*, hörte er Mias Stimme wieder. Diese Worte schienen ihn zu verfolgen. *Nur wollen? Aber will ich das überhaupt?* Ein kurzer, verzweifelter Gedanke blitzte auf: *Ohne das Lichtschwert bin ich machtlos!* Doch je mehr er sich in diesen Gedanken verstrickte, desto mehr verlor er den Fokus. Seine Sinne, sonst so scharf, wurden von seiner eigenen Verzweiflung überlagert. Dann, wie ein sanfter Hauch in einem Sturm, hörte er die vertraute Stimme des Quellgeistes tief in sich: *Leere deinen Geist. Fokussiere dich. Das Ganze ist mehr als die Summe seiner Einzelteile. Durchdringe und lenke!*

Den Geist leeren…! Die Worte trafen Tan wie ein innerer Blitz. Er konzentrierte sich auf seinen Atem. Ein. Aus. Und der Moment dazwischen, wenn der Atem innehielt – ein flüchtiger Augenblick der Stille. Seine Brust hob und senkte sich in gleichmäßigen Wellen, als er sich auf diesen Rhythmus besann. Mit jedem Atemzug ließ er mehr los. Die Last seiner Gedanken fiel von ihm ab wie schwere Ketten. Sein Fokus verlagerte sich. Das Solide des Erdelements. *Wie die Knochen, die den Körper tragen, so trägt die Erde alles Leben. Die Erde... sie gibt Halt. Hingabe...!* Seine Aufmerksamkeit verschmolz mit der Essenz der Erde. In der absoluten Stille seines Inneren spürte er, wie sich sein Bewusstsein ausdehnte, hinaus bis in die unendlichen Weiten des Universums.

Plötzlich zitterte der Boden unter seinen Füßen, als hätte die Erde selbst auf seinen Ruf geantwortet. Die Wände der Halle schwankten gefährlich, Staub und Geröll regneten von den brüchigen Decken herab. Das einst prachtvolle Gemäuer drohte, in sich zusammenzufallen, während Tan sich vollkommen dem Element der Erde hingab. Die Energie, die er in sich spürte, war nicht länger nur seine – sie war die der Welt selbst.

Mia, die alles mit angehaltenem Atem beobachtete, fühlte die Veränderung. Etwas Großes war im Gange. Sie wusste nicht, was passieren würde, doch sie spürte, dass Tan etwas gefunden hatte – eine Kraft, die über alles hinausging, was sie bisher erlebt hatten.

Dann verlor Mia das Gleichgewicht und fiel hart zu Boden. Ihre Hände krampften sich verzweifelt an das bisschen Halt, das sie noch fand, während die Decke bedrohlich knirschte und einzustürzen drohte. Einige Steine schlugen nur Zentimeter von ihrem Gesicht entfernt auf, Sand und Staub wirbelten auf, und scharfe Steinsplitter schossen in alle Richtungen. Der beißende Staub drang in ihre Augen, ließ Tränen unkontrolliert fließen und verschleierte ihre Sicht. Blind vor Schmerz kroch sie auf allen Vieren aus dem drohenden Einsturzbereich. Hinter ihr brach der Torbogen krachend zusammen. Ein tiefer Riss zog sich plötzlich quer durch die Halle und ließ den Boden unter ihr aufreißen. Sie spürte, wie ihre Füße über den Rand des klaffenden Abgrunds hinausragten, während sie auf dem Bauch lag – ihre Hände schützend über den Kopf gelegt. *Nur nicht loslassen!*, dachte sie panisch, während sie mit zittrigen Händen versuchte, sich von der Spalte und den bröckelnden Steinen wegzuziehen. Ihre Muskeln zitterten unkontrolliert, als sie ihre Finger in den rissigen Steinboden krallte. Spitze Steine schnitten in ihre Handflächen, doch der Schmerz war unwichtig. *Nur weg von diesem Abgrund!*

«Tan... was passiert hier?», schrie sie verzweifelt, ihre Stimme überschlug sich vor Panik. Die Wände bebten weiter, lose Steine regneten hinab, und immer wieder dröhnten die schwarzmagischen Flammen, die wie giftige Blitze durch den Raum zischten.

Die Flammen schienen keinen Halt zu kennen. Der breite Spalt, der den Raum nun durchzog, trennte Tan vo n seinem Widersacher, doch der Kampf ging unvermindert weiter.

«Ist das alles, was du drauf hast?», höhnte Roni triumphierend, seine Augen funkelten vor Spott. «Wirklich?» Ein höhnisches Lachen entglitt seinen Lippen, doch es war kalt und leer, wie ein Echo in einem verlassenen Raum. Das Grinsen erstarb jedoch schnell, als er seine Konzentration verlor. Die herabstürzenden Steine zwangen ihn, auszuweichen, und die Flammenblitze in seinen Händen begannen zu flackern und an Kraft zu verlieren. Vor Wut kochte seine

Aura auf wie ein Vulkan kurz vor der Eruption. «Du wirst bereuen, mich um mein Recht betrogen zu haben!», schrie Roni und schleuderte neue Flammenblitze durch den Raum. Doch sie waren unkontrolliert und schlugen gefährlich nah vor Mia ein, während der Feuerelf sichtlich damit kämpfte, das Beben zu überstehen.

Tan nutzte die Gelegenheit. «Für den Moment jedenfalls reicht das!», rief er. Seine Stimme klang entschlossen, doch in seinem Inneren tobte ein gewaltiges Erdbeben. Sein Herz hämmerte wie eine Trommel, während er sich mit allem, was er hatte, auf Mia konzentrierte. Nichts war jetzt wichtiger, als sie aus der Gefahrenzone zu bringen – er hatte ihnen die nötige Zeit dafür verschafft. Noch nie zuvor hatte er eine solche Kraft in sich gespürt, und die Erkenntnis, dass sie ihn gleichzeitig erschöpfte und erfüllte, ließ ihn taumeln. Doch jetzt war keine Zeit, darüber nachzudenken.

Wicasa, Noam, Prinzessin Noori… wo seid ihr? Ich brauche euch!, dachte Tan verzweifelt, während er zu Mia eilte. Seine angespannten Gesichtszüge nahmen wieder ihre typische Beherrschung an, doch in seinen Augen loderte ein Funken, der deutlich machte, wie sehr er auf ihre Rettung fokussiert war.

✳✳✳

«Mia…!» Tans Stimme hallte gedämpft durch die tosende Finsternis, drang zu ihr durch den Lärm des Regens und das unbarmherzige Dröhnen der einstürzenden Mauern. Seine Hände griffen nach ihr, fest und zielgerichtet, und zogen sie mit einem kraftvollen Ruck auf die Beine. Mia hob den Kopf, doch ihre Sicht war von einem Tränenschleier verschleiert, der durch Staub und Schmerz hervorgerufen wurde. Mit einem schnellen, prüfenden Blick vergewisserte sich Tan, dass sie unverletzt war. Sein Atem ging schwer, doch sein Griff blieb sicher. «Tan!», hauchte Mia, überrascht von seiner Nähe, während er sie für einen Moment an sich zog. Seine Lippen berührten flüchtig ihren Haaransatz, bevor er sie fast abrupt wieder losließ.

«Komm schnell raus hier», sagte er, seine Stimme wieder gefasst, doch in seinen Augen lag ein Ausdruck, den Mia nicht deuten konnte. Stirnrunzelnd, als könne er selbst nicht glauben, was er gerade getan hatte, wandte er sich ab und führte sie zum Haupttor.

Ohne ein Wort zu sagen, ließ Mia sich von ihm mitziehen, ihre Hände fest ineinander verschlungen. Der strömende Regen prasselte auf sie herab, als sie durch die Dunkelheit auf den Vorplatz eilten. Über ihnen zuckten Blitze, die den Himmel in ein unheimliches Licht tauchten. Der Boden war schlammig und rutschig, und jede Bewegung fühlte sich an, als kämpften sie gegen eine unsichtbare Kraft an. Genau wie der Himmel über ihnen.

Mia, die keuchend stehen blieb, spürte, wie die Worte aus ihr hervorbrachen, ohne dass sie sie kontrollieren konnte. «Ich verstehe das alles einfach nicht…», brachte sie stockend hervor, als sie nach Atem ringend stoppten. «Ich war mir so sicher, dass ich hier etwas über meinen verstorbenen Vater herausfinden würde!» *Und über diese seltsame Verbindung zwischen dir und mir,* fügte sie in Gedanken hinzu.

«Mia… wir sind noch immer in Gefahr und müssen dich erstmal in Sicherheit bringen. Alles andere kann warten.» Tans Stimme klang sanft, auch wenn die klare Bestimmtheit darin Mia auf den Boden der Tatsachen zurückzwang.

«Ich weiß ja… Es tut mir leid, dass ich so starrköpfig war und uns damit in Gefahr gebracht habe, weil ich unbedingt mitwollte», murmelte Mia entschuldigend und schaute Tan mit weit geöffneten Augen direkt an.

Er starrte zurück. Eine ganze Weile, so als würde die Zeit nur für sie still stehen.

«Schau, Mia,» begann Tan eindringlich und legte behutsam seine Hände auf ihre Schultern.

Eine Welle mitfühlender Akzeptanz strömte zu ihr. Sie spürte das Zittern in seinen Fingern, als müsse er sich beherrschen, ihr über die Wange zu streicheln. Sie rührte sich nicht vom Fleck und glaubte schon, dass er sie gleich wieder mürrisch und von oben herab anfahren würde. Doch der Ausdruck, der in seinen Augen lag, zeigte so ziemlich das Gegenteil davon.

«Arokh wird dich zum Sitz der Zeithüterin bringen. Dragor und Shenandoah können dir ein Tor in deine Realität öffnen, wenn du sie in meinem Namen darum bittest. Okay? Wirst du das für mich tun? Ich kann und will nicht schon wieder jemanden vor meinen Augen sterben sehen. Tu mir das bitte nicht an… Okay?» An dieser Stelle brach Tan ab – er hatte wieder diese Vision gehabt, und ließ sie abrupt los. Da er wenig Kraft hatte, mit ihr darüber zu streiten und ihnen noch dazu die Zeit davonlief, wirbelte er herum und suchte den Feuerdrachen in der Finsternis.

Mia stieß ihren angehaltenen Atem aus.

WAS. WAR. DAS. BITTE?, fragte sie sich mit einem vor Verblüffung offen stehenden Mund, drückte ihre Fäuste und schluckte.

«Arokh...!» rief Tan. Der Drache aber war verschwunden.

***

Tans Befürchtungen erfüllten sich im schlimmsten Maße. Noch bevor er ihn überhaupt sah, hörte er die donnernden Schritte der schweren Stiefel auf dem Vorplatz.

«DU entkommst MIR nicht!», schnaubte Roni hasserfüllt, das peitschende Prasseln des Regens übertönend. Seine Stimme, durchdrungen von Hass und Arroganz, schien die Luft zu schneiden. Grob riss er sich den Umhang vom Leib, hob die Hände beschwörend gen Himmel und rief dämonische Worte, die von einer unheilvollen Macht erfüllt waren. «Cineris Infernum Aperio! – Ich öffne die Hölle der Asche über euch. Pyraex Umbra Vincit! – Und das Schattenfeuer triumphiert.» Keine Frage – der Feuerelf hatte sich vollständig der dunklen Seite seines Elements hingegeben. Sein Gesicht, von Hass und Neid gezeichnet, wirkte steinern und unbarmherzig, als sei jede Spur von Leben und Mitgefühl daraus ausgelöscht. Er war die pure Verkörperung von Hass und Neid.

Angewidert wandte Mia ihren Blick ab. Ihre Augen suchten Tan. Sie verstand keines der Worte, die Roni sprach, doch ihr trommelndes Herz erfasste die Bedeutung seiner

Stimme. Sie jagte ihr heiße und kalte Schauer zugleich über den Rücken. Die Gefahr, die von ihm ausging, war beinahe greifbar. Oh ja, sie waren in ernster Gefahr. Auf gar keinen Fall durfte sie Tan mit dieser Kreatur allein lassen – das wäre sein sicherer Tod. *Was kann ich nur tun?*, fragte sich Mia fieberhaft. Mit angehaltenem Atem versuchte sie, sich auf ihre Sinne zu konzentrieren. Doch natürlich brachte das nicht den erhofften Erfolg. Was auch immer sie geglaubt hatte, damit zu erreichen – sie war eben nur ein Mensch. Einer, *ohne jegliche Superkräfte*, gestand sie sich resigniert ein. Insgeheim betete Mia, nicht völlig durchzudrehen und am Ende noch den Verstand zu verlieren. Der Regen goss unablässig auf sie herab. Energisch wischte sie sich über das Gesicht und strich ihre klatschnassen Haare zur Seite. Die eisige Kälte kroch ihr unter die Haut, während ihre Sneaker im überfluteten Vorplatz versanken und die klatschnasse Jeans unangenehm an ihren Beinen klebte. Das nasse Kopfsteinpflaster unter ihren Füßen hatte sich in eine gefährliche Eisbahn verwandelt.

Roni hingegen, berauscht von seiner eigenen dunklen Macht, schien von der Unwirtlichkeit der Umgebung unbeeindruckt. Weiterhin beschwor er mühelos Energie herauf, die wie Blitze in seinen Händen tanzte. Ihre Kraft schoss wie ein wütender Strom in seine Finger, bereit, entfesselt zu werden.

Und dann dämmerte es Mia, was der Feuerelf vorhatte. Das Blut rauschte in ihren Ohren, und ihr Herz hämmerte wie ein Vorschlaghammer. Mit weit aufgerissenen Augen stolpernd wirbelte sie zu Tan herum, ihre Stimme war ein heiseres Flüstern, das sich zur Dringlichkeit steigerte: «Tan!», rief sie schließlich, ihre Stimme bebte vor Angst und Entschlossenheit.

Tan blickte über die Schulter zu ihr, sein Gesicht von Anspannung gezeichnet, seine Augen voller Entschlossenheit. Er nickte kaum merklich, ein stilles Versprechen, dass er nicht zulassen würde, dass sie hier endeten.

✳✳✳

Tan hatte Ronis Absicht bereits erfasst. Seine Arme fingen Mia reflexartig auf, bevor sie zu Boden stürzen konnte. Mit wilder Entschlossenheit im Blick zerrte er sie zur erstbesten Steinstufe, die in sein Sichtfeld trat. «Bleib hier und rühr dich nicht!», befahl er mit Nachdruck, während sein Blick ständig zwischen Roni und Mia hin- und herflackerte.

Im nächsten Moment wallte und wogte das Regenwasser, das zuvor nur als gleichmäßiges Prasseln von den Mauern der Burg geronnen war. Nun formte es sich zu einer gewaltigen Welle, die über die Burgmauer hinwegrauschte und sich mit tosender Wucht ins Meer stürzte. Wind zog auf, peitschte durch die Dunkelheit und formierte sich zu einem Wirbel, der sausend über den Vorplatz fegte. Der Boden unter Tans Füßen bebte leicht, und inmitten des Chaos erblickte er Prinzessin Noori und den Windelf Noam, die auf der anderen Seite des Vorplatzes erschienen zusammen mit dem Achak.

Endlich..., dachte er mit einem Funken Hoffnung, die jedoch im selben Atemzug erlosch.

Es war zu spät.

Alles geschah rasend schnell und doch so seltsam verzerrt, als hätte jemand den Lauf der Zeit manipuliert. Sekunden dehnten sich, fühlten sich wie Minuten an, während ein unsichtbares Storyboard vor Tans Augen ablief – vorgezeichnet und doch unerbittlich, nicht zu ändern.

Roni hatte seine Entscheidung längst getroffen. Mit einer Bewegung, die tödliche Präzision und blanken Hass vereinte, ließ er seine Arme hinabsinken, die Finger zum Himmel gereckt, um die dunkle Energie zu kanalisieren. Seine Absicht war glasklar – er wollte töten. Ein gewaltig zischender, ultravioletter Blitz entlud sich mit einer solchen Intensität, dass die Luft knisterte und der Regen in einem Radius um die Energie herum augenblicklich verdampfte. Der Blitz raste direkt auf Tan und Mia zu.

«MIA!», brüllte Tan mit einer Stimme, die die ohrenbetäubende Stille zwischen den Donnerschlägen durchbrach. Mit einem letzten, verzweifelten Entschluss warf er sich schützend auf sie. Sein Körper presste sich gegen ihren, als wollte er sie mit all seiner Kraft vor der todbringenden Gewalt abschirmen. Mia spürte, wie sich Tans Körper in einer verzweifelten Anstrengung gegen ihren presste. Sein Atem ging stoßweise, doch sein Griff um sie blieb eisern. Es war, als würde er mit jeder Faser seines Seins versuchen, die dunkle Macht von ihr fernzuhalten.

Im nächsten Moment ließ ein ohrenbetäubender Knall die Burgmauern erbeben, während der Aufprall den Boden unter ihnen erzittern ließ. Die Luft roch nach Ozon und verbranntem Gestein, während die Szenerie für einen Moment von einem grellen, unnatürlichen Licht erfüllt wurde.

✳✳✳

Mia konnte nichts mehr hören. Da war nur dieses entsetzliche Piepen in ihrem Ohr. Und Tans Körper, dessen Gewicht sie auf sich spürte. Noch hatte ihr Verstand nicht völlig erfasst, was passiert war. Bevor ihre Gefühle einsetzten und ihr Bewusstsein die Situation klar sah, waren ihre Glieder starr vor Schreck, und sie war unfähig, sich zu rühren. Ihre Atmung ging flach, wurde schneller und schließlich zur Schnappatmung, als die Erkenntnis sie mit voller Wucht traf. *Tot... ist er wirklich tot? Getroffen von dem Blitz?* Allein der Gedanke war so gruselig, dass es ihr das Herz zu einem winzigen, verkohlten Klumpen zusammendrückte. Panik stieg in ihr auf, wie tausend Nadeln, die von innen in ihre Haut stachen. «Nein. Du bist nicht tot.», würgte sie blind vor wachsendem Entsetzen hervor. Unwillkürlich begann sie sich wie von Sinnen hin und her zu bewegen, als wollte sie die Last auf ihrem Rücken und in ihrem Herzen abschütteln.

«Mia...!»

Doch Mia hörte nichts. Sie registrierte erst etwas, als sie den Druck von Händen auf ihren Schultern spürte. Diese Hände drückten sich fester, versuchten, ihr wildes Zucken zu stoppen.

«Mia, beruhige dich!»

Hellhörig geworden, horchte Mia auf. Eine Stimme, wie ein dumpfes Echo in einer Blase, drang zu ihr durch. Langsam ließ sie ihre Bewegungen nach. Das Gewicht auf ihrem Rücken war verschwunden. Auch der Druck auf ihrer Brust ließ endlich nach.

«Mia… alles ist gut.», wiederholte die Männerstimme über ihr, von der eine konzentrierte, kraftvolle Ruhe ausging.

Kann das wirklich wahr sein…? Mit der Hilfe dieser kräftigen Hände erhob sich Mia langsam. Zitternd drehte sie sich um – zu dem Besitzer der Stimme. «TAN!», stellte sie mit weit aufgerissenen Augen völlig baff fest. Für einen Moment schien die Zeit stehen zu bleiben. Ihre Gedanken wirbelten wild durcheinander, Emotionen kollidierten in ihrem Inneren wie ein Sturm. Und dann flog sie ihm förmlich in die Arme.

Es war kein Zögern in Tan. Als wären ihre Herzen untrennbar miteinander verknotet, nahm er sie in seinen Armen auf, hielt sie fest. Der Regen prasselte weiterhin um sie herum, doch alles andere schien verblasst – das Chaos, die Dunkelheit, die Gefahr. Für einen winzigen, kostbaren Augenblick gab es nur die beiden: sie und ihn.

***

Zögernd gab er sie aus der Umarmung frei, legte aber seine Stirn noch kurz auf ihre und seine Hände an ihre Schultern. «Ich habe dich bereits tot gesehen», gestand Tan so leise, dass Mia alle Mühe hatte, ihn zu verstehen.

Sie wagte nicht, auch nur einen einzigen Piep von sich zu

geben. *Oh Gott, er meint das wirklich...* Wie auf Autopilot programmiert, legte sie ihre Hände auf seine Arme und schluckte schwer. «Wir haben beide überlebt», schloss sie schließlich erleichtert und hob ihren Kopf. Doch Sorge und eine stumme Frage mischten sich in ihren Blick.

«Ja», bestätigte Tan mit einem knappen Nicken, doch seine Brauen zogen sich zusammen, als er ihre Miene bemerkte.

«Wenn er uns nicht getroffen hat, wen aber dann?», entgegnete Mia, während sich bereits eine düstere Ahnung in ihrem Inneren breit machte. Diese spiegelte sich in Tans Augen wie ein kalter, harter Schatten.

Ihre Köpfe drehten sich gleichzeitig Richtung Vorplatz, und Mias Blut gefror in ihren Adern. Bis eben noch erleichtert darüber, überlebt zu haben, zerplatzte das Gefühl wie eine Seifenblase.

Puff!

Tan, augenblicklich wieder in alarmierter Haltung, ließ Mia los. Sein Geist erfasste die Lage, noch bevor seine Augen die Situation vollständig gescannt hatten. Seine Züge verhärteten sich.

Um sie herum lag die Welt in düsterer Stille. Der Regen trommelte weiterhin unermüdlich auf den Vorplatz, doch etwas war anders. Die Luft schien schwerer, dichter. Wie ein Vorbote eines unerbittlichen Unheils.

Mia spürte, wie ihr Herz sich eiskalt zusammenkrampfte.

✳ ✳ ✳

«Wicasa… was ist hier passiert?» Tans Stimme klang fremd, als würde sie aus weiter Ferne kommen. Mechanisch setzte er einen Fuß vor den anderen, bis er direkt vor dem Achak stand.

Wicasa kniete neben einer zierlichen Gestalt, deren Brust sich flach hob und senkte, als kämpfe sie um jeden Atemzug. Ihre weit aufgerissenen Augen waren glasig, die Atmung kaum mehr als ein Flüstern. Gevatter Tod stand ihr näher als das Leben. Doch ihre Lippen bewegten sich noch, und Tan erkannte, dass der Achak den sterbenden Worten lauschte, als trüge jede Silbe das Gewicht eines ganzen Universums.

«Ssch…», flüsterte der Achak beruhigend. Seine Hand lag sacht auf ihrer Brust, als wolle er das schwindende Leben mit bloßer Berührung festhalten. Seine Augen waren auf sie fixiert, hypnotisch gefangen von den schimmernden, sich wandelnden Farben des Todes, die über ihr Gesicht tanzten.

Tan hielt unwillkürlich die Luft an, als das zarte Wesen ihren letzten Atemzug nahm. Ihre Brust hob sich ein letztes Mal, bevor die Muskeln erschlafften und der Körper wie eine leere Hülle zusammensank. Ihr alabasterfarbenes Gesicht wurde fahl, die Wangenknochen schienen plötzlich so viel schärfer hervorzutreten, als ob sie von innen heraus ausgehöhlt worden wäre. Mit einem tiefen, langgezogenen Seufzen entglitt ihr allerletzter Atemzug – ein schwebender Hauch, der sich auflöste, bevor er den Boden erreichte. Ihre geschlossenen Augen waren friedlich, und für einen Moment lag eine unheimliche Schönheit in der Stille. Dann, in einem Augenblick von fast überirdischer Sanftheit, begann ihr

Körper zu glitzern. Ein silbrig-grauer Schimmer durchdrang ihre Gestalt, die sich wie von Magie getragen zu lösen begann. Der feine Staub schwebte in die Luft und wirbelte wie Sterne, die ein letztes Mal funkelten, bevor sie in der Dunkelheit verschwanden.

Mucksmäuschenstill lag der Vorplatz. Der Feenstaub verging in der Nacht wie ein Hauch von der Unendlichkeit, zu der Elzas Geist nun zurückkehrte.

***

Zusammen mit Prinzessin Noori und Noam trat Mia vorsichtig auf den Platz hinaus. Der Regen hatte sich zunächst in ein leises Prasseln verwandelt, bevor er ganz aufgehört hatte. Nur das Tosen der Brandung unterhalb der Burg hallte in der Stille wider, wie ein Mahnruf der Natur. Die dunkle Kreatur, die so voller Hass ihre Macht entfesselt hatte, war verschwunden. Kein Schatten, keine Spur von ihr. Doch ihre Zerstörung hatte ein unschuldiges Opfer gefordert.

Tan stand regungslos, die Hände zu Fäusten geballt, die Kiefer angespannt. Sein Blick suchte Wicasa, der sich noch immer an der Stelle auf dem Boden befand, wo sich das Feenwesen aufgelöst hatte. Der Ausdruck auf Tans Gesicht war wie eingefroren zwischen Bestürzung und Unglaube, und etwas in seinem Blick schnürte Mia die Kehle zu.

«Eine Fee…? Wicasa… rede mit mir.» Tans Stimme klang rau und brüchig, als würde er gegen die Last seiner Worte ankämpfen.

Der Achak hob langsam den Kopf, seine Augen voller

Trauer, doch zugleich durchzogen von einem Anflug von Ruhe, die Mia rätselhaft vorkam. Mit einem tiefen Atemzug richtete er sich auf, die Hände fest auf seinen Oberschenkeln abgestützt. Es lag etwas Gequältes in seiner Haltung, eine Mischung aus Mitgefühl und der Würde eines Wissenden, die ihn in diesem Moment erhabener wirken ließ.

«Sie hat sich geopfert und den Blitz abgewehrt», sagte Wicasa mit unerschütterlicher Sachlichkeit. Doch seine Stimme verriet, dass auch er mit der Tragweite seiner Worte rang, als müsse er sich diese grausame Wahrheit erst selbst eingestehen.

Tan schnaubte leise, sein Kopf schnellte ruckartig in Wicasas Richtung. Seine Stimme triefte vor ungeduldiger Verzweiflung, als er entgegnete: «Ja… das ist offensichtlich. Aber warum?» Der Spott in seiner Stimme konnte den Schmerz in seinen Augen nicht überdecken.

Wicasa senkte kurz den Blick, dann hob er ihn wieder und begegnete Tans angespannter Haltung mit stoischer Ruhe. «Weil sie deine Mutter war.»

Die Worte hallten wie ein Donner durch die Stille des Platzes. Der Gehalt des Gesagten traf Tan mit einer Wucht, die ihm regelrecht die Luft nahm. Sein Verstand versuchte, die Worte zu begreifen, doch sie schienen in einer Endlosschleife in seinem Kopf widerzuhallen: *Sie war meine Mutter…* Die Wahrheit schnitt durch ihn wie ein scharfes Schwert, direkt in die Tiefe seiner Seele. Ein heißer Druck baute sich in seiner Brust auf, unkontrollierbar, unaufhaltsam. Dann explodierte sein Schrei. Ein gellender Laut, geboren aus purer Verzweiflung und Schmerz, durchbrach die Stille und zerriss die Luft. Es war, als hätte sich die ganze Welt für einen Moment in seiner Stimme gebündelt, bevor die Leere zurückblieb. Nichts als Stille – und die erdrückende Realität, die ihn niederzog, bis sein Knie den Boden berührte.

Mia stand wie erstarrt, unfähig, sich zu bewegen oder ein Wort zu sagen. Sie spürte den Kloß in ihrem Hals und den salzigen Geschmack von Tränen, die sie nicht hatte kommen sehen. Ihre Beine wollten nicht gehorchen, und ihr Blick blieb starr auf Tan gerichtet, der mit gesenktem Kopf auf dem Boden kniete. *Wie kann ein Schmerz so groß sein?*, fragte sie sich, während ihr Herz schwerer wurde.

Noori legte eine Hand auf Mias Schulter, ein Zeichen des Trostes, aber auch der Mahnung, Tan seinen Raum zu lassen. Es war ein Moment, der größer war als Worte – ein Moment, der die Zeit selbst anzuhalten schien.

✳✳✳

Oh. Gott! Mehr Gedankengut war da nicht möglich. Ein eisiger Schauer rauschte über Mias Rücken. Erschrocken schlug sie sich die flache Hand auf den Mund. *Nicht das auch noch!*, flehte sie innerlich und fühlte sich nicht nur total hilflos, sondern vollkommen fehl am Platz. Das dort war absolut nicht mehr ihre Story. Es fühlte sich brutal falsch an. Ihre Gedanken überschlugen sich, versuchten zu greifen, was in Tan vorgehen musste, aber sie wagte es kaum, es sich vorzustellen. Mit herabhängenden Armen stand sie wie angewurzelt da, verunsichert, überfordert. Sie konnte – nein, wollte – Tan nicht einmal mehr in die Augen sehen. Alles in ihr schrie danach, unsichtbar zu werden, wegzuschmelzen, wahlweise sich selbst in Luft aufzulösen oder an einen anderen Ort zu beamen. Ihre Füße rührten sich nicht, während die Spannung in der Luft fast greifbar wurde. Der Raum fühlte sich zu eng an, die Situation wie ein Film, aus dem sie dringend aussteigen wollte. Aber wohin? Es gab kein Entrinnen aus diesem Moment, der sich so endlos zog, dass ihre Beine zitterten.

Welche Reaktion auch immer der Achak erwartet hatte von einem Assassinen, der sich so heftig dagegen sträubte, sein Schicksal mit aller Konsequenz anzunehmen, blieb selbst für ihn ein Rätsel. Seine durchdringenden Augen blieben auf Tan gerichtet, der mit gesenktem Kopf vor ihm stand, wie ein Krieger, der unter der Last seiner Niederlage zusammenbricht. Doch der Achak machte keine Anstalten, ihn aus seiner Verzweiflung zu reißen. Stattdessen blieb er regungslos, als würde er den Raum um sich herum beobachten, als sähe er Dinge, die die anderen nicht wahrnehmen konnten. Geahnt hatte er längst, was nun zur grausigen Gewissheit geworden war. Ein leises Seufzen entwich seinen Lippen, und seine Hände, die er an den Oberschenkeln abgestützt hatte, spannten sich kurz an, bevor sie wieder entspannten. Doch aus der Ruhe ließ er sich nicht bringen. Er war ein Raum-Zeit-Wandler, er war der Meister der Balance. Wicasa vertraute darauf, dass alles, so schmerzhaft es auch sein mochte, seinen Platz im großen Ganzen hatte.

✳✳✳

«Elza war immer schon ein bisschen anders als die anderen Feen», begann Wicasa mit ruhiger, aber eindringlicher Stimme. Seine Worte waren unüberhörbar an Tan gerichtet. «Aus Liebe hat sie ihre Energie verdichtet und ihre Gestalt gewandelt, um sich in voller Größe dem Lord hinzugeben. Aus dieser Verbindung bist du hervorgegangen. Sie hat dich versteckt, um dich zu schützen und weil sie wusste, wozu du einst fähig sein wirst.»

Schmerzhaft langsam hob Tan seinen Kopf, rührte sich aber nicht. Wie zur Salzsäule erstarrt, stand er da, sein Blick wie festgefroren auf Wicasa gerichtet. Doch die starre Fassade konnte nicht verbergen, dass sein Inneres tobte. Seine Hände ballten sich so fest zu Fäusten, dass seine Knöchel weiß hervortraten, und seine Schultern zitterten vor angestauter Energie. «Du hast es gewusst und mich in Unkenntnis darüber gelassen?!» Seine Stimme war scharf, durchdrungen von einer gefährlichen Ruhe, die jeder Zeit in einen Sturm hätte umschlagen können. Tan machte einen Schritt auf Wicasa zu, sein Blick war eine Mischung aus Vorwurf und Schmerz. «Wie kannst du es wagen, über mein Schicksal zu walten, als wärst du einer der Hochgeister?»

«Weil es ihr Wille war», entgegnete Wicasa, leise, aber unerschütterlich. Seine Augen spiegelten eine Tiefe wider, die Mitleid und Stärke zugleich ausstrahlte. «Du bist entstanden aus der Verbindung eines Elfs mit einer Fee. Das macht dich zu etwas Besonderem. Deshalb ist dir von den Hochgeistern bestimmt, das Lichtschwert von Titania zu führen. Dir sind nicht nur die vier Elemente zu eigen. Auch du besitzt den Funken der unsterblichen Magie, der als das fünfte Element verstanden wird. Deine Bestimmung ist es, dich deinem Sein als Assassine dieser Lichtmagie vollkommen hinzugeben. Deshalb hat Arokh dich auserwählt als seinen Reiter.»

Tan wich zurück, als hätte Wicasas Stimme ihn körperlich getroffen. Einen Moment lang war nur das Rauschen des Windes zu hören. Sein Blick flackerte zu Boden, während sein Kiefer sich spannte wie eine Stahlfeder, bereit, unter der Last zu zerbersten. Dann hob Tan langsam den Kopf, sein Gesicht zu einer bitteren Maske verzogen. «Da kann ich mich ja richtig glücklich schätzen, bei so viel freiwilliger Auswahl!» Sein Lachen war scharf und kalt, wie zerbrechendes Glas. «Jetzt muss ich diese wunderprächtige Lichtmagie dann nur noch finden – zusammen mit dem fehlenden Teil des Lichtschwertes, das Roni noch immer hat! Ein wahres Kinderspiel, nicht wahr?!» Ohne Vorwarnung wirbelte Tan herum und fixierte Mia mit einem frostigen Blick. Seine Augen, dunkel und zornig, waren wie ein Sturm, der sich in ihrer Richtung entlud.

«Und du… », begann er mit gefährlicher Langsamkeit, bevor seine Stimme an Schärfe gewann, « …stehst natürlich auch schon bereit, um mir Ratschläge zu erteilen, wie ich mein Schicksal anzunehmen habe, oder? Ohne dich hätte ich jetzt wenigstens eine funktionierende Waffe.» Seine Worte schnitten wie Messer, während er auf Mia einredete, als sei sie für alles verantwortlich, was ihn quälte.

Mia blinzelte, unvorbereitet auf die Wucht seines Angriffs. Ihre Kehle fühlte sich trocken an, und sie hätte schwören können, dass ihr Herz für einen Moment aufgehört hatte zu schlagen. Doch anstatt zurückzuweichen, hob sie das Kinn. Ihre rehbraunen Augen blitzten mit einer Mischung aus Trotz und Verständnis.

✳✳✳

Überrascht von dem plötzlichen, ziemlich heftig geballten Interesse an ihrer Person, hatte Mia Mühe, in Worte zu fassen, was sie dachte: «W-wie meinst du...», brachte sie stotternd vor Aufregung heraus.

Doch Tan schnitt ihr mit einer wegwerfenden Handbewegung barsch das Wort ab: «Wie ich das meine? Ganz einfach: Warst du es nicht, die mir ungebeten das Amulett auf die Brust gelegt hat, im tiefen Glauben an irgendeine supermagische Verbindung zwischen... ja was? Die mir seitdem nachrennt wie eine nicht einschätzbare, streunende Katze bei Nacht? Und die es nicht müde wird, mich mit ihren oberschlauen Ratschlägen zu nerven. Hm?!»

Wäm! Das saß wie eine ganze Palette Ohrfeigen. Mit seiner Wortgewalt stieß Tan Mia brüsk von sich weg und katapultierte sie buchstäblich irgendwohin, in eine für ihn nicht mehr erreichbare Ferne. Ob aus Schutz, Wut oder was auch immer. Völlig egal. Hauptsache weit genug weg von irgendwas Fühlbarem. Tan hatte sich abgeschottet.

21, 22, 23...! Wump!, machte es in Mia, und eine Sicherung knallte durch. Mit zusammengekniffenen, fast schwarzen Augen trat sie lauernd auf ihn zu:« Hör auf, meine Intelligenz zu beleidigen. Als ob du dich nicht auch fragst, was es mit dieser seltsamen Verbindung zwischen uns auf sich hat. Und ja, ich bin dir gefolgt. Aber doch nur, weil ich die Wahrheit über mich und meinen Vater wissen wollte. Deine Hilfe habe ich dabei nicht gebraucht. Ich kann mir sehr gut alleine helfen! Du solltest wirklich vorsichtig sein, wem du hier Vorwürfe machst. Zugegeben, zu sagen, was man wirklich fühlt, ist das super Schwerste auf der ganzen Welt. Und ja, ich habe es vielleicht übertrieben mit meinen ach so wohl gemeinten Ratschlägen, wie du es formulierst. Aber doch nur, weil ich...» Mia schluckte und brach abrupt ab, weil sie nicht weitersprechen konnte. Die ausgehöhlte Kälte in Tans unbeweglicher Miene schnürte ihr die Kehle zu. Sie begriff, dass alles längst gesagt war und sie nichts mehr tun konnte, um daran etwas zu ändern. Verständnislos schüttelte sie ihren Kopf und strich sich beiläufig eine Strähne aus dem Gesicht. Im nächsten Augenblick richtete sie ihre Aufmerksamkeit auf den Achak und sprach tonlos und so, als hätte alles weitere Handeln seinen Sinn verloren, an ihn gewandt: «Wicasa… bitte, sei so gut und öffne mir ein Tor in meine Realität. Ich will zurück. Hier habe ich wirklich nichts mehr zu suchen! Ich muss weitergehen. Alleine.»

Der Achak nickte zustimmend. Schon erfüllte sein leises Flüstern zusammen mit den klangvollen Worten «Aperire Dimensio! – Öffne die Dimension», die Luft, als die Bewegung seiner Hand ein unsichtbares Muster in den Raum zeichnete. Die Zeit selbst schien zu flimmern. Ein sanftes Leuchten flackerte auf, als die Grenze zwischen den beiden Realitäten zu vibrieren begann.

Ohne Tan auch nur eines weiteren Blickes zu würdigen, ging Mia aufrecht an ihm vorbei auf das geöffnete Lichtportal zu. So einfach war es gewesen. Und ja, sie hätte schon viel früher darum bitten können. Aber das wollte sie ja nicht. Sie wollte bleiben – und das nicht nur, weil sie mehr erfahren wollte. Schonungslos deutlich gestand sich Mia die Wahrheit ein: Sie wollte bleiben, weil sie für Tan fühlte. Etwas, das er nicht zu fühlen bereit war.

«Tut mir leid», flüsterte sie im Vorbeigehen und ließ offen, an wen die Worte gerichtet waren. Dann ließ sie los.

Als das Lichtportal sich hinter ihr schloss, wurde Mia darin verschluckt – und Tan zu einem Geist in ihrem Leben.

✳✳✳

Es war, als würde sie verschwinden, in ein Loch. Im Boden. Unter ihr. Mit geschlossenen Augen ließ sich Mia einfach in das klaffende Nichts fallen. Als sie ihre Augen wieder öffnete, nieselte es, und die fein perlende Feuchtigkeit benetzte ihr Gesicht wie aus einem Zerstäuber. Vielleicht waren auch ein paar Tränen dazwischen. Allmählich wurde die Umgebung scharf, und Umrisse der umstehenden Bäume tauchten auf. Der Himmel, grau verhangen, versteckte die Sonne. Fröstelnd schlang Mia ihre Arme um ihren Oberkörper. *Wie ausgespuckt und völlig lost!*, dachte sie und fühlte sich einfach nur verloren zwischen den hohen Tannen und indigenen Statuen am Rande des *Stanley Parks*. Ganz langsam, rekapitulierend, dämmerte Mia, wie sie dorthin gelangt war. *Dad...!* Ein Schmerz, der ihr nicht mehr menschlich erschien, durchfuhr sie wie ein Blitz, und Mia schüttelte sich vor Tränen, als ihr alles wieder ins Bewusstsein drang. Die Umgebung ausblendend, ließ sie sich auf den

Boden plumpsen und ihren Tränen freien Lauf.

«Mia… Oh, Gott sei Dank. Ich habe dich gefunden!» Eine aufgeregte Frauenstimme hallte wie aus weiter Ferne zu ihr. Doch, von schweren Schluchzern geschüttelt, löste sich Mia total in Tränen auf. Im nächsten Augenblick spürte sie zwei Arme, die sie voller Wärme und Mitgefühl umschlossen.

«Sch…! Mia… meine kleine Mia…! Sch…! Alles ist gut. Ich bin bei dir», sagte Sara von Sengbusch und wiegte ihre Tochter ganz sanft; so selbstvergessen, wie Mütter es tun, weil es in diesem Moment nichts Wichtigeres gab, als die Fürsorge für das eigene Kind.

«Mum…! Es tut so weh…! I-ich war dabei, als…!», schluchzte Mia aufgelöst und brach erstickt ab. Ein dicker Brocken steckte in ihrer Kehle fest und hinderte sie am Sprechen. Sie schniefte vernehmlich.

«Ich weiß, mein Schatz. Ich weiß…!» Sara drückte ihre weichen Lippen auf den Haaransatz ihrer Tochter. Erleichterung und Sorge mischten sich in ihrem entrückten Blick. Auch ihr Fokus weilte in der Vergangenheit.

✳✳✳

Für einen Moment herrschte eine beinahe ohrenbetäubende Stille, unterbrochen nur vom einsamen Ruf eines Falken, der über ihnen kreiste. Schließlich durchbrach Saras heisere Stimme die angespannte Ruhe. Sie sprach stockend, und etwas Schweres, beinahe Bleiernes, lag in ihrer Tonlage. Es war, als koste es sie alle Kraft, die Worte auszusprechen.

«Genau an dieser Stelle hier im Stanley Park habe ich

deinen... also John... kennengelernt», begann sie zögernd, bevor sie sich einen Ruck gab und weitersprach: «Ich hatte gerade erst mein Medizinstudium beendet und wollte mit dem Backpacker durch Kanada reisen. Weiter als Vancouver bin ich allerdings nicht gekommen!»

Ein Geräusch, das sich wie ein bitteres Lachen anhörte, drang aus ihrer Kehle. Mia hob den Kopf und sah ihre Mutter an. Sara lächelte matt, aber etwas in ihrem Blick war so fern wie der Ruf des Falken. Sie redete weiter, langsam, als müsse sie jedes einzelne Wort aus ihrem tiefsten Inneren hervorholen und prüfen, bevor sie es aussprach: «Für mich war es Liebe auf den ersten Blick! Und mir war sofort klar, dass sich von diesem Moment an mein Leben vollkommen verändern würde. Plötzlich gab es ein Davor und ein Danach - ich hatte gar keine andere Wahl, als bei ihm zu bleiben und mit ihm nach *Massett* zu gehen. Dort fand ich eine Anstellung als Assistenzärztin in der *Medical Clinic*. Wir heirateten schnell, auch damit ich ein dauerhaftes Bleiberecht bekam. Und dann warst du da.»

Es entstand eine Pause. Saras Stimme verklang in der feuchten Luft des Parks. Ein weiteres Lächeln huschte über ihr Gesicht, diesmal abwesend, fast wie das Echo einer Erinnerung, die sie für einen Moment ganz in ihren Bann zog.

✳✳✳

«Was ist dann passiert?», platzte es ungeduldig aus Mia heraus. Doch ihre Mutter ließ sich Zeit.

«Niemand kann voraussagen, in welche Bahnen das Leben verläuft. Wir entscheiden uns, legen uns fest, doch wie die Sache ausgeht, das wissen wir nicht!», sagte Sara mit einem sanft traurigen Ausdruck in ihren Augen.

Mia spürte das Zittern, das durch den Körper ihrer Mutter ging, wie ein Beben. Ein Ton, der einem tiefen Schluchzer gleichkam, entfuhr Saras Brust. Trotzdem war Mia nicht klar, was genau ihre Mutter mit ihrer Aussage ausdrücken wollte. «Mama…?», hakte sie daher vorsichtig nach.

Sara wollte etwas sagen, brachte es aber nicht über ihre Lippen. Angespannt verknotete sie ihre Hände, als brauche sie einen Rettungsanker, und starrte wortlos in die Leere. Ihre Miene wirkte seltsam entrückt. Endlich, nach einer gefühlten Ewigkeit, holte sie tief Luft und setzte an. Ihre Lippen bebten, als sie weitersprach: «Ich habe immer gedacht, dass ich mit allem fertig werde. Doch als die beiden Stammesbeamten vor der Tür unseres Hauses standen, um mir von Johns Tod zu berichten, hat sich ein Loch unter mir aufgetan, und ich bin einfach hinabgestürzt. Sekunden, die sich wie eine verflucht grausame Ewigkeit anfühlten, und ein Schmerz, so unmenschlich unbarmherzig. Aber das alles ist nichts im Vergleich zu der Panik, die mich mitten in meinem Gefühlsvakuum packte, als ein paar Tage nach Johns Tod diese grässlichen Anzugtypen vor der Haustür standen und mir drohten.» Angewidert verzog Sara ihr Gesicht.

«… ich kann mich an sie erinnern», gestand Mia stockend und griff nach der Hand ihrer Mutter. « Bitte rede weiter…», forderte sie ihre Mutter auf. «Ich muss es wissen. Alles.»

Sara nickte. All die Lügen, die sie sich selbst und auch ihrer Tochter in den letzten Jahren aufgetischt hatte, drückten sich aus der untersten Schublade ihres Gewissens hervor. Der fassungslose Ausdruck, der auf ihrem Gesicht lag, sprach Bände. Es würde seine Zeit brauchen, bis die Starre von ihr abfiel. Dafür hatte sie einfach zu lange geschwiegen und sich selbst belogen. Abermals gab sie sich einen Ruck und sprach weiter: «Es war sein Kampf gegen die Ungerechtigkeit gegenüber den Angehörigen seines Stammes. Nichts und niemand hätte ihn davon abbringen können. Nicht mal die Liebe zu dir! John war ein stolzer *Haida*. Dann passierte der Unfall und allen war klar, dass es keiner war. Beweisen aber konnte es niemand.»

Sara hob den Kopf und schaute ihre Tochter eindringlich an. Ihr Blick ließ Mia in Stille verharren, als ihre Mutter weitersprach: «Mia, ich war so überglücklich, dass du überlebt hast. Und zugleich so unsagbar tottraurig über die Umstände. Es zerriss mich förmlich zwischen diesen gegensätzlichen Gefühlen. Und dann kamen diese widerwertigen Kreaturen und haben mir damit gedroht, dafür zu sorgen, dass man dich mir wegnimmt, wenn ich nicht aufhöre, der Todesursache nachzugehen. Deshalb bin ich Hals über Kopf aus Kanada weg und zurück nach Hamburg. Ich hatte Panik. Die Sorge um dich und Angst vor dem Verlust und die nicht verarbeitete Trauer haben mich fliehen lassen. Vor diesen skrupellosen Typen, vor der Wahrheit und vor mir selbst. Irgendwann zwischen all den Umzügen habe ich mich schließlich selbst verloren. Es war die reinste Folter. Hätte ich nur einen winzig kleinen Moment innegehalten, so hätte mir dämmern müssen, dass ich längst in Sicherheit war und überhaupt nichts zu befürchten habe. Mia, es tut mir so unsagbar leid.»

Die letzten Worte verklangen in der einsetzenden Abenddämmerung. Es hatte aufgehört zu nieseln. Der rotgoldene Ball einer untergehenden Sonne spiegelte sich in der gläsernen Skyline von *Downtown*. Dunkle Silhouetten bewegten sich im magischen Licht an der English Bay. Doch davon bekamen Mutter und Tochter nichts mit.

Für einen kurzen Moment verspürte Mia den Drang, sich aus der Umklammerung ihrer Mutter zu befreien. Sie konnte hören, wie diese tief durchatmete. Unwillkürlich tat sie das Gleiche und richtete sich schließlich doch auf.

«Mum…, lass uns nach Hause gehen. Max macht sich bestimmt schon Sorgen.»

Die Erleichterung war Sara anzusehen, als sie zustimmend nickte und sich erhob.

Mia wollte keinesfalls einfach so das Thema beenden. Ihr schwirrte einfach nur der Kopf von den ganzen neuen Infos, und sie brauchte ganz dringend eine Auszeit, um den dicken Brocken sacken zu lassen. *Was wäre gewesen, wenn ich den Traum nicht gehabt, den Brief nicht gefunden und den Trip ins Ungewisse nicht gemacht hätte? Was wäre, wenn ich…*, hörte sie sich selbst in Gedanken fragen und brach ab. Schon wurde ihr klar, dass es sinnlos war, sich darüber den Kopf zu zerbrechen. Sie hatte die Büchse der Pandora geöffnet und damit den Lauf ihres Schicksals verändert. Vor nicht allzu langer Zeit war ihr Leben noch soweit okay gewesen. Doch jetzt klaffte ein dicker, fetter Spalt zwischen einem Davor und einem Danach. Und das wirkte ziemlich befremdlich auf Mia, weil sie überhaupt keinen Plan hatte, wie es weitergehen würde. Ein Happy End war gerade nicht in Sicht. Somit bildete ihre Rückkehr ins neue Zuhause einen starken Kontrast zu der zwanglos gelassenen Stimmung, die in *Downtown* herrschte.

Und während der rotgoldene Ball sich tiefer senkte, sah man zwei dunkle Silhouetten an der *Seawall* entlanglaufen. Die gedämpfte Stille, die sie begleitete, verriet nichts darüber, dass es doch nur die halbe Wahrheit war, die Mia eben erst erfahren hatte. Und nur der Achak wusste, dass ihre Reise gerade erst begonnen hatte. In Stille verharrend stand er am Rande des Parks und beobachtete den stillen Flug des Falken in der Abenddämmerung.

TEIL II

DANACH

Auszug aus Mias Tagebuch

A lle Farben scheinen verschwunden. Als wären sie in ein Loch gefallen. Tief, im Boden unter mir. Das Vergangene hallt wie ein fernes Echo nach, doch die Gegenwart ist taub. Minuten und Stunden vergehen – oder sind es Tage? Eine kleine Ewigkeit, zumindest gefühlt.

Zeit ist relativ. Das jedenfalls habe ich ziemlich klar verinnerlicht. In meiner Realität werden aus Minuten ganze Tage, aus Augenblicken eine sich dehnende Unendlichkeit. Es ist, als wäre die Zeit ins Universum eingetaucht und hätte mich auf ihren Wellen zurückgeworfen. Immer wieder zurück.

Habe ich das alles nur geträumt?

Mein Fühlen gleicht einem Schwamm. Es saugt alles auf, gibt aber nichts zurück. So, als hätte ich aufgehört zu atmen und existiere bloß noch in einer Art Glockenzustand. Ich kann darüber nicht reden. Will es auch nicht. Aus Angst, dass meine Erinnerung verblasst oder sich in den Stimmen anderer verliert.

Etwas hat sich grundlegend verändert. In mir. Um mich herum.

Bloß was, das kann ich nicht sagen. Also wird es immer stiller – zumindest in mir.

Meine Gedanken gehören den Geistern, die ich nicht gerufen habe. Doch sie kamen. Und sie bleiben. Ein Traum jagt den nächsten, ein Loop aus Zeit, aus dem ich nicht entkommen kann. Immer dann, wenn ich an ihn denke, sehe ich seine Augen. Seinen Blick. Ich spüre seine Anwesenheit, als stünde er direkt in meinem Zimmer.

Die Geister, die ich rief …!

Aber er … er ist zu einem Geist in meinem Leben geworden. Als das Tor sich hinter mir schloss und mich zurück in diese Realität spuckte, habe ich nicht zurückgeblickt. Nicht einmal. Ich habe mich entschieden. Ein Zurück ist nicht möglich. Das Danach ist meinem Herzen fremd.

Aber wie soll ich diese Erfahrung mit meinem Fühlen in Einklang bringen? Wie soll ich im Außen eine Antwort finden, wenn das Innen schweigt?

Etwas fehlt.

Und gleichzeitig hat etwas Neues seinen Platz in meinem Leben eingenommen. Doch was, das will sich mir nicht erschließen.

Nein, ich habe nicht aufgehört, an ihn zu denken. Doch das Leben geht weiter, als wäre nichts geschehen. Ich tue einfach so. Doch es fühlt sich falsch an. Ich fühle mich fremd. Beobachtet.

Ich ignoriere es.

Aber tief in mir weiß ich, dass da etwas nicht stimmt. Und irgendwie erwarte ich diesen einen Moment. Den einen Augenblick, der mir den letzten Halt raubt. Der mich zwingt, neue Wege zu gehen …

FaceTime, Fernweh und Irgendwas Dazwischen

«Der Körper kann ohne den Geist nicht bestehen,
aber der Geist bedarf nicht des Körpers.»
(Erasmus von Rotterdam)

Erstaunlich schnell bewegte sich Mia durch die Wohnung und öffnete die Tür zu ihrem Zimmer. Jacke und Tasche flogen achtlos auf einen Stuhl, und die Tür fiel mit einem leisen Klicken ins Schloss – als wolle sie den Rest der Welt aussperren. Ihre schmalen Finger huschten nervös über die Tasten ihres iPhones, bis die vertrauten FaceTime-Klänge ertönten. Sie strich sich eine widerspenstige Haarsträhne aus der Stirn, bevor sie erleichtert aufatmete – endlich tauchte Sams verschlafenes Gesicht auf dem Bildschirm auf.

»Hi!«, gähnte er und blinzelte träge in die Kamera. Es war

bei ihm früher Morgen, während Mia den Tag bereits hinter sich hatte. Irgendwie zumindest. Wie, das wusste sie selbst nicht mehr so genau.

»Hi«, erwiderte Mia leise. Der Klang seiner Stimme weckte eine Welle von Sehnsucht – nach der Ostseeküste, nach dem Gefühl, dort einfach alles hinter sich lassen zu können. Dabei war sie doch gerade erst in Vancouver angekommen. *Ein Tag… und trotzdem fühlt es sich an wie eine Ewigkeit*, dachte Mia.

»Alles okay bei dir?« Sam fuhr sich mit einer Hand durch sein ohnehin schon zerzaustes Haar, das dadurch nur noch wilder wirkte. Seine blauen Augen blitzten keck, auch wenn ein Anflug von Verlegenheit darin lag. Es war immer noch da, dieses unterschwellige Zögern – wegen der Kuss-Geschichte.

«Soweit», antwortete Mia und zuckte beiläufig mit den Schultern. Ihre Stimme klang entspannt, fast zu entspannt, wie sie selbst bemerkte. Es war ein Versuch, die Fassade aufrechtzuerhalten. Doch in ihrem Inneren tobte ein Wirbelsturm aus Gedanken und Gefühlen. Sie wollte Sam von ihrem Vater erzählen, ihm anvertrauen, was sie so sehr beschäftigte. Doch die Worte weigerten sich, ihre Lippen zu verlassen. Sie spürte den Kloß in ihrem Hals, der sich festsetzte wie ein Stein, schwer und unbeweglich. Mia schluckte, zwang ein schwaches Lächeln hervor und lenkte das Gespräch in eine andere Richtung. «Und bei dir? Wie lief die Englisch-Klausur?»

»Schätze, ich könnte jetzt glatt als Macbeths persönlicher

Ghostwriter durchgehen.« Sams Mundwinkel zuckte nach oben, bevor er mit übertriebenem britischen Akzent zitierte: »*Something wicked this way comes.*«

Mia lachte kurz auf und zog ebenfalls die Schultern hoch. »Whatever«, entgegnete sie trocken. Nein, sie war alles andere angekommen – in Vancouver, in ihrer Realität. Bei sich.

«Mia... ich hab sie...!» Sams Tonfall änderte sich abrupt, voller Aufregung. Ungeduldig wedelte er mit einem Stapel Papier vor der Kamera herum, ein breites Grinsen auf seinem Gesicht, das an das berühmte Honigkuchenpferd erinnerte.

«Was hast du?», fragte Mia - Sams Stimme schien wie aus weiter Ferne zu ihr zu dringen. Siesetzte sich aufrechter hin, um sich besser zu auf ihn zu fokussieren.

«Puh, ich war schon kurz davor, in eine mittelschwere Krise zu schlittern», begann Sam und fuhr mit gespieltem Ernst fort. «Und dann hab ich einfach gebucht! Nach dem Abi geht's los auf Weltreise. Ich starte mit einer Tour durch Amerika... und komme als erstes nach Vancouver.» Er machte eine bedeutungsschwere Pause, seine Augen suchten ihre Reaktion.

Mias Gedanken überschlugen sich. Für einen Moment schien ihr Verstand zu rasen, während ihr Herz aus einem ganz anderen Grund schneller schlug. Sie zwang sich zu einem Lächeln, doch es erreichte ihre Augen nicht wirklich. Ihre Stimme klang leicht belegt, als sie zu sprechen ansetzte: «Sam, das ist so was von-»

«–überfällig», unterbrach er sie mit einem triumphierenden Grinsen. Seine Augen funkelten vor Freude, doch seine Stimme wurde ernster, als wolle er den Moment in Stein meißeln. «Nach dem Abi komme ich dich besuchen. Endlich!»

Endlich? Der Gedanke hallte in Mias Kopf wider, während sie wenig später das Gespräch beendete. Sam würde genau pünktlich zu ihrem 18. Geburtstag in Vancouver ankommen. *Was bedeutet das? Was erwartet er von mir – von uns?* Gedankenverloren fuhr sie mit den Fingern über den kleinen Anhänger, den Sam ihr damals zum Abschied geschenkt hatte. Es war nicht nur ein Geschenk gewesen; es war ein Versprechen. Ein leises, unausgesprochenes: *Ich werde immer für dich da sein.*

Dank FaceTime und Social Media war das relativ unproblematisch – zumindest oberflächlich. Aber das wahre Problem war, was Mia herausgefunden hatte. Sie konnte es ihm einfach nicht erzählen. Die Worte blieben in ihrem Inneren stecken wie ein Stein, der jeden Versuch erstickte, die Wahrheit ans Licht zu bringen. *Wie würde er reagieren? Würde er mich noch so sehen wie früher – oder wäre alles anders?* Sie schloss die Augen und atmete tief durch, versuchte die Gedanken beiseitezuschieben. Doch der kleine Anhänger in ihrer Hand fühlte sich plötzlich schwerer an als je zuvor. Alles war sie wollte war ein Funken Normalität.

∗∗∗

Geistesabwesend kickte Mia ihre Sneakers in die Ecke, warf sich aufs Bett und starrte aus dem Panoramafenster über den Hafen des *Burrard Inlet*. Die Lichter der Stadt spiegelten sich im dunklen Wasser, doch die vertraute Schönheit der Kulisse vermochte es nicht, das Chaos in ihrem Kopf zu beruhigen. *Sie hätte einfach nicht in meinen Sachen rumschnüffeln dürfen*, dachte Mia und spürte, wie sich ihre Mandelaugen bei der Erinnerung an den gestrigen Tag verdunkelten. *Ist das wirklich erst einen Tag her?!* Beunruhigt fuhr sie sich durchs Haar und ließ ihre Hand auf ihrer Stirn ruhen, als wolle sie diese kühlen. Verschwommene Bilder tauchten vor ihrem inneren Auge auf: die Insel, der chillirote Feuerdrache, die Burg, die tote Fee, der seltsame Magier und...! Die Flut dieser Eindrücke umwölkte ihren Geist wie graue Gewitterwolken. *Was hat das alles mit mir zu tun? Warum bin ich gerade dort gelandet?*, fragte sie sich und fand keine Ruhe. Die Bilder drängten sich ihr in Tagträumen auf, vehement und schonungslos, und sie ertappte sich immer wieder wie sie darin eintauchte. Widerwillig musste sie sich eingestehen, dass das Danach nicht mehr so war wie das Vorher. *Dabei will ich doch einfach nur vergessen!*

»Pph«, machte sie missbilligend. »Sie hätte einfach nicht rumschnüffeln dürfen!« Mit »sie« meinte Mia ihre Mutter, die nach der Ankunft in Vancouver das Buch zusammen mit dem Brief und der Fotografie in Mias Rucksack gefunden hatte. *Alles andere als feinfühlig ist das gewesen! Ganz schön ausgequetscht hat sie mich. Und belogen!* »Whatever...!« schnaubte Mia mit einer wegwerfenden Handbewegung, die jedoch so nutzlos blieb wie das Dressieren von Katzen. Das beständig drehende Gedankenkarussell konkurrierte mit ihrer Gelassenheit. Mia wirkte getrieben. *Oh Mann! Ich bin scheinbar besessen...! Besessen von diesen Bildern...!* Und das schien amtlich zu sein, auch wenn sie die Gedanken einfach nicht zu Ende denken wollte. *Na immerhin hat mir Mum endlich die Wahrheit über meinen Dad erzählt!* Dieser Gedanke, nicht minder wegwerfend gedacht, rief Mia zur Besinnung. Sie zupfte an ihrem T-Shirt und sprang schließlich mit einem Ruck vom Bett. In die Wohnung war Leben eingekehrt. Mia hörte die Stimmen ihrer Eltern. Ein leises Klopfen holte sie ganz ins Hier und Jetzt.

»Ja, bitte«, stammelte sie genervt und fühlte direkt ihre innere Abwehrhaltung, die sie tatsächlich noch immer gegenüber ihrer Mutter aufrecht hielt. Eigentlich lächerlich, aber irgendwie auch nicht zu ändern.

»Hi!« Anstelle von Sara streckte allerdings nun Max seinen dunkelbraunen Schopf durch den Türspalt. »Lust auf Ramen?«

»Ja, warum nicht!?«, entgegnete Mia gedämpft. Besann sich jedoch und schob etwas freundlicher hinterher: »Ich bin echt am Verhungern!«

»Prima.« Max' Lächeln erhellte seine Augen. Im Gegensatz zu seiner Frau schien er voll und ganz im neuen Leben der Familie dort in Vancouver aufzugehen.

»Geht ohne mich! Ich muss auf die Couch«, winkte Sara mit müdem Ausdruck in den Augen ab – es war alles andere als gelogen! Sie war so blass wie die Sichel des Mondes. Ihre Augen ausdruckslos mit einem dunklen Schimmer.

Immer noch! Obwohl doch alles geklärt war! Oder etwa nicht…?! Nichts hat sich geändert! Und doch ist alles anders!, dachte Mia auf dem Weg zum Restaurant, das nur ein paar Fußminuten von der Wohnung entfernt lag.

***

Während die Kellnerin des Restaurants auf der *Robson* ihre Bestellung aufnahm, streifte Max Mia musternd mit einem verstohlenen Blick.

Mia spürte es und konnte es ihm nicht mal verdenken. *Mum hat ja schließlich nicht nur sich selbst und mich belogen, sondern auch ihn im Unklaren gelassen!*

« Denkst du an deinen Vater? », fragte er schließlich feinfühlig mit gerunzelten Brauen.

Es war irgendwie irritierend für Mia, so direkt gefragt zu werden. Das hatte Max eigentlich immer eher vermieden! Da war sie also, die unvermeidliche Frage, die Mia furchtbar gern einfach vergessen wollte. Sie hing in der Luft wie das berühmte herannahende Gewitter und stand jetzt – so ausgesprochen – irgendwie dazwischen. Zwischen ihr und Max. Oder vielmehr zwischen ihr und der Normalität, die sie sich so sehr wünschte. *Pustekuchen!*, dachte sie seufzend. Heftiger als beabsichtigt legte Mia die Chopsticks mitsamt den aufgerollten Nudeln auf den Bowl und fixierte Max mit einem undurchdringlichen Ausdruck in den Augen.

« Ich bin die Tochter eines Indianers! Eines verstorbenen noch dazu, der sehr wahrscheinlich bei einem fingierten Autounfall ums Leben gekommen ist, bei dem auch ich dabei war! Meine Mutter hat mir die Wahrheit verschwiegen! Und auch darüber, dass sie bedroht wurde! Sie hat mich all die

Jahre in Unkenntnis gelassen. Hat mich glauben lassen, dass er uns für eine andere Frau verlassen hat! Hat mich wütend auf ihn zurückgelassen. Ja, Max, ich denke an ihn…», entgegnete Mia regelrecht unbeeindruckt, während sie Max weiter anstarrte.

Max nickte gedehnt: «Ich weiß, Mia…», setzte er an, brach dann jedoch ab. Was sollte er sagen? Schließlich hatte seine Frau auch ihn im Unklaren gelassen über Mias Vater und die offensichtliche Bedrohung. Ihre Beweggründe dafür konnte er zwar verstehen, allerdings nicht ihren Mangel an Vertrauen. In ihn, als ihren Ehemann! Es wäre doch um so vieles einfacher gewesen, hätte sie ihn eingeweiht. Er hätte ihr die Angst nehmen können. Wäre für sie dagewesen. Und dennoch…! Auch Max seufzte vernehmlich.

«Verstehst du…!? Einmal Normalität to go, bitte!», schob Mia nun etwas milder hinterher, während ihre rechte Hand durch die Luft wedelte, als wolle sie eine Fliege verscheuchen.

«Sorry… ich wollte nicht…», murmelte Max verlegen.

«Max… es geht mir gut. Wirklich!», sagte Mia betont fröhlich und winkte gelassen ab, um einen Cut zu machen. Schnell hob sie die Chopsticks auf und schob sich ein paar Nudeln in den Mund, ohne wirklich etwas zu schmecken. Nein, sie wollte auf keinen Fall über das ganze Desaster reden und irgendwelche Gefühle outen. Und noch weniger wollte sie an ihre seltsame Erfahrung in dieser verdrehten Anderswelt denken! *No way! Das war alles nur geträumt!* Wenn sie eines wirklich hasste, dann war es dieser offensive Mangel an Normalität, der sich ganz plötzlich, ganz ungefragt in ihr

Leben geschlichen hatte. Aus irgendeinem Grund machte sich zugleich jedoch das merkwürdige Gefühl breit, ein trotziges Kleinkind zu sein, das die Hände auf die Ohren presst und laut singt, um nichts hören, nichts sehen, nichts fühlen zu müssen -um das Offensichtliche nicht an sich heran zu lassen.

Max atmete tief ein und zuckte mit den Achseln: «Ok, wie du meinst», sagte er, da sie ihn ohnehin nicht weiter an sich heranlassen würde. Sie hatte ein Trauma erfahren und brauchte Zeit für sich, für die Verarbeitung. Der Arzt in ihm wusste um die Prozesse, doch mehr als einfach nur da sein, konnte er nicht tun. Es wäre eigentlich die Aufgabe von Sara, mit ihr zu reden, dachte er! Eigentlich. Doch seine Frau wirkte auf ihn wie aus dem Konzept gebracht. Zwar bemüht, den Alltag zu gestalten, doch in ihrer ausgesucht optimistischen Art schwang eine förmliche Ernsthaftigkeit mit. Eine, die nicht zu Max' Vorstellung von einer gelösten, glücklichen Frau passte. Jetzt, wo doch die Wahrheit ans Tageslicht gekommen war! Eine, die auch ihn erstmal zerstreut hatte. Und irgendwie wurde er das vage Gefühl nicht los, dass es da noch etwas anderes gab! *Wenn Sara zwischen Wahrheit oder Pflicht wählen könnte, würde sie zu jeder Zeit die zweite Option wählen! Als wäre das der Ausweg!* Max seufzte, nahm einen Schluck von seinem Wein und versuchte, das Thema zu wechseln: «Wann kommt dein Freund dich besuchen?»

«Sam? Er ist nicht mein Freund!», entgegnete Mia mit erstaunlicher Ehrlichkeit, die Max etwas zum Resignieren brachte. Leicht machte sie es ihm nun wirklich nicht!

246

Mia balancierte ein paar Nudeln auf den Chopsticks und antwortete knapp: «Sam kommt nach dem Abi.»

Sollte Max erwartet haben, dass Mia ihre Antwort präzisieren würde, hatte er sich ordentlich getäuscht.

Ommm!, dachte er und hakte gedehnt nach: «Und habt ihr schon was Schönes geplant?»

Mia zuckte mit den Achseln: «Noch kein Plan.»

***

Später am Abend lag Mia auf ihrem Bett. Ihr Blick verfing sich im burgunderroten Abendhimmel, dessen Schimmer das Wasser des *Burrard Inlet* färbte. Nicht zum ersten Mal in den letzten Tagen wanderten ihre Gedanken an die lauen Sommerabende an der Ostsee, die sie mit ihren Freunden dort am Meer verbracht hatte. *Surfen mit Sam...*, dachte Mia und fühlte für den Bruchteil einer Sekunde den stillen Frieden, der sie immer dann eingeholt hatte, wenn sie zusammen auf den Wellen geritten waren. Mia schloss ihre Augen, während ihr Geist immer tiefer in diesen Tagtraum hineindriftete. So, als wäre ihre Seele selbst ein Surfer auf den Wellen im tiefen Blau an der feinen Linie zwischen Horizont und Erde. Eintauchen und vergessen, genau das wollte sie. Dahintreiben in eine Zeit, in der sie sich sicher und wohl gefühlt hatte, mit einem flüchtigen Anschein von Normalität.

Saaaaaaam...! Echoweise hallte der Name in ihr, als er vor ihr wie ein Hologramm auftauchte: groß, lässiger Gang... Augen von der Tiefe eines Ozeans und Haare, in denen sich der Wind verfing...

...die Spitze eines Schwertes in der rechten Hand haltend, während aus seinem Mund geheimnisvolle Worte flüsternd zu ihr drangen, die Mia nicht verstand. Er trat langsam auf sie zu, ließ seinen durchdringenden Blick nicht von ihr weichen, schaute sie intensiv an, als läge die Botschaft bereits in dem Ausdruck seiner dunklen Augen.

»TAN!«, sagte Mia perplex und starrte den Assassinen geistesabwesend an. »Was willst du von mir?«

»Glaubst du wirklich, die ganze Wahrheit gefunden zu haben?«, gab Tan knapp an Mia gewandt zurück.

Unfähig, sich zu regen, verharrte Mia wie vom Donner gerührt auf der Stelle und stöhnte leise auf: *Nicht du schon wieder!*, brach es tonlos aus ihr heraus. *Verdammter Geist, den ich einfach nicht loswerde!* Störrisch schaute sie Tan in die Augen. Hatte sie erwartet, ihn zornig zu sehen, wurde sie enttäuscht. Sein Gesichtsausdruck ging in eine völlig andere Richtung.

»Pass auf dich auf!«, sagte Tan eindringlich und nahm ihr Gesicht zwischen seine Hände. Sein Daumen strich zärtlich über ihre Wangenknochen.

Mia wollte die Hand wie eine lästige Fliege wegschlagen, doch Tan küsste sie ungefragt und mit solch eindringlicher Aufrichtigkeit, dass es ihr nahezu den Atem verschlug. Etwas in Mia wollte nachgeben. Sich einfach hingeben, fallen lassen in diesen Kuss. Ein paar Herzschläge lang war die Stille greifbar. Doch plötzlich begann sich der Boden unter ihren Füßen schneller und immer schneller zu drehen. Tans Umrisse verloren an Schärfe, verschwanden beinah ganz, und Mia geriet ins Wanken. Mit vor Schreck geweiteten, dunklen Augen schaute sie ihn an. Er starrte zurück: nicht anklagend, nicht böse. Etwas Wehmütiges lag stattdessen in seinem Blick, als er einen Schritt nach hinten trat und vollkommen vom Nebel verschluckt wurde. Mia stieß den angehaltenen Atem aus, als abermals eine Stimme zu ihr drang: »Ergründe das Geheimnis. Finde den Schlüssel. Frag Chenoa!« Gefühlt 1.000 Augen tauchten aus dem Nichts eines nebulösen Strudels auf. Bedrohend, beharrlich. Der Ruf eines Falken war zu hören.

Mia wachte auf.

»Stopp! Aufhören. Es reicht!« Sie hatte endgültig genug von dieser sinnfreien Träumerei, die zu nichts führte. Energisch richtete sie sich auf. Die Sonne war längst untergegangen. Mit den Händen fuhr sich Mia übers Gesicht, als wolle sie sich vergewissern, real zu sein. *Alles nur geträumt,* sagte sie sich gebetsmühlenartig. *Und dennoch...* Tastend suchten ihre Hände im Dunkeln nach dem Kommodenknauf und zogen die Schublade auf. Es kribbelte an ihren Fingerkuppen, als sie fand, wonach sie suchte. Das Buch mit der handgeschriebenen Geschichte über den Assassinen ruhte in ihrer Hand. Doch Mia, unfähig sich zu rühren, starrte abwesend in die delphingraue Dunkelheit. Wie eine Warnmeldung auf dem Smartphone blinkte das Zitat des deutschen Lyrikers Neuert vor ihr auf: *Du kämpfst wie wild für einen Traum und fürchtest, dass er sich erfüllt.* Mia zuckte zusammen, und im nächsten Moment tauchte da dieser eine

Gedanke auf, der sie seit gestern quälte: *Was, wenn...?* Wenn es doch nur die halbe Wahrheit war? Mias Hände umfassten das Buch, als suchten sie Halt. *Was, wenn die Träume mir tatsächlich irgendetwas sagen wollen?!* Sie aber kämpfte dagegen an. Gegen das Gefühl, dass einfach etwas noch immer nicht ganz stimmte. Der scharfe Schmerz in ihrem Herzen war unerwartet aufgetaucht. Und Mia wollte sich so gerne wegducken unter der Last, die darauf lag. Den Kopf tief zwischen ihre Schultern gezogen, atmete sie die angehaltene Luft geräuschvoll aus.

Finde den Schlüssel... Bloß was für einen?, überlegte Mia stirnrunzelnd. Was um alles in der Welt hat das nur zu bedeuten? Schwerfällig hob sie den Kopf, der sich in etwa so anfühlte, als hätte er die Begegnung mit einer einschlagenden Rakete gemacht. Vermutlich war dem auch so, denn die Erinnerungen schossen ungefragt auf Mia ein: die Insel, der Feuerdrache und Tan, wie ein Dreiklang, der zusammengehörte. Mia bemühte sich, die Fassung zu bewahren, während sie sich gleichzeitig einfach nur elend fühlte. Da war dieses zentnerschwere Loch in ihrem Magen. *Tan...* dachte sie. *Ich hatte die Wahl. Doch dort zu bleiben war einfach keine Option!* Resignierend schüttelte sie den Kopf. «Es ist vorbei!», sprach Mia energisch gegen die zunehmende Dunkelheit an. Ihre Stimme vibrierte vor Erregung. «Ich musste gehen, weil mich sein Verhalten verletzt hat», verteidigte sie sich, obwohl niemand im Raum war, der ihr zuhörte. Oder vielleicht doch?

Das irrwitzige Gefühl von Anwesenheit machte sich in Mia breit, und für einen winzigen Augenblick lag eine seltsame Stille im Raum. So, als verharre eine Gestalt im Schatten. Mia öffnete den Mund, schloss ihn jedoch wieder. «Scheinbar bin ich dabei, wahlweise mich oder meinen Verstand zu verlieren! Frag Chenoa…! Ja, nee, is' klar!», keuchte sie und sprang aus dem Bett – nicht ohne sich noch einmal an der Tür umzudrehen, bevor sie diese öffnete.

«Mit wem hast du gesprochen?»

Was zum Teufel…? Erschrocken wich Mia zurück. Ihre Atmung beschleunigte sich. Doch es war nur ihre Mutter, die vor der Tür stand und sie mit einem wachsamen Ausdruck in den Augen musterte. Auf ihrem Gesicht lag noch immer ein Schatten, dunkle Ränder unter ihren Augen. Sie sah aus, als wäre sie noch immer in einer Art Freeze-Modus gefangen.

«Mum…!», keuchte Mia. «Du hast mich vielleicht erschreckt!» Ohne weiter auf Saras Frage einzugehen, schob sie sich an dieser vorbei und schlüpfte ins Bad.

Mit ,dem Geist, der stets verneint' habe ich gesprochen, dachte Mia, als sie wenig später wieder im Bett lag. Und zusammen mit dem Gedanken, wer oder was wohl Chenoa war, schlief sie schließlich ein.

ALLES NUR GETRÄUMT?!

«Die Maske verrät mehr über den Menschen als sein Gesicht.»
(Jean-Louis Barrault)

Am nächsten Morgen wachte Mia mit gemischten Gefühlen auf. Die Beklommenheit wollte nicht weichen. Auch nicht, als sie wenig später die *Water Street* durchquerte – shoppen, bummeln, bloß irgendwas tun, um sich abzulenken. Doch da war irgendwie das merkwürdige Gefühl, beobachtet zu werden. Verstohlen blickte sich Mia um. Aber da war niemand. Bloß ein Falke, der weit über ihr seine Kreise zog und auf seltsame Weise ihre Aufmerksamkeit einforderte, weshalb Mia ihr Tempo drosselte.

Was mache ich mich nur so verrückt? Diese Frage drängte sich ihr auf, als sie abrupt vor dem Schaufenster einer Buchhandlung abbremste, wie angewurzelt stehen blieb und ihren Mund zu einem „O" formte. «D-das gibt es doch nicht!», sagte sie mit einem aufgeregten Zittern in der Stimme. Einige Sekunden lang starrte sie mit ungewöhnlich weit aufgerissenen Augen auf das Cover eines Reiseführers. «Das glaube ich jetzt nicht!», entfuhr es ihr heftig, bevor sie tief Luft holte und mit klopfendem Herzen den Laden betrat. Ohne der Verkäuferin die Chance zu geben, ihr ein freundliches „Hey there, how are you today" entgegenzubringen, langte Mia in die Auslage und schnappte sich eines der Reisebücher über die Insel *Haida Gwaii*. Zwischen ihren Augenbrauen stahl sich eine kleine senkrechte Denkerfalte, als Mia sich unruhig das Cover genauer anschaute. Mit einem Mal veränderte sich der Ausdruck ihres Gesichts: Ihre Augen wurden zu schmalen Schlitzen, und Mia presste ihre Lippen so heftig zusammen, dass es fast schmerzte.

«Entschuldige, möchtest du das Buch kaufen?», fragte die Verkäuferin skeptisch.

Mia hob ihren Kopf, als wäre sie zuvor in einer anderen Story gewesen, und drehte ihn zeitlupenartig in Richtung der Sprecherin. «Ja... wieso nicht!», willigte sie beinahe atemlos ein, als wäre sie soeben daran erinnert worden, dass man Bücher tatsächlich auch käuflich erwerben kann. Und obwohl sie noch immer abwesend wirkte, starrte sie nun blinzelnd die Verkäuferin an, als wäre diese ein Wesen aus einer anderen Welt. *Wicasa...?!*, wollte sie schon erstaunt rufen, verdrängte diesen Gedanken jedoch schnell wieder.

«Gut», entgegnete die junge Frau, und in ihrem Lächeln lag etwas, das Mia ein Kribbeln über die Kopfhaut jagte.

Jetzt SEHE ich auch noch Geister!, dachte sie kleinlaut, als sich die Eingangstür geräuschvoll hinter ihr schloss.

✳ ✳ ✳

Statt Richtung City weiterzugehen, lief Mia schnurstracks zurück in die Wohnung.

«Mia … bist du das?», rief ihre Mutter aus der Küche.

«Ja …!» Eilig öffnete Mia die Tür ihres Zimmers, manövrierte sich durch den Raum zur Kommode und holte das Bild ihrer Eltern aus dem Umschlag. Nervös nestelte sie den Reiseführer aus ihrer Tasche und legte beides nebeneinander aufs Bett.

«O. MEIN. GOTT.», entfuhr es ihr heftig und ziemlich laut. *Das ist nicht möglich,* dachte sie – beziehungsweise sprach es ebenso laut aus. Mit spitzen Fingern hob sie die Fotografie hoch und inspizierte sie. Das Haus auf dem Reiseführer und auf dem Bild mit ihren Eltern, auf dem auch die einjährige Mia zu sehen war, waren exakt identisch. «Wir stehen vor unserem Haus …!», entfuhr es Mia. Und das stimmte auffallend.

«Mit wem um alles in der Welt redest du?» Ihre Mutter betrat ungefragt das Zimmer und war bereits auf dem Weg zum Bett. Zu spät also, um den Reiseführer zu verstecken.

Mit weit aufgerissenen Augen starrte Mia ihre Mutter an. Erstaunen und Ratlosigkeit mischten sich in ihrem Blick. Mit zitternden Fingern hob sie das Foto auf und hielt es anklagend ihrer Mutter unter die Nase.

«Was hast du da?» Es klang vorwurfsvoll. Schon rupfte ihre Mutter Mia abrupt das Foto aus der Hand.

«Was soll das?»

«Es ist dasselbe Haus!», krächzte Mia und zögerte ein paar Sekunden, bevor sie einen Entschluss fasste: «Ich will dorthin!», wiederholte sie fordernd. Der Ausdruck ihrer Augen hatte etwas Stoisches. «Und zwar sofort!»

«Was?», fragte ihre Mutter abwesend, so als hätte sie die Worte nicht richtig verstanden. Ihre aristokratischen Züge entgleisten gefährlich.

«Ich will dorthin! Vielleicht finde ich Chenoa in … *Old Massett*», las sie vom Reiseführer ab, «und erfahre mehr über mich … UND Dad!»

Saras Gesichtsfarbe changierte zwischen Kiwi-gelb und kreidebleich. Sie musterte Mia eine Weile unentschlossen. Ihr Blick wirkte müde, alarmiert und hellwach zugleich. Sie zitterte. «W-woher kennst du diesen Namen?»

Mia zuckte mit den Schultern. *Was sollte ich auch antworten? Von dem Geist, der stets verneint?* «Ist doch egal, oder? Ich kenne ihn halt!», erwiderte sie unverblümt.

«Das kannst du nicht», stammelte Sara leise. Es klang verwirrt. «Das ist nicht möglich!»

✳✳✳

Saras Haltung fiel nun vollends in sich zusammen. Sie ähnelte einem zusammengeschrumpften Schäferhund auf Dackelgröße. Leider verfügte sie über kein geeignetes

Gadget, um sich aus der Affäre zu ziehen. Ihr Blick wirkte alarmiert. Es hätte schon eine gute Portion schauspielerisches Talent benötigt, um ihre Scharade noch länger aufrechtzuerhalten.

«Was ist denn nun schon wieder los?» Zu allem Übel betrat Max das Zimmer, gefolgt von einer gewaltig dunklen Gewitterwolke. Die Augen zu gefährlichen Schlitzen verengt, brodelte es ordentlich in ihm. Die Luft im Raum knisterte. Wie sehr er diese Anspannung satt hatte!

«Das ist los ...!», verkündete Mia ernsthaft und warf ihm Reiseführer und Foto zu. «Da will ich hin und herausfinden, wer ich bin und woher ich komme!»

Max fing beides auf. Mit gerunzelten Brauen besah er sich die Bilder. Sein Kiefer mahlte. Plötzlich machte es regelrecht hörbar *klick*, und der Groschen fiel. Seine Augen weiteten sich. Ihr Ausdruck wechselte zwischen Erstaunen, völliger Irritation und Begreifen. Abwechselnd schaute er Sara und Mia an. Und so, als habe er nach endloser Grübelei einen Entschluss gefasst, bewegte er wie automatisiert seine Lippen: «Sara, ich habe keinen Plan, was das alles hier zu bedeuten hat. Ich verstehe nicht, was du noch immer scheinbar verschweigst. Vor Mia UND vor mir. Ich habe es aber endgültig satt. Du klärst das bitte auf. Und zwar ein für alle Mal. Andernfalls nehme ich den Kleinen und ziehe in ein Hotel. Habe ich mich klar ausgedrückt?!»

Die nachgeschobene Frage war ganz eindeutig rhetorisch gemeint.

«A-aber …», setzte Sara matt an, angesichts der unverblümt klaren Ansage.

Schachmatt! dachte Mia. *Von Taktgefühl keine Spur.*

«Nein, Sara. Nix aber! Du wälzt dich seit unruhig im Schlaf, wachst kreidebleich auf und wandelst durch die Gegend wie ein Geist, der weder hier noch da ist. Glaubst du, ich kriege das nicht mit?! Irgendwas belastet dich … und zwar immer noch! Warum vertraust du mir nicht? Was ist so schlimm, dass wir es nicht gemeinsam lösen können? Ich bin doch schließlich dein Mann!» Das Gewitter entlud sich erbarmungslos. Max war total außer sich.

Sara stand wie angewurzelt, zerbröselte fast unter Max' zornigem Blick. «I-ich … kann nicht …», hauchte sie undeutlich mit tränenerstickter Stimme. Ihre staubtrockene Kehle verschluckte die Worte, die einfach nicht ans Tageslicht kommen wollten.

Schneidend scharf brach sich Max' Stimme ungerührt durch die Gewitterwand und beendete abrupt Saras verzweifeltes Gestammel. Die Botschaft schlug einem Blitz gleichend ein: «Mia … ich zahle dir den Flug. Du hast ein Recht darauf, zu erfahren, wer du bist.» Max warf den Reiseführer zurück aufs Bett, machte auf dem Absatz und verließ den Raum, der nur noch aus einer einzigen geballten Ladung kochender Wut und Entsetzen zu bestehen schien. Die Luft war hauchdünn.

«Max …, bitte nicht …!», stöhnte Sara entsetzt auf. Doch während ihr Geist die Lage längst erfasst hatte, wollte der Körper sich einfach nicht in Bewegung setzen. Roboterartig drehte sich Sara um und folgte Max. Zurück blieben eine alles andere als bereinigte Atmosphäre und eine total verdatterte Mia.

Wie durch eine Nebelwand sah sie erst Max, dann Sara aus dem Zimmer verschwinden. Für die Dauer einiger Herzschläge stand Mia unbeweglich vor der Fensterfront. Von einem Schwindelgefühl erfasst, atmete sie endlich aus. *Irgendwas stimmt hier einfach noch immer nicht. Und ich werde herausfinden, was es ist,* schwor sie sich.

AUF DEM WEG

«Die Wahrheit einer Absicht ist die Tat.»
(Georg Friedrich Wilhelm Hegel)

W ie ein Dieb in der Nacht fühlte sich Mia am nächsten Morgen, als sie die Wohnung verließ. Erleichtert aufatmend ließ sie sich auf einen freien Platz im *Sky Train* plumpsen. Max hatte sein Versprechen wahr gemacht und ohne Probleme einen Direktflug nach *Old Massett* für den nächsten Tag gebucht. Das Ticket hatte er ihr noch am Abend kommentarlos unter der Tür durchgeschoben.

Und nun war sie also tatsächlich auf dem Weg zum *Vancouver Southern Airport*. Alles war so randomly schnell gegangen. Während der Sky Train führerlos dem Tag entgegen ruckelte, starrte Mia gedankenversunken aus dem Fenster. Die Landschaft zog in verschwommenen Streifen vorbei, doch ihre großen, nachdenklichen Augen schienen sie kaum wahrzunehmen. Ihr Blick war in die Ferne gerichtet, irgendwo hinter den Hügeln und Wäldern, die sich am Horizont abzeichneten – als ob sie dort nach Antworten suchte. Die vergangenen Wochen hatten sie verändert, nicht nur in ihren Gedanken, sondern auch in ihrem Wesen – es spiegelte sich auch in ihrem Äußeren wider. Ihr Gesicht hatte an Tiefe gewonnen, die weichen Mädchenzüge waren einer zarten Weiblichkeit gewichen, in die sich ein Hauch von Coolness mischte. Ihre Wangenknochen hoben sich deutlich hervor, und ein leichtes Lächeln umspielte ihre Lippen, das zugleich unschuldig und geheimnisvoll wirkte. Mia merkte es nicht einmal. Doch ein melancholisch-ätherischer Hauch lag über ihr, als würde sie eine Welt in sich tragen, die sich gerade erst zu entfalten begann. Das Haar fiel ihr locker über die Schultern, leicht von der Bewegung des Zuges aufgewirbelt. Eine Strähne hatte sich gelöst und streifte ihre Wange, doch sie bemerkte es nicht. In ihren Händen hielt sie das geheimnisvolle Buch, das sie abwesend aufschlug, nur um es gleich wieder zu schließen – als ob sie die Worte, die darin standen, nicht nur lesen, sondern spüren würde – es aber nicht wollte. Etwas hatte sich verändert. Der Zug ratterte über die Gleise, doch Mia schien unberührt von der zunehmenden Hektik um sie herum. Für sie zählte nur die Reise, ein Schritt näher an etwas, das größer war als sie selbst. Der *South Airport* hingegen war so klein, das er an eine Lagerhalle erinnerte. Nach einer wenig übertriebenen Sicherheitskontrolle checkte Mia in die kleine Propeller-maschine ein. Wie automatisiert strich sich eine wider-spenstige Strähne aus dem Gesicht und zog ihren Rucksack enger an sich, als hätte er die Antworten auf all die Fragen, die sich in ihrem Kopf türmten. Zwei Stunden Flug hatten nicht gereicht, um sich ihrer Sache sicher zu werden. Und jetzt, wo sie hier war, auf diesem gottverlassenen Fleck Erde, schienen die Zweifel übermächtig.

Und weit und breit war kein Taxi in Sicht.

✳ ✳ ✳

«Shit! Wie komme ich denn jetzt von hier weg?», entfuhr es ihr vernehmlich, als ein Pickup direkt vor ihrer Nase hielt.

Ein junger Mann, nicht viel älter als sie, lehnte sich aus dem Fenster. Sein Lächeln war einladend, aber nicht aufdringlich. Sie erkannte ihn als einen der Passagiere aus dem Flieger. «Soll ich dich mitnehmen?» Er wartete geduldig, während sie ihn musterte, ihre Gedanken ein Chaos aus Unsicherheit und leiser Neugier.

«Danke, aber ...» Mia zögerte, unschlüssig, ob sie ihm trauen sollte. Ihr Blick wanderte wieder zu dem leeren Platz hinter ihr. Keine Menschenseele. Keine Alternative.

«Wirklich kein Problem», sagte er mit einem Tonfall, der seltsam beruhigend wirkte. Seine Stimme hatte etwas Sanftes, und diese Augen ... Sie schienen so tief zu blicken, dass Mia kurz die Fassung verlor. Da war eine Vertrautheit, die sie nicht erklären konnte, wie ein Echo aus einer Zeit, die sie vergessen hatte. Oder wahlweise verdrängen wollte.

Schließlich atmete sie tief durch und ließ sich darauf ein: «Okay. Aber nur bis zur Stadt.»

Ein amüsiertes Lächeln huschte über sein Gesicht. «Natürlich!»

Mia öffnete die Beifahrertür, warf ihren Rucksack auf den Boden und ließ sich in den Sitz sinken. Die leicht abgegriffenen Ledersitze fühlten sich kühl an, und für einen Moment schien die Welt um sie herum langsamer zu werden. Der Motor brummte sanft. Und als der Pickup anrollte, begann der Wind durch das offene Fenster zu wehen, als wollte er sie trösten.

«Du bist nicht von hier», stellte der Fremde beiläufig fest, während er die Straße entlangfuhr. Seine Hände lagen entspannt am Lenkrad, als hätte er alle Zeit der Welt.

«Nicht wirklich.» Mia versuchte, ihren Ton neutral zu halten, doch der Kloß in ihrem Hals ließ es abgehackt klingen.

«Auf der Suche nach etwas?» Er klang weder neugierig noch aufdringlich, eher so, als hätte er die Antwort bereits erraten.

Sie biss sich auf die Unterlippe und schaute aus dem Fenster. «Vielleicht.» Ihre Stimme war kaum mehr als ein Flüstern.

***

Das Meer kam in Sicht, ein endloses Blau, das sie zugleich anlockte und verunsicherte. Und da war es wieder: dieses Gefühl, dass sie nur einen Bruchteil der Wahrheit kannte. Der Rest lag irgendwo vor ihr – verborgen, tief unter der Oberfläche dieses Ortes und vielleicht auch in ihr selbst.

Für den Bruchteil einer Sekunde schien die Welt stillzustehen. Kein Brummen des Motors, kein Rütteln der Reifen – nur diese Leere, in der Mias Herz für einen Augenblick den Takt verlor. Ein scharfer Schrei durchschnitt die Luft. Der Ruf eines Falken. Er kam von irgendwo über den zerklüfteten Baumkronen, die sich in der Ferne wie ein wilder Teppich ausbreiteten. Ein seltsames Kribbeln breitete sich über ihre Kopfhaut aus. Ein unbehagliches Prickeln, das sie nicht abschütteln konnte. Sie spürte, wie sich ihre Finger in das Material des Sitzes krallten. Der Gedanke, der ihr in den Sinn kam, war alles andere als beruhigend. *Die Geister, die ich rief…*, dachte sie verzweifelt, während ihr Blick unruhig über die Landschaft huschte.

Der Fremde warf ihr einen kurzen, prüfenden Blick zu. Seine Augen blitzten belustigt, fast als hätte er ihre Gedanken gelesen. Dann schüttelte er leicht den Kopf, sein Lächeln aber blieb. Ein Lächeln, das sie nicht einordnen konnte. Beruhigend oder beunruhigend – sie wusste es nicht.

Plötzlich riss der Pickup nach vorne. Die Straße unter ihnen war ein staubiger Pfad voller Schlaglöcher und Steine. Der Wagen holperte und vibrierte, und die Ameisen in Mias Magen entschieden sich, noch eine Schippe draufzulegen. Es fühlte sich an, als hätte sich ihr Inneres zu einem wilden Rugby-Match versammelt, während sie die Landschaft durch das Fenster fixierte – oder versuchte, nicht zu schreien.

«Alles okay?», fragte der Fremde, ohne den Blick von der Straße zu nehmen. Der Unterton in seiner Stimme verriet, dass er die Antwort eigentlich schon kannte.

«Ja, sicher», log Mia, während sie eine Hand auf ihren Bauch presste, als könnte sie das Chaos darin beruhigen. «Das … ist normal, oder? Diese Straßen?» Ein mehr als schwacher Versuch von ihrer Verfassung abzulenken.

Er spürte es – natürlich, lachte leise, ein warmes, kehliges Geräusch. «Für hier schon. Willkommen auf *Haida Gwaii*.» Sein Tonfall war leicht, fast wie ein lockerer Scherz, aber irgendetwas an seiner Art zu sprechen ließ ihre Zweifel zurückkehren. Irgendetwas lag in der Luft – und es war mehr als der Staub, den die Reifen des Pickups aufwirbelten.

«Kannst du mich da vorne rauslassen?», sagte sie unvermittelt, als sie den Ort erreicht hatten.

Ha ha … von wegen Stadt! Mia ließ ihren Blick schweifen. *Old Massett* war nicht viel größer als ein Küstenort – verschlafen und irgendwie geheimnisvoll, am Rande der Welt gelegen. In den Vorgärten türmten sich hohe Totempfähle, allesamt auf das Meer hin ausgerichtet. Manche Hauswände waren mit eigentümlichen Malereien versehen – Symbole einer fremden Welt, zu der Mia ja irgendwie gehörte.

«Ok! Wie du meinst», entgegnete der Fremde achselzuckend. Es klang enttäuscht.

✳✳✳

Mia zögerte, als der Wagen am Straßenrand hielt.

«Wohin willst du denn eigentlich?»

Ihre Finger zitterten leicht, als sie das Foto aus ihrem

Rucksack fischte.

«Zu diesem Haus», flüsterte sie und schluckte einen imaginären Kloß hinunter – zusammen mit der Frage, warum sie sich diesem Fremden überhaupt anvertraute.

Dieser nahm das Bild in die Hand, ganz vorsichtig, als hätte er Sorge, es kaputt zu machen. Überhaupt schien er plötzlich ganz zurückhaltend. Wachsam beäugte er das Foto. Seine Augen weiteten sich. Er atmete tief und ruhig. Etwas von seiner Ruhe übertrug sich auf Mia.

«… zur Raven Lodge also!», stellte er beinahe sachlich fest, obwohl sein Tonfall sein Erstaunen nicht verbergen konnte. Langsam hob er den Kopf. Eine Frage zusammen mit einer Erkenntnis lagen in seinen Augen. «Ich fahre dich hin, wenn du das möchtest», sagte er knapp.

Mia hielt inne, ihre Hand immer noch auf der geöffneten Autotür. Die Wärme in seiner Stimme schwang wie eine leise Melodie durch die Stille des Küstenortes, und für einen Moment fühlte sie sich, als würde sie von etwas Unsichtbarem gehalten – etwas, das ihr Mut zusprach, obwohl sie es nicht greifen konnte. Die Worte des Fremden hallten in ihrem Kopf nach. *Raven Lodge.* Der Name hatte eine seltsame Schwere, als würde er mehr bedeuten, als sie begreifen konnte. Sie wollte fragen, woher er das Haus kannte, doch sie brachte es nicht über sich. Seine Reaktion hatte ihr schon mehr Antworten gegeben, als sie erwartet hatte. «Ich …» Sie suchte nach den richtigen Worten, während sie den Blick nicht von ihm abwenden konnte. Seine Augen waren dunkel, aufmerksam, fast als könnten sie bis in ihre Gedanken sehen.

Ein Kribbeln breitete sich von ihrem Nacken über ihre Arme bis zu ihren Fingerspitzen aus. Es war keine Angst, sondern etwas anderes – etwas, das sie weder einordnen noch ignorieren konnte. «Okay», sagte sie schließlich. Ihre Stimme klang leise, fast brüchig, aber es war eine Entscheidung. «Bring mich hin.»

Ein kaum wahrnehmbares Nicken war seine einzige Antwort. Er startete den Motor, und der Pickup rollte langsam weiter.

Mias Blick wanderte zurück zu den Totempfählen, die stumm und wachsam Richtung Meer blickten. Die Malereien an den Häuserwänden schienen Geschichten zu erzählen, die älter waren als alles, was sie sich vorstellen konnte. Es war, als würde der ganze Ort etwas wissen, das nur darauf wartete, ihr offenbart zu werden. «Die Raven Lodge ...» Sie sprach den Namen aus, als wollte sie testen, wie er auf ihrer Zunge klang. «Was ist das für ein Ort?»

Er schwieg einen Moment – zu lange, wie sie fand. Dann sah er kurz zu ihr herüber. «Es ist ein besonderer Ort. Für einige. Und für andere ...» Er hielt inne, als würde er nach den richtigen Worten suchen. «Für andere ein Rätsel.»

Mia biss sich auf die Lippe. *Ein Rätsel.* Genau das hatte sie hierhergeführt. Das Foto in ihren Händen fühlte sich plötzlich schwerer an. Die Welt draußen – die raue Küste und die stillen Bäume – schien dichter, intensiver, fast wie eine Kulisse für etwas Größeres, das im Begriff war, sich immer weiter zu entfalten. Als der Pickup eine unscheinbare, von Bäumen gesäumte Straße hinunterrollte, spürte Mia, wie sich die Luft um sie herum veränderte. Es war subtil, kaum greifbar, aber dennoch spürbar. Die Raven Lodge war nicht mehr weit, das spürte sie deutlich. Und mit jedem Meter, den sie näher kamen, schien ihre Anspannung zu wachsen – zusammen mit einem seltsamen, unbestimmbarem Gefühl.

Am Rand der Welt

«Wenn man nicht weiß, wohin man will,
so kommt man am weitesten.»
(William Shakespeare)

Und dann tauchte es auf - wie eine Fata Morgana, zwischen den Bäumen, direkt am Ufer. Das Kribbeln auf ihrer Kopfhaut nahm zu, während Mias Herz ein wildes Crescendo hinlegte. Sie wusste längst, dass es die Raven Lodge war, noch bevor sie es wirklich sah.

Der Fremde parkte den Wagen. Mia wollte fliehen - bleiben. Halt suchend langte sie nach dem Türgriff. Ihr Gesicht hatte alle Farbe verloren. Irgendwie brachte sie es einfach nicht fertig, auszusteigen. So, als wolle sie dem Unvermeidlichen noch ein wenig länger ausweichen, drückte sie sich tiefer in den Sitz.

«Alles okay?», fragte der Fremde und schaute sie besorgt an.

Mia nickte. Zu mehr war sie nicht in der Lage. Wie aus dichtem Nebel drangen Erinnerungsfetzen aus einer anderen Zeit in ihr Bewusstsein und rissen sie mit sich hinfort. Wieder sah sie die bedrohlich wirkenden Männer in ihren dunklen Anzügen, die ihrer Mutter Angst machten. Und die andere Frau, die Ältere, die mit ihrer Mutter sprach. Chenoa?! Mia stöhnte auf.

«Hey … Du musst das nicht tun, das weißt du, oder?» Die Stimme des Fremden klang wie ein Echo aus einer anderen Welt. Behutsam legte er ihr eine Hand auf die Schulter.

Mia zuckte bei der Berührung zusammen und wich zurück.

«Entschuldige. Ich wollte dich nicht erschrecken.» Er fühlte sich ein wenig unwohl in seiner Haut. Eigentlich hatte er sie nur mitnehmen wollen. Warum, das konnte er sich nicht mal erklären. Etwas an ihr hatte ihn angezogen – etwas Vertrautes, das in ihren Augen, in ihrer ätherischen Ausstrahlung mitschwang. Doch nun war er hier und in etwas Seltsames hineingeraten. Die Raven Lodge … sie war und blieb ein Rätsel für die Bewohner von *Old Massett*. Und das nicht erst seit damals, seit diesem Tag. Niemand kam gerne dorthin. Und nun stand er hier, zusammen mit dieser jungen Frau, die irgendeine Verbindung zu diesem Ort zu haben schien.

«I-ich habe hier gewohnt», flüsterte Mia.

Noch bevor der Fremde etwas erwidern konnte, atmete Mia tief durch, öffnete beherzt die Tür und stieg aus dem

Wagen. Der Gehalt ihrer Worte erreichte ihn, als die Tür ins Schloss fiel. Und bei ihm der Groschen.

***

Das Holzhaus ruhte still, offensichtlich unbewohnt. Die Zeit hatte an der Fassade genagt: verblasste Farben, rissige Paneele und Fenster, die wie leere Augen in die Welt, auf das Wasser blickten. An der Front prangte ein Symbol, ähnlich den anderen Häusern, aber doch anders. Ein Rabe? Nein, es war mehr als das. Die Linien waren kunstvoll verschlungen ins Holz eingearbeitet, fast lebendig, als wollten sie eine Geschichte erzählen. Beinah so, wie in dem Buch. Mia trat einen Schritt näher, ihre Sneakers knirschten auf dem kiesigen Boden. Ein unbestimmtes Gefühl zog sie zu dem Symbol, ihre Augen konnten sich nicht davon lösen. *Warum fühlt es sich so vertraut an?*

Hinter ihr bewegte sich der Fremde, sein Blick wanderte zwischen dem Symbol und Mias starrem Gesicht hin und her. «Es ist ein Rabe», sagte er leise, fast wie eine Feststellung für sich selbst.

Mia nickte, ohne den Blick abzuwenden. Ihre Finger zitterten, als sie die Hand hob, um die Linien des Symbols nachzufahren. Doch sie stoppte knapp davor, als hätte eine unsichtbare Kraft sie zurückgehalten.

«Man sagt, die Raven Lodge hat eine eigene Seele», fuhr der Fremde fort. Sein Tonfall war vorsichtig, als wolle er etwas aussprechen, das man besser unausgesprochen ließ. «Für die einen ist sie ein Schutzort, für andere ein Tor.»

Mia sah ihn an, ihre Stirn leicht in Falten gelegt. «Ein Tor ... wohin?» Obwohl sie es längst schon ahnte.

Er wich ihrem Blick aus, als suche er nach einer Antwort, die er nicht geben wollte.

In diesem Moment knarrte das Holz der Veranda, als würde das Haus selbst auf ihre Anwesenheit reagieren. Mia zuckte zusammen, aber ihre Füße bewegten sich von allein. Ohne nachzudenken, stieg sie die knarrenden Stufen hinauf. Das Gefühl, beobachtet zu werden, kroch ihr wie kaltes Wasser den Rücken hinauf. Sie drehte sich um. Der Fremde stand am Fuß der Treppe, stumm, als hätte er eine unsichtbare Grenze erreicht.

«Kommst du mit?», fragte Mia, ihre Stimme leiser, als sie es erwartet hatte.

Er schüttelte den Kopf. «Das ist dein Ort. Nicht meiner.»

Mia wollte widersprechen, aber ihre Worte blieben stecken, als sie sah, wie ernst sein Blick war. *Dein Ort.* Die Worte hallten in ihrem Kopf wider, während sie die Hand auf die alte Holztür legte. Die Kälte des Holzes durchdrang ihre Finger. Einen Moment lang zögerte sie, dann drückte sie langsam die Tür auf, während über Ihr abermals der Ruf eines Falken zu hören war.

Etwas umfing sie, als Mia das Holzhaus betrat – eine kraftvolle Energie, die sie unwiderstehlich anzog. Es war, als gäbe es keine andere Wahl, als weiter hineinzugehen. Die Energie drang ungefragt in ihr Inneres, ließ ihre Sinne vibrieren und ihr Herz wie die Trommeln der Ureinwohner Nordamerikas schlagen. Mia versuchte, gleichmäßig zu atmen, doch die Präsenz im Raum war zu stark, intensiver als zuvor. Das Haus war unbewohnt, die wenigen verbliebenen Möbel mit Tüchern verhangen. Die Luft roch abgestanden, und doch war da dieses Knistern, das die Stille durchbrach. Die Wände schienen Augen zu haben. Mia fühlte sich beobachtet. Das Holz der Dielen knarzte unter ihren Füßen. *Du bist zuhause,* drang eine Stimme aus ihrem tiefsten Inneren zu ihr. Der Gedanke erstaunte sie. *Zuhause.* Das Wort hallte in ihr wider, begleitet von einem Gefühl, das ihr so fremd war wie vertraut. Man hatte sie von diesem Ort vertrieben, sie von dem getrennt, was ihrem Herzen die nötige Wärme gab. Etwas in ihr öffnete sich. Aus Mias Kehle drang ein ersticktes, kehliges Geräusch, tief aus ihrem Brustraum – eine Mischung aus altem Schmerz, Verwunderung und dem überwältigenden Drang, endlich loszulassen. Die Sehnsucht hatte sich einen Weg gebahnt, und mit ihr der Wunsch, an den Ort zurückzukehren, an den sie gehörte.

«Dagwáang, my Dear, bist du es wirklich?»

Erschrocken, ertappt, als hätte man sie aus einem Traum gerissen, wirbelte Mia herum. Ihr Atem ging schnell und flach, obwohl sie verzweifelt versuchte, sich zu beruhigen. Mit einer Hand suchte sie Halt an der Wand und tastete sich zitternd entlang. Vor ihr stand eine ältere Frau – ihr Gesicht von feinen Linien gezeichnet, die Haare lang und grau, zu einem Knoten gebunden. Ihre Augen strahlten Entschlossenheit und Wärme aus, und in ihrem Blick lag

Erkennen. Ihre Haltung glich der eines tief verwurzelten Baumes, dessen Krone weit in den Himmel reichte. Ihre Anwesenheit erfüllte den Raum mit einer ätherischen Energie, die von Weisheit und Stärke zeugte. Mias Kopfhaut kribbelte. Ein Schauer lief ihr von Kopf bis über die Haut und ging darunter. «Chenoa?» Mias Flüstern verklang im Raum, blieb jedoch nicht ungehört.

***

Die Worte hallten in der Stille nach, und für einen Moment schien die Zeit selbst den Atem anzuhalten. Die ältere Frau trat einen Schritt näher, ihre Bewegungen ruhig, fast bedächtig. Die Holzdielen unter ihren Füßen knarrten leise, als wollten sie ihre Ankunft bestätigen.

«Du bist eine junge Frau geworden, Dagwáang. Und doch …» Ihre Stimme war weich, aber kraftvoll, wie das Rauschen des Meeres. «… ist ein Teil von dir immer hier geblieben.»

Mia blinzelte, verwirrt. Das Wort oder war es ein Name, den die Ältere verwendet hatte, klang fremd und doch vertraut, wie ein Echo aus einer anderen Zeit. «Dagwáang? Ich … ich weiß nicht, was das heißt.» Mias Stimme zitterte, ihre Unsicherheit war spürbar.

Ein sanftes Lächeln umspielte die Lippen der Anderen. «Das wirst du erfahren. *Xuuya Naay*, die Raven Lodge, hat dich gerufen. Es ist kein Zufall, dass du zurückgekehrt bist. Ich habe deine Ankunft erwartet.»

Mia spürte, wie ihre Beine nachgaben, und sie ließ sich auf eine der verhüllten Möbelstücke sinken. Der Stoff war rau unter ihren Fingern, aber er bot Halt. Ihr Kopf drehte sich vor Fragen, doch sie konnte keine davon aussprechen.

Die Ältere kniete sich vor sie hin, ihre Hände leicht auf Mias Knie gelegt. Ihre Berührung war warm, erdend, als wollte sie Mia zurück ins Hier und Jetzt holen.

«Du bist hier, weil deine Geschichte noch nicht zu Ende erzählt ist. Es gibt Antworten, die nur dieser Ort dir geben kann. Doch Antworten kommen nicht ohne Fragen, und manchmal schmerzen sie. Das musst du wissen.»

Mia schluckte, ihre Kehle war trocken. «Warum jetzt? Warum nicht früher? Und … wer bist du?» Einzelne Bildfetzen flirrten vor ihrem geistigen Auge. *Die ältere Frau… die, die mit Mum geredet hat…*

Die Ältere richtete sich langsam wieder auf. Ihre Augen blickten tief in Mias, als suchten sie nach etwas.

«Ich bin eine Bewahrerin. Und für dich … eine Brücke zur Anderswelt. Du wirst verstehen. Aber zuerst musst du zuhören.»

Mia nickte langsam, als hätte sie keine andere Wahl. Der Raum fühlte sich plötzlich enger an, wärmer. Es war, als ob die Wände tatsächlich Augen hatten – und Ohren.

Die Ältere drehte sich zur Tür und ließ ihren Blick kurz darauf ruhen, bevor sie Mia wieder ansah. «Die Lodge hat dich zurückgebracht. Sie wird dir zeigen, was du wissen musst. Komm.» Ohne zu zögern trat die Frau zur Mitte des Raums und zog mit einer geschmeidigen Bewegung das Tuch von einem alten Tisch. Darauf lag ein Gegenstand, der

Mias Atem stocken ließ: ein geschnitzter Stab, an dessen Ende eine Feder befestigt war.

Der Stab! Mia erkannte ihn sofort. Er war derselbe, den sie in ihren Erinnerungen gesehen hatte – im Raum der Visionen, zusammen mit der älteren Frau.

«Das hier», sagte die Ältere leise, «wird dir helfen, den Weg zu finden. Nun musst du nur noch den Schlüssel erkennen.»

Mias Augen ruhten auf dem Stab. Die Stille im Raum war greifbar, schwer wie eine Decke, die auf ihr lastete. Der Stab schien zu pulsieren, als würde er selbst atmen, doch Mia blieb wie erstarrt. Ihre Beine weigerten sich, sich zu bewegen.

«Nutze ihn weise. Seine Kraft wird dich leiten.» Mit diesen Worten drehte sich die Ältere um und ging langsam in Richtung Tür. Ihre Bewegungen waren ruhig, fast zeremoniell, doch die Spannung im Raum blieb ungelöst.

«Bist du Chenoa?» Mias Stimme zitterte, aber sie fand den Mut, die Frage noch einmal auszusprechen.

Die Frau hielt inne, drehte sich jedoch nicht um. «Nein, Dagwáang. Chenoa ist die Frau, die dich mit nach Deutschland genommen hat.»

Die Worte durchbrachen die Stille wie ein Blitz, trafen Mias Herz mit voller Wucht. Sie blieben im Raum hängen, hallten nach, während die Tür sich hinter der Frau schloss. Mia saß noch immer auf dem Sessel, allein, das Echo ihrer Worte in ihrem Kopf: *Chenoa … nach Deutschland …? Mum? Mum ist Chenoa?!* Die Erkenntnis kam mit voller Wucht, während die Luft im Raum sich dünner anfühlte, kälter. Der Stab auf dem Tisch wirkte gleichzeitig nah und unerreichbar. Mias Hand zuckte, als wollte sie danach greifen, doch sie hielt inne. Was, wenn er Antworten brachte, auf die sie nicht vorbereitet war?

So lange du ein Geheimnis hast, bist du angreifbar

«Nichts kann existieren ohne Ordnung,
nichts kann entstehen ohne Chaos.»
(Albert Einstein)

D er Mond schien hell und voll. Sein Licht spiegelte sich auf dem *Burrard Inlet* und warf silberne Schatten in das Zimmer. Sara blickte gedankenversunken aus dem Fenster. Etwas Gehetztes lag in ihrem Blick. Sie kaute an ihrem Zeigefingernagel, ohne es zu bemerken. Auf dem Bett hinter ihr lagen verstreut Dokumente, Briefe und Zeitungsausschnitte – Beweise einer Vergangenheit, die sie zu begraben versucht hatte.

Was habe ich nur getan? Der Gedanke kreiste unruhig in ihrem Kopf wie ein Raubvogel, der keinen Landeplatz fand.

Die Tür öffnete sich geräuschlos. Max trat ein. «Warum stehst du hier im Dunkeln?»

Wie aus einer Trance erwacht, schreckte Sara auf und fuhr herum. Ihr Blick wanderte zwischen Max und dem Chaos auf dem Bett hin und her, bis er schließlich an Max haften blieb, der sie mit unverwandter Intensität ansah. Ihre Arme hingen wie leblose Zweige herab. Von ihren sonst so aristokratischen Zügen war keine Spur zu sehen. Max erkannte die Frau kaum wieder, die er liebte und geheiratet hatte. Sara atmete hörbar schwer ein und seufzte tief.

Da sie ihm keine Antwort zu geben schien, trat Max näher, sein Blick wanderte über die verstreuten Papiere. Er hob einen Zeitungsausschnitt auf und las die Überschrift: „War of the Woods". Regenwälder ... Sitka-Fichte ... Golden Spruce ... Tofino ... Umweltschützer kämpfen ... kulturelles Erbe bedroht.

«Was hat das zu bedeuten?», fragte er und hob den Kopf, seine meerblauen Augen waren unerbittlich. Sein Blick war keine Anklage, aber die Botschaft war klar: *Hör endlich auf, mich anzulügen.*

Sara bemühte sich, ihre beherrschte Haltung einzunehmen, doch sie zerbrach unter dem Druck.

Gerade als sie zu sprechen ansetzen wollte, fiel Max' Blick auf ein offizielles Dokument – ein Gerichtsbescheid der Provinz British Columbia. Seine Gesichtszüge entgleisten. Der Zeitungsartikel segelte zu Boden, zusammen mit seiner Fassung. «Wer bist du?» Seine Stimme zitterte vor unterdrücktem Zorn. «Sara ... ich kenne dich nicht mehr!»

«Ich weiß...! Was habe ich nur getan?!» Die Worte brachen aus ihr heraus wie ein Dammbruch. Ein tiefes Schluchzen entfuhr ihrer Kehle, beladen mit lang gehüteten Ängsten und Geheimnissen.

Max' Blick wurde noch dunkler, die Farbe seiner Augen ähnelte der aufgepeitschten See. Seine langgliedrigen Finger verkrampften sich zu Fäusten.

Lauernd standen sie sich gegenüber, wie zwei Gegner, die darauf warteten, dass der andere die Deckung aufgab.

«Du hast sie im Unklaren gelassen, Sara? Sie ist allein nach *Haida Gwaii* gereist, um die Wahrheit zu erfahren. Und du wusstest, was sie dort finden wird. Wie konntest du das zulassen?!» Seine Worte, hart und unnachgiebig, durchbrachen die Stille wie ein Überschallknall. «Du hast ihr bereits den Vater vorenthalten, die Wahrheit über seinen Tod. Und jetzt auch das?! Sara … was ist bloß in dich gefahren? Ich halte das nicht mehr länger aus! Bring das verdammt nochmal endlich in Ordnung!» Seine Fäuste öffneten sich, die aufgestaute Energie entwich zusammen mit seiner Wut. Max drehte sich auf dem Absatz um, riss die Tür auf und knallte sie mit voller Wucht hinter sich zu.

Der Knall hallte in Sara nach, ließ ihre Fassade endgültig bröckeln. Sie zuckte zusammen, hob die Hände vors Gesicht und gab dem verzweifelten Strom ihrer Tränen nach. Ihre Beine gaben nach, und sie sank kraftlos auf den Boden. *Warum nur habe ich sie im Unklaren gelassen?* Die Frage lastete auf ihrem Herzen wie ein schwerer Stein, der alles Leben darunter erstickte. Angst war ein schlechter Ratgeber gewesen, und sie hatte nicht den Mut aufgebracht, sich ihr zu stellen. Die verstreuten Dokumente auf dem Bett waren

Zeugen ihrer Schuld – ein Verrat an sich selbst und an dem Leben, das sie einst hatte führen wollen. Unbeherrscht schlug Sara die Papiere zur Seite. «Schluss mit den Geheimnissen!» Ihre Stimme war heiser, aber fest. «Ich muss zu ihr. Ich muss sie finden. Und zwar sofort. Noch bevor es zu spät ist!»

* * *

Mia saß wie erstarrt. Eine kleine Ewigkeit lang hatte sie einfach nur auf den Stab geschaut. Die Sonne war längst untergegangen, und der Mond war die einzige Lichtquelle im Raum. Sein silbernes Licht tanzte über den geschnitzten Linien des Holzes und verlieh dem Stab eine beinahe lebendige Aura. In ihrem Kopf herrschte ein Vakuum, das alle Fragen in die hintersten Winkel ihres Verstandes drängte – zusammen mit den dazugehörigen Gefühlen. Plötzlich sprang sie auf. Die Bewegung war impulsiv, fast instinktiv. Sie steuerte auf den Tisch zu und streckte die Hand nach dem Stab aus. Ein feines Pulsieren ging von ihm aus, das über ihre Finger durch ihren gesamten Körper strömte. Es war, als würde die Energie jede Zelle und jede Pore durchdringen, sie mit einer Kraft erfüllen, die ihr fremd war und doch seltsam vertraut erschien. Wie angewurzelt blieb Mia stehen. Sie musste sich an der Tischkante festhalten, um den Stab nicht einfach loszulassen. Die Intensität der Energie war überwältigend, wie ein Stromschlag, der nicht schmerzte, sondern lebendig machte. Ihre angespannten Armmuskeln zitterten leicht, während sie sich an die neue Energie gewöhnte.

«Und jetzt?» Ihre Stimme durchbrach die Stille, doch sie

klang fremd in ihren eigenen Ohren – als hätte sie sich selbst noch nie wirklich sprechen gehört. «Was kannst du?» Sie hob den Stab ein wenig höher und spürte, wie die Kraft in Wellen durch sie floss. «Welche magischen Kräfte besitzt du? Machst du mich zu Harry Potter?» Ein leises Lächeln stahl sich über ihre Lippen, doch es hielt nicht lange. Der Stab schien in ihrer Hand zu antworten, nicht mit Worten, sondern mit einem stärkeren Pulsieren, das ihre Zweifel verstummen ließ. Mia stand still, den Blick auf den Stab gerichtet, während der Mond sein Licht weiterhin auf ihn warf. Sie wusste nicht, was als Nächstes geschehen würde, aber eines war klar: Dieser Moment würde ihr Leben verändern. Und da wusste sie plötzlich, was sie tun wollte.

Der Stab lag fest umschlungen in ihrer rechten Hand, als würde sie sich an ihm festhalten, um nicht in den Strudel ihrer eigenen Gedanken gezogen zu werden. Sie drückte ihn fest an ihre Brust, spürte die pulsierende Energie, die wie ein Herzschlag durch ihr Inneres widerhallte und sich mit dem ihren verband. Mit klarer, fester Stimme – einer Stimme, die nicht länger zögerte – sprach sie. Ihre Worte waren an einen imaginären Ort gerichtet, irgendwo tief in der Anderswelt: «Wicasa … ich rufe dich. Bitte hole mich zurück. Ich möchte beenden, was ich begonnen habe.» Die Worte hallten in der Stille des Raums wider, als würden sie von den Wänden aufgesogen und doch in einer fremden Sphäre widerhallen. Ein leises Vibrieren durchzog die Luft, kaum wahrnehmbar, aber doch spürbar. Es war, als hätte die Welt um sie herum geantwortet. Kaum waren die Worte verklungen, begann sich der Raum um sie zu drehen. Erst langsam, dann immer schneller, als würde eine unsichtbare Macht die Grenzen der greifbaren Realität verschieben.

Mia wusste, was nun passieren würde. Sieschloss die Augen und hielt den Stab noch fester an sich gedrückt, sein pulsierender Rhythmus verschmolz nun vollkommen mit ihrem eigenen Herzschlag. Sie spürte, wie die Energie um sie herum dichter wurde, fast greifbar, wie ein Sturm, der nur darauf wartete, sie mit sich zu reißen. *Lass es geschehen.* Der Gedanke war plötzlich da, klar und beruhigend. Mia gehorchte. Sie widerstand nicht, sondern gab sich der unaufhaltsamen Bewegung hin, ließ sich in den Strudel ziehen, der sie umgab. Und im nächsten Moment hörte sie ein leises Summen, tief und vibrierend, wie ein Echo aus einer fernen Welt. Vor ihr flackerte die Luft, verzerrte sich, bis sich plötzlich ein Tor öffnete – schimmernd, pulsierend, ein lebendiger Vorhang zwischen hier und dort. Das Licht, das von dem Tor ausging, war unbeschreiblich. Es war warm und kalt zugleich, voller Farben, die keine Worte kannten. Mia spürte keinen Zweifel mehr. Sie wusste, dass dies der Moment war, auf den sie gewartet hatte. Ohne zu zögern trat sie hinein.

Kaum hatte Mia den ersten Schritt durch das schimmernde Tor gesetzt, spürte sie, wie die Welt um sie herum verschwand. Der Boden unter ihren Füßen fühlte sich gleichzeitig fest und formlos an, wie Wasser, das eine unsichtbare Struktur bildete. Ein flüchtiges Kribbeln lief über ihre Haut, als würde die Luft selbst sie willkommen heißen – oder prüfen, ob sie bereit dafür war. Sie atmete tief ein und spürte eine Mischung aus frischer, erdiger Kühle und einer seltsamen Wärme, die ihr Herz schneller schlagen ließ. Das Licht veränderte sich. Was eben noch wie ein Vorhang aus Farben war, wurde zu einem weiten Raum, der keinen Anfang und kein Ende hatte. Schatten und Licht schienen miteinander zu tanzen wie Sterne, als würden sie eine Geschichte erzählen, die Mia nicht verstand – noch nicht. Doch sie fühlte es. Eine Präsenz. Nicht bedrohlich, aber gewaltig, allumfassend. *Du bist zurückgekommen.* Die Worte waren nicht gesprochen, sondern klangen in ihrem Inneren, als wären sie Teil von ihr selbst. Mia hielt den Stab fester. Sie spürte, dass er vibrierte, als würde er auf etwas reagieren, das nur er wahrnehmen konnte. «Wicasa?» Mias Stimme war leise, fast ein Flüstern, doch die Frage hallte um sie herum, tausendfach, bis sie sich in der Stille verlor.

«Du bist also zurückgekommen», hörte Mia die vertraute Stimme des Raum-Zeit-Wandlers sagen. Sie war sanft, aber durchdringend, als würde sie nicht nur ihre Worte, sondern auch ihre Gedanken lesen.

«Ja, Wicasa. Das bin ich», antwortete Mia. Sie spürte seine Kraft, vertraut und doch überwältigend, wie eine unsichtbare Welle, die sie umgab. Ihre Stimme war klarer, als sie erwartet hatte. «Ich muss beenden, was ich begonnen habe.»

Der Achak schwieg einen Moment, seine dunklen, unergründlichen Augen ruhten auf ihr. Es war, als prüfe er die Schwere ihrer Worte, wäge ihre Entschlossenheit ab. Schließlich nickte er langsam, und seine Silhouette löste sich aus dem flirrenden Lichtstrudel, wurde greifbarer. «Die Zeit ist reif», sagte er mit leiser, aber durchdringender Stimme. Seine Präsenz umhüllte Mia wie ein Mantel aus reiner Energie – beruhigend und ehrfurchtgebietend zugleich. Mit jedem seiner Schritte schien die Luft um sie dichter zu werden, wie ein unsichtbarer Druck, der sie gleichzeitig forderte und stützte. Seine Augen – dunkel, tief, voller Geheimnisse – trafen Mias Blick und hielten ihn fest. «Bist du bereit, den Weg zu weiterzugehen, den du verlassen hast?» Seine Worte trugen das Gewicht einer alten, unausgesprochenen Wahrheit, die zwischen ihnen schwebte wie ein unausweichliches Schicksal.

Mia straffte die Schultern. Sie fühlte den Stab in ihrer Hand noch immer pulsieren, eine stille Kraft, die sie zu stützen schien. «Mehr als das bin ich bereit», sagte sie mit einer Entschlossenheit, die sie selbst überraschte.

Wicasas Mundwinkel zuckten, fast wie der Hauch eines Lächelns. «Dann lass uns zurückkehren an jenen Ort, den du hinter dir lassen wolltest.»

Ein Summen erfüllte die Luft – tief und vibrierend, als hätte die andere Welt nur auf Mias Antwort gewartet. Der Lichtstrudel begann sich erneut zu bewegen, diesmal schneller, lebendiger – jetzt zog er sie also wieder zurück in die Anderswelt. *Endlich!*, dachte Mia erstaunt und konnte diesen klaren Gedanken und das süß brennende Gefühl der Vorfreude selbst kaum fassen.

***

DIE FLÜSTERNDEN BÜCHER

*«Irgendwann wird einem klar, dass alles ein Traum ist
und nur geschriebene Dinge die Möglichkeit haben, wirklich zu sein.»*
(Unbekannt)

Als sich der Lichtstrudel langsam wie ein schimmernder Regenbogen auflöste, standen sie allein auf dem Vorplatz der Drachenburg. Genau an jener Stelle, an der Mia den Wicasa gebeten hatte, sie zurück in ihre Welt zu lassen. Nichts hatte sich verändert. Und dennoch … alles! Wie ein dunkler Schatten vergangener Taten erhob sich das fast zerstörte Gemäuer über der verbrannten Erde am Klippenrand. Der einstige, machtvolle Sitz der Feuerdrachen hatte seinen Glanz verloren, doch seine Zinnen und Türme ragten noch immer geheimnisumwittert und bedrohlich in den Himmel. Die kohlrabenschwarzen Wolken darüber schienen sich um die Burg zu winden, als würden sie das, was dort geschah, für sich behalten wollen. Mia ließ ihren Blick schweifen. Die Hände zu Fäusten geballt, suchte sie die Umgebung vergeblich nach den anderen... nach ihm ab. *Warum bin ich überhaupt hier? Will ich das wirklich?!* Der Gedanke durchzuckte sie, doch sie schob ihn sofort beiseite. «Wo sind alle hin?» Ihre Stimme klang fester, als sie sich fühlte.

Der Achak stand ihr gegenüber, eingehüllt in seinen Umhang, so still wie der Rest dieser Welt. Langsam griff er nach seiner Kapuze, zog sie herunter und offenbarte ein Gesicht, das mehr wusste, als er je verraten würde. Seine Augen ruhten lange auf Mia, bevor er antwortete. «Sie folgen einer Spur.»

Mia drehte sich abrupt zu ihm um, ihr Blick eine Mischung aus Erwartung und Ungeduld. «Welcher?» Sie bemühte sich um einen beiläufigen Ton, doch die Enttäuschung, die sich in ihre Frage schlich, war unverkennbar.

Ein leichtes Schmunzeln huschte über Wicasas Gesicht – ein kaum wahrnehmbares Spiel aus Amüsement und Zurückhaltung. Es war seine Art, Dinge unausgesprochen zu lassen, sie in Spannung zu halten. «Der Feuerelf ist zusammen mit dem fehlenden Teil des Lichtschwertes verschwunden. Prinzessin Noori und die beiden Assassinen folgen ihm.» Tans Namen sprach er absichtlich nicht aus.

Mia öffnete den Mund, um etwas zu sagen, hielt dann jedoch inne. Ihre Fäuste blieben geballt, als wolle sie sich an ihrer eigenen Energie festhalten. Nach einem Moment des Zögerns nickte sie langsam, ließ die Spannung aus ihren Fingern entweichen und sagte schließlich: «Verstehe! Es ist seine Berufung, sein Schicksal, die beiden Teile des Schwertes zusammenzuführen.» Ihre Worte klangen nüchtern, fast mechanisch, obwohl ihr Inneres vor Enttäuschung brannte. Sie wollte hier sein. Oder doch nicht? *Was ist mit mir? Wo soll ich beginnen?* Die dumpfe Schwere ihrer inneren Stimme verriet mehr, als sie wollte, und Wicasas intensiver Blick las jedes unausgesprochene Wort. Er schwieg, ließ ihre Gedanken in der Stille reifen. Schließlich brach Mia das Schweigen, schüttelte den Kopf und zwang sich zu einem grinsenden Ausdruck. Es war ein Lächeln, das sowohl Mut als auch Trotz in sich trug. «Meine Berufung ist es, die Wahrheit über mich herauszufinden. Jetzt muss ich nur wissen, was der nächste Schritt ist.»

✳✳✳

«Das fragst du am besten die flüsternden Bücher», entgegnete der Achak mit einem leichten Anflug von Geheimnis in seiner Stimme.

Mias Augenbrauen zogen sich skeptisch zusammen. «Die flüsternden Bücher?» Ihre Worte hingen in der Luft, während sie den Achak aufmerksam musterte.

Er hob die Hand, wie um sie zu beruhigen, und wandte sich langsam zur Burg. «In der Bibliothek der Feuerdrachen liegt mehr verborgen, als Worte allein erklären können. Die Bücher sprechen nur zu denen, die bereit sind, zuzuhören.»

Mia schnaubte leise, doch ihre Neugier wuchs. «Und wenn ich nicht bereit bin?»

Der Achak hielt inne und warf ihr einen intensiven Blick

über die Schulter zu. «Oh, du bist bereit, Mia. Du wärst nicht hier, wenn du es nicht wärst.» Die Worte hatten eine Schwere, die Mia unwillkürlich schlucken ließ. Ohne eine weitere Erklärung schritt der Achak voraus, sein Umhang flatterte leicht im aufkommenden Wind.

Zögernd folgte Mia ihm. Der Weg zur Burg war übersät mit Rissen und verkohltem Boden, die Narben der vergangenen Schlacht. Der Eingang, nur mehr noch ein zerbrochener Bogen, von dem sich Trümmer und Schutt auf den Boden ergossen. Mia erinnerte sich nur zu gut, was sich dort ereignet hatte. Noch einmal zogen die Bilder an ihrem inneren Auge vorbei: der Kampf zwischen Tan und dem abtrünnigen Feuerelf, die bebende Erde und der berstende Knall, als die Kriegerfee sich schützend in das Gefecht warf – und dabei starb. Mia fröstelte bei dem Gedanken daran und schob ihn hastig in die hinterste Ecke ihres Verstandes. «Sieht noch weniger einladend aus als beim letzten Mal», murmelte sie, als sie unter dem düsteren Torbogen hindurchtrat.

«Wahrheit ist selten einladend», erwiderte der Achak ruhig. Doch sein Tonfall verriet, dass er genau wusste, worauf sie anspielte.

Das Innere der Burg war kalt und still. Die Schatten schienen zu atmen, sich zu bewegen, als erzählten sie Geschichten. Mia und der Achak schritten weiter durch die Gänge, bis sich vor ihnen zwei gewaltige Türen aus dunklem Holz erhoben, verziert mit eingravierten Symbolen, die im schwachen Licht schimmerten. Der Achak legte eine Hand auf den Türknauf und drehte sich noch einmal zu Mia um. «Die Bibliothek liegt jenseits dieser Schwelle. Aber bedenke: Die Bücher geben nur das Preis, was du wirklich wissen willst. Und manchmal ... ist die Wahrheit schwerer zu tragen, als du glaubst.» Mit diesen Worten öffnete er die Türen.

Ein schwaches, flüsterndes Murmeln drang aus der Dunkelheit hervor. Es war, als sprächen Hunderte von Stimmen gleichzeitig, leise und eindringlich. Mia trat einen Schritt näher, und ein Schauer lief ihr über den Rücken. Vor ihr lag die Bibliothek der flüsternden Bücher. Die Regale reichten bis in die Ewigkeit, gefüllt mit alten, schimmernden Bänden, die pulsierende Lichter wie Herzschläge ausstrahlten. Ein feiner, silberner Nebel schwebte zwischen den Reihen, und die Stimmen wurden lauter, je näher sie kam. Das übertraf alles, was Mia jemals zu sehen bekommen hatte. Und noch weniger hätte sie in dem zerstörten Zeugnis alter Schuld eine solch unzerstörbar magische Pracht erwartet. Mia atmete tief durch. «Na schön», flüsterte sie zu sich selbst. «Lasst uns sehen, was ihr zu sagen habt.»

***

Mit Bedacht wählte Mia jeden ihrer Schritte, als sie den heiligsten aller Orte betrat. Die große, schwere Eingangstür schloss sich langsam hinter ihr, sperrte die Härte der Außenwelt aus und entließ sie in eine goldene Wärme – die Träume einer Weltenseele, gefüllt mit allen Worten, die seit dem Anbeginn der Zeit jemals gesprochen worden waren. Ein Hauch von Ehrfurcht legte sich auf ihre Schultern, als sie den Raum durchquerte. Die Luft war durchzogen von einer sanften, vibrierenden Energie, die ihr Herz auf eine Weise erreichte, die sie nicht erklären konnte. Sie wusste nur, dass sie angekommen war – inmitten von Möglichkeiten, die darauf warteten, wahrhaftig zu werden. Jedes Lebewesen, so hatte der Achak noch gesagt, bevor die Türen sich schlossen, hatte ein eigenes Buch – ein Buch, das seine Geschichte, seine Wahrheit, seine Vergangenheit und seine Zukunft in sich trug.

Die Schwingung des Raums trug nun ihre Schritte, wie eine unsichtbare Hand, die sie leitete. Mia ließ ihre Finger sanft an den Buchrücken entlanggleiten. Die Bände flüsterten, wisperten, erzählten Geschichten in fremden Sprachen. Einige Worte waren nur ein leises Raunen, andere klangen klarer, voller Kraft und Sehnsucht. Mias Herz lauschte gebannt, eingehüllt in den Klang dieser lebendigen Stimmen. Doch dann – plötzlich – fühlte sie eine Veränderung. Ihre Finger blieben an einem Buch stehen. Ein unerklärliches Ziehen in ihrer Brust ließ sie innehalten, als hätte die Zeit für einen kurzen Moment angehalten. Der Buchrücken schimmerte in einem zarten Goldton, und ein warmes Licht strahlte aus dem Einband. Ihre Hand zitterte leicht, als sie das Buch aus dem Regal zog. Es war nicht besonders groß, aber es fühlte sich schwer an, als trüge es all das Gewicht einer Welt in sich. Die Schrift auf dem Einband war elegant, geschwungen und doch schlicht. Mia flüsterte unbewusst, als sie die Worte auf dem Einband las: «Das Buch deines Lebens.» Ein Schauer lief ihr über den Rücken. Alles um sie herum verstummte – die flüsternden Stimmen, die fremden Sprachen, sogar der Atem des Raums schien sich zurückzuziehen. Sie öffnete vorsichtig den Einband. Die ersten Seiten waren leer, doch je weiter sie blätterte, desto mehr Worte erschienen – leuchtende Zeichen, die lebendig wirkten und sich über das Papier bewegten. Sie spürte die Wärme der Worte und die Geschichten, die sie erzählten, tief in ihrer Brust. Es war nicht nur ein Buch. Es war ein Teil von ihr, mit dem sie augenblicks verschmolz.

Tan beugte sich tief nach vorne, sein Griff fest in Arokhs geschupptem Nacken verankert. Der chilirote Feuerdrache reagierte sofort auf den Befehl, seine mächtigen Flügel zerschnitten mit unbändiger Kraft die schwarzen Wolken, die wie lebende Schatten an ihnen vorbeizogen. «Schneller, Arokh! Wir dürfen nicht zu spät kommen!» Tans Stimme war rau, getrieben von einer Dringlichkeit, die ihm die Luft abschnürte. Unter ihnen erstreckte sich eine Landschaft des Chaos. Flüsse aus glühendem Lavagestein schlängelten sich durch zerklüftete Schluchten wie brennende Adern, und dicke Aschewolken stiegen wie stumme Zeugen der bevorstehenden Apokalypse in den Himmel. Doch Tan ließ sich nicht ablenken. Sein Blick war auf den glühenden Horizont fixiert, wo die heraufbeschworene dunkle Kraft ihre Schatten ausbreitete wie ein Netz aus Finsternis. Hinter ihm flogen Prinzessin Noori und der Windelf auf ihren Drachen. Die tosende Luft zerrte an ihnen, doch ihre Haltung blieb aufrecht, ihre Blicke fest. *Ich bin bereit*, dachte Tan. Das vertraute Ziehen des zusammengefügten Lichtschwertes in seinem Geist verschmolz mit seinem Puls, zog ihn unaufhaltsam voran.

«Tan, wir brauchen einen Plan!» rief die Prinzessin gegen den Sturm. Ihre Stimme war scharf, drängend.

Er drehte den Kopf leicht, seine Augen funkelten mit einem Funken Trotz. «Einen Plan? Das Einzige, was wir haben, ist unsere Entschlossenheit!»

Noori schüttelte den Kopf, und für einen Moment spiegelte sich eine Mischung aus Frustration und Sorge in ihrem Gesicht. Ihre Haltung aber bewahrte sie. «Das reicht nicht. Wir müssen strategisch vorgehen, sonst –»

Ein ohrenbetäubender Knall ließ ihre Worte verstummen. Schwarze Flammen schossen aus dem Boden empor, zerrissen die Stille und verdunkelten den Himmel. Arokh reagierte instinktiv, zog scharf nach oben, seine mächtigen Flügel trugen sie gerade noch aus der Reichweite der Zerstörung.

«Verdammt!», knurrte Tan, während er seinen Halt festigte und Arokh in eine sichere Position brachte.

Die Prinzessin und der Windelf blickten hinunter. Dort, wo die Flammen loderten, erhob sich etwas aus der Dunkelheit – eine gewaltige Kraft, geformt aus Schatten und brennender Wut. Es war wie ein Manifest des Chaos selbst, und doch …

Das ist sie…, dachte Tan. *Das ist die dunkle Energie… heraufbeschworen von diesem selbstsüchtigen Feuerflammer!*

Nooris Gesicht war blass, doch ihre Stimme zitterte vor Entschlossenheit. «Tan, wir müssen zusammenarbeiten. Alleine wirst du –»

Tans Worte unterbrachen sie, seine Stimme kalt und doch von einer seltsamen Wärme durchzogen. «Roni, was immer du jetzt vorhast … ich werde dich zu Fall bringen!» Er straffte die Schultern, seine Hände schlossen sich fester um Arokhs Zügel. «Ich weiß, was ich tun muss.»

Die Prinzessin öffnete den Mund, doch bevor sie sprechen konnte, schrie der Windelf: «Dann los! Zeit zu reden haben wir keine!»

Arokh stürzte sich mit einem gewaltigen Flügelschlag in die Tiefe, ein rotglühender Pfeil, der direkt auf die dunkle Bedrohung zusteuerte. Hinter ihm folgten die Prinzessin und der Windelf. Der Kampf sollte beginnen.

✳✳✳

Mia saß auf dem kalten Boden, das Buch mit aufgeschlagenen Seiten vor sich. Es begann zu flüstern, leise und eindringlich, wie der Wind, der Geschichten von vergangenen Zeiten trägt. Die Worte, zunächst kaum greifbar, entfalteten ihre Kraft, sickerten in ihren innersten Kern und übertrugen sich als Bilder, die vor ihrem geistigen Auge auftauchten. Es erzählte von ihrem Leben. Einem Leben, das begann … als ein anderes endete. Goldene Lettern zogen sich über die Seite, formten einen Satz, den Mias Herz längst ahnte. Ihr Atem ging flach, ihr Puls raste wie ein entfesselter Schnellzug. Ihr Gesicht, kreidebleich, spiegelte das wider, was in ihrem Inneren geschah. Auch ihre Welt hatte plötzlich alle Farbe verloren. Das Bild einer jungen Frau erschien vor ihr. Dunkle Augen, ein weiches Gesicht, von Wärme erfüllt – ihre Mutter. Eine *Haida*! Sie lag da, das

Neugeborene – Mia – auf ihrer Brust, ihre Lippen formten ein letztes Lächeln, bevor es geschah. Eine Embolie. Ein plötzlicher, unerbittlicher Angriff auf ihren Körper. Der Atem stockte, die Augen schlossen sich, und die Wärme verließ ihren Körper, noch bevor die Welt sie richtig erfassen konnte.

Die Wahrheit traf Mia wie ein Fausthieb in den Bauch. Selbst vorbereitet war sie nicht bereit, als die geschriebenen Worte zu ihrer Wirklichkeit wurden. Ein großes Loch klaffte in ihrem Inneren, dort, wo zuvor noch Wärme und Hoffnung waren. Ihre Hände, kalt wie Eis, umkrallten das Buch, als könnte sie sich daran festhalten, um nicht von den Wellen ihrer Gefühle fortgerissen zu werden. Ihr Atem beschleunigte sich, viel zu schnell, sie rang nach Luft, kämpfte gegen die Panik, die wie ein Sturm durch sie fegte. «Ich. Kann. Das. Nicht.» Die Worte so schwer wie Felsbrocken, drückten sich aus ihrem Mund, während der Schmerz sich unbarmherzig in ihrem Brustkorb festsetzte. Es war, als raubte er ihr den Verstand, jede Faser ihrer Kontrolle. «Nein … nein …!» Sie schüttelte sich, als wollte sie die Wahrheit abschütteln, die Bilder wegwischen, die in ihrem Geist eingebrannt waren. Ein Laut, tief und roh, entstieg ihrer Kehle. Ein Laut, der aus den Urtiefen ihrer Seele kam, geformt aus einer Mischung von Schmerz, Verlust und einer Erkenntnis, die sie nicht greifen konnte. Die goldenen Lettern verschwammen vor ihren Augen, wurden zu einem Flimmern, das sie nicht mehr lesen konnte. Zumindest einen Teil ihrer Geschichte kannte sie bereits. Ihr Herz aber würde die Erinnerungen aufbewahren, wie ein stiller Hüter, der wusste, dass die Zeit kommen würde, alles freizugeben. Doch ihr Verstand ... er weigerte sich, weiterzulesen. Er war wie eingefroren, blockiert von einem einzigen Satz. Ein Satz, der sich mit einer Klarheit in ihre Gedanken brannte, die alle anderen Wahrheiten in den Schatten stellte: *ICH. BIN. EINE. WEISE.* Die Worte hallten in ihrem Geist wider, unaufhaltsam und unbarmherzig.

DER HEILIGE BERG

«Und so lang du das nicht hast, Dieses: Stirb und werde!
Bist du nur ein trüber Gast Auf der dunklen Erde.»
(Johann Wolfgang von Goethe)

Mit dem, was auf sie zukam, hatten sie nicht gerechnet. Roni hatte die Feuerelfen um sich geschart – jene, die wie er der dunklen Macht ihres Elements verfallen waren. Die korrumpierte Magie zog sie an wie ein Magnet, dessen Pole verdreht waren, eine falsche Anziehungskraft, die sie ins Verderben lockte.

Ihre Präsenz war bereits spürbar, noch bevor die drei Assassinen sie sahen – dunkel, bedrohlich, wie eine Armee apokalyptischer Drachenreiter, die den Himmel verdunkelte. Hinter Tan, Prinzessin Noori und dem Windelf Noam reihten sich die Krieger der drei verbliebenen Elfendynastien auf – Wind, Wasser und Erde. Auch ein paar wenige Feuerelfen standen ihnen bei, jene, die der Dunkelheit ihres Elementes widerstanden hatten. *Noch!* Die Schattenseite der Feuerenergie war stärker, als Tan es je für möglich gehalten hätte. Stärker als alles, was er sich jemals ausgemalt hatte. Er hielt Arokh ruhig in der Luft, doch in seinem Inneren tobte ein Sturm aus Zorn und Ohnmacht. *Kein guter Motor*, ermahnte er sich, doch es war, als würden seine Gedanken vom Lärm der Schlacht übertönt.

Arokh, sein treuer Feuerdrache, spürte die innere Unruhe seines Reiters, bewahrte jedoch die Ruhe.

«Formiert euch!», brüllte Tan und schwang sein Schwert gen Himmel.

Die Krieger schlossen auf, ein jeder gemäß seinem Element. Windelfen bewegten sich mit der Leichtigkeit des Sturms, Wasserelfen flogen geschmeidig wie Wellen, und die Erdelfen glitten mit erdiger Stärke. Gemeinsam mit Prinzessin Noori und Noam bildeten sie eine Phalanx.

Doch die Dunkelheit war überall.

Noch bevor sie überhaupt in Reichweite kamen, eröffnete Roni den Angriff. Energetische Feuersalven zerschnitten den Himmel, zerrissen die Formation und zerstreuten die Krieger wie Blätter im Sturm. Weder die mächtigen Wassersalven, das erbarmungslose Beben der Erde noch die ungezähmte Gewalt eines heraufbeschworenen Orkans konnten die entfesselte Macht des Feuerelements bezwingen. Die entfesselte dunkle Seite Energie pulsierte wie ein lebendiger Feuersturm, der alles verschlang, was sich ihm entgegenstellte. Die Elfenarmeen hatten nicht den Hauch einer Chance – ihre Kräfte, eigentlich so unerschütterlich, wirkten jetzt wie flüchtige Schatten gegen die gierige Präsenz des Feuers.

«Wir haben keine Chance! Unsere Elementarkräfte sind chancenlos gegen diese Übermacht!» Nooris Stimme bebte, blankes Entsetzen spiegelte sich in ihren Augen.

Elf um Elf fiel. Drachen, ihrer Reiter beraubt, flatterten führerlos durch das Chaos, bevor sie in die Tiefe stürzten.

«Zusammenbleiben!», brüllte Tan, doch seine Stimme ging unter im tosenden Getöse von Kampf und Flammen.

Sie kamen aus allen Richtungen – die verfallenen Feuerelfen, fliegend auf bezwungenen Feuerdrachen, die zu reiten ihnen verboten war. Ihre Gesichter wirkten wie Masken aus kaltem Stahl, und ihr Geist umnebelt von der dunklen Feuerenergie – sie kämpften mit gnadenloser Präzision. Und mitten unter ihnen war Roni.

Tan erblickte ihn. Der Zorn in ihm brannte so heiß wie das Feuer um ihn herum. Ohne nachzudenken, trieb er Arokh mit voller Kraft auf Roni zu. Kalter Schweiß lief ihm über das Gesicht, doch er bemerkte es nicht. Seine Gedanken waren leer, sein Herz verschlossen wie ein Stein in einem tiefen Felsverlies. Alles, was zählte, war der Moment. Er war kurz davor, sich selbst in der dunklen Energie des Feuerelements zu verlieren. Chepi, die Herrin des Feuers, hatte ihn davor gewarnt.

«Er wird ihn umbringen!», schrie Noori panisch, die Hand vor den Mund gepresst, ihre schimmernden Augen vor Entsetzen geweitet, ihr Körper in Wallung. Und sie kurz davor die Gewalt über ihr Element zu verlieren.

Tan kam näher. Zu nah.

Ein Funke Dunkelheit flackerte in Ronis Augen auf, ein kalter, berechnender Triumph, der wie ein Dolch durch Tans letzte Hoffnung schnitt – zu schnell, zu unerbittlich, um ihn noch rechtzeitig zu erfassen. Schon durchbohrte Ronis flackernder Feuerdolch Tans Unterleib, die Klinge glühte vor tödlicher Energie. Ein Zittern erfasste Tans Körper, als ihm die Kraft entwich. Er spürte, wie seine Hände den Griff verloren, wie die Welt um ihn herum in Schatten gehüllt wurde. Ein einziger, letzter Gedanke durchzuckte seinen Geist – zusammen mit all den tief vergrabenen Emotionen: *Mia, ich liebe dich. Für immer dein.* Arokh brüllte, ein Schrei aus Wut und Schmerz, während Tan fiel. Sein Körper schlug hart auf dem Boden auf, mitten im immergrünen Feenwald des heiligen Berges. Arokh brüllte abermals, sodass die Luft erzitterte. Der Drache drehte sich im Chaos der Schlacht, seine Flügel schlugen heftig, doch etwas in ihm blitzte auf. Ein Moment des Zögerns – ein Wimpernschlag, in dem die Verbindung zwischen Reiter und Drache beinah zerrissen wäre. Mit einem letzten, tiefen Brüllen wandte sich Arokh ab, seine mächtigen Flügel trugen ihn fort, hinaus aus dem tosenden Inferno, hin zu einer Sicherheit, die weder für Tan noch für die anderen existierte. Sein Fehlen hinterließ eine Leere, die das Schlachtfeld noch dunkler machte, als hätte das letzte Licht den Mut verloren, gegen die Dunkelheit anzukämpfen. Arokh aber hatte ein klares Ziel vor Augen.

«Ja, flieh, du verräterisches Wesen!»

Ronis hämisches Lachen erfüllte die Luft, eiskalt und triumphierend. Keine Spur von Reue mehr in seinem maskenhaften Gesicht, erhob er sich Nero gleich aus einem chaotisch und unkontrolliert wirkenden Feuerschein. Seine Gestalt - von der dunklen Feuerenergie umhüllt, die in unablässigen Flammenzungen an ihm leckte und ihn wie eine abscheuliche, doch mächtige Statue erscheinen ließ, als wären alle Augen nur auf ihn gerichtet.

«Tan!», stieß Noori hervor, ihre Stimme brach in einem verzweifelten Schluchzen. Doch sie konnte ihm nicht folgen, der Kampf forderte alles von ihr, zwang sie, um ihr eigenes Leben kämpfen. Mit aller Kraft, die in ihr tobte, bändigte die Prinzessin der Wasserelfen ihre aufgewühlten Emotionen zur Ruhe, um das Element in ihr zu kontrollieren. Das Wasser, das sich aus ihrem Inneren wie eine Flutwelle erhob, schien eins mit ihrem Herzschlag zu werden – stark und unaufhaltsam stürzte sie zusammen mit ihrem Drachen dem Feuersturm entgegen. Das Schlachtfeld war ein Ort des Chaos und der Verzweiflung. Es war kein Kampf mehr, sondern ein Gemetzel – ein unausweichliches Ende für die vereinten Elfenarmeen? Die Dunkelheit würde gewinnen. So jedenfalls schien es.

***

Der Tränenstrom war versiegt. Mia saß noch immer auf dem Boden, den Blick starr auf einen Punkt in der Leere gerichtet. Das Wispern und Flüstern der Bücher hatte längst wieder eingesetzt, doch ihre Sinne waren taub. Sie hörte es nicht. Ihr Herz jedoch schon.

«Und manchmal ... ist die Wahrheit schwerer zu tragen, als du glaubst.» Die letzten Worte des Achaks hallten in ihr wider, wie ein fernes Echo, das aus einer anderen Welt zu ihr drang. Langsam begann ihr Geist aus der Starre zu erwachen. Mias Atem erreichte ihre Lungen in gleichmäßigen Strömen, als würde jemand unsichtbar über sie wachen und sie sanft beatmen. *Meine Mum ... ist nicht meine Mum!* Der Gedanke traf sie mit der Wucht eines Felsbrockens, der tief in ihre Seele stürzte und dort Wellen schlug. Wie sollte sie mit dieser Erkenntnis umgehen? Wie sollte sie zurück in ihre Realität finden – und Sara jemals wieder in die Augen blicken? Ihr Verstand hatte keine Antwort. Das Buch in ihren Händen allerdings schon. Doch Mia, noch immer unfähig, weiter darin zu lesen, erhob sich langsam. Ihre Finger zitterten, als sie den schweren Band behutsam zurück an seinen Platz stellte.

«Du kannst nichts dafür», flüsterte sie leise, ihre Stimme kaum mehr als ein Hauch. Ob sie damit das Buch meinte oder Sara – die Frau, die sie siebzehn Jahre lang für ihre Mutter gehalten hatte – blieb offen. Das Buch verschmolz mit seinem Platz, als hätte es ihn niemals verlassen. Doch die Verbindung zu Mias Herz blieb bestehen, unsichtbar und unfühlbar, und wartete geduldig darauf, dass sie bereit war, sie erneut wahrzunehmen.

Mia drehte sich langsam um, ihre Bewegungen mechanisch, als trüge sie eine Last, die ihre Schultern nach unten zog. Der Raum um sie herum schien zu atmen, lebendig und voller Geheimnisse, doch Mia konnte die Stimmen nicht entschlüsseln. Sie wollte fliehen, weg von den Wahrheiten, die sich wie Ranken um ihr Herz geschlungen hatten. Doch noch bevor sie den Ausgang der Bibliothek erreichte, begann der Boden unter ihren Füßen zu vibrieren. Ein Flüstern, lauter und drängender als zuvor, erhob sich wie ein Chor von Stimmen.

«Warte.» Das Wort hallte durch den Raum, aber es kam nicht von den Büchern. Es war die Stimme des Achaks, der plötzlich vor ihr stand, seine Augen dunkel und voller Tiefe auf sie gerichtet. «Du kannst nicht gehen, Mia», sagte er ruhig, doch seine Stimme hatte eine Schärfe, die keinen Widerspruch duldete.

Mia hielt inne, ihre Hände ballten sich zu Fäusten. «Ich will das nicht. Ich kann das nicht», sagte sie, ihre Stimme bebend vor unterdrückten Gefühlen.

«Und doch bist du hier», entgegnete der Achak. Seine Worte schnitten durch ihre Ablehnung, sanft, aber bestimmt. «Du glaubst, deine Realität sei ein Ort, zu dem du zurückkehren kannst, ohne das Wissen, das du hier gefunden hast. Aber das ist eine Illusion.»

Mia schüttelte den Kopf, ein leises Zittern lief durch ihren Körper. *Er hat recht. Aber warum fühlt es sich an, als würde ich in zwei Hälften zerrissen werden?*

Der Achak trat näher, seine Präsenz füllte den Raum. «Die Wahrheit ist nicht dazu da, dich zu zerbrechen, Mia. Sie ist dazu da, dich aufzubauen. Die Verbindung zwischen den Welten ... zwischen dir und ihr ... ist noch nicht vollständig.

Du hast einen Teil gesehen. Aber der Rest wartet darauf, gefunden zu werden.»

Plötzlich hörte Mia ein anderes Geräusch – ein leises Flattern, wie von Flügeln. Sie blickte auf und sah einen Falken, der auf einem der hohen Regale saß und sie mit scharfem Blick musterte.

«Das Zeichen der Bewahrer», flüsterte der Achak, der ihre Gedanken gelesen hatte.

Der Falke breitete seine Flügel aus, sprang ins Nichts und verschwand in einem Lichtbogen, der direkt durch die Luft schnitt.

Mia starrte auf die Stelle, an der er verschwunden war. Ohne es zu wissen, hatte sie ihre Hand gehoben, ihre Finger berührten das Amulett mit der Feder an ihrem Hals.

«Folge ihm», sagte der Achak leise.

Mias Blick wurde fester. *Ich bin nicht bereit … aber ich werde es nie sein, wenn ich diesen Schritt nicht wage.* Sie drehte sich zu Wicasa um, ihre Augen glitzerten vor unentschlossenem Mut. «Wohin führt er mich?»

Ein verschmitztes Lächeln huschte über sein Gesicht, und für einen kurzen Moment schien es, als hätte die Dunkelheit in Mia nachgelassen. «Du wirst es bald wissen.»

«Schon klar, Wicasa. Nichts anderes habe ich erwartet.»

Sie atmete tief durch, Entschlossenheit lag in ihrer Haltung. «Also gut. Dann soll es so sein.» Ohne ein weiteres Wort des Abschieds drehte sich Mia zur Tür, öffnete sie und trat hindurch, als wäre es abermals das Tor zu einer anderen Welt.

***

Mit klopfendem Herzen betrat Sara den Friedhof von *Old Massett*. Vorsichtig lenkte sie ihre Schritte um die Gräber herum, jeden mit Bedacht gewählt, um nicht auf die Seelen der Verstorbenen zu treten. Sara ließ ihren Blick schweifen, doch Mia war nirgends zu sehen. Schließlich blieb ihr Blick an den Gräbern hängen. Es gab weder Kreuze noch Einfassungen. Kleine Steinplatten, die direkt in den Boden eingelassen waren, trugen die Namen der Toten und das Schutztierwappen ihrer Clans. Über dem gesamten Platz lag eine so tiefe, transzendente Traurigkeit und Leere, wie Sara sie von keinem anderen Friedhof kannte. Sie wusste um die Geschichte der *Haida*. Sie hatte lange genug dort gelebt, um sie mit jeder Faser ihres Seins zu spüren. Die Stimmen der Vergangenheit hallten an diesem Ort besonders laut. Sie flüsterten von den unsichtbaren Wunden der Kolonisierung, von Kindern, die in Internatsschulen ihre Sprache und Identität verloren hatten – nicht wenige sogar ihr Leben. *Das Auslöschen von Bräuchen, Gesängen, Geschichten – das war ein kultureller Genozid, die Zerstörung von Herzen und Seelen.* Sara atmete tief durch, doch ihre Brust fühlte sich eng an. *John konnte das nicht zulassen.* Er war ein Krieger der *Haida*, alles andere als ein stiller. Mit jeder Geschichte, die er bewahrte, mit jedem Ritual, das er mit einer solcher Sorgfalt durchführte, die ihr manchmal fast fremd erschien. Mit der gleichen Leidenschaft und Liebe hatte er gegen die Zerstörung seines

Landes, seiner ureigenen Wurzeln gekämpft, die Teil seiner Persönlichkeit waren – bis zu seinem Tod. Doch, was wusste sie schon dieser tief empfundenen Verbundenheit.

John White Cloud
1981 – 2010

Ihr Gedankenstrom versiegte. Sie hatte das Grab gefunden. Oder vielmehr hatte das Grab sie gefunden. Niedergedrückt von der Schwere ihrer Last fiel Sara auf die Knie. Eine Hand ruhte sanft auf dem Stein. Er fühlte sich kalt an unter ihren Fingern. So kalt. Die Kälte durchdrang sie wie ein Schauer. «Verzeih mir. I-ich konnte nicht … Ich konnte es ihr nicht sagen. Ich wollte ihr die Bürde ihrer Herkunft abnehmen, das Leiden ersparen. Aber im Grunde habe ich mich nur selbst belogen. Es war egoistisch und grausam von mir, ihr die Wahrheit über ihre Herkunft vorzuenthalten...» Ihre Stimme brach, und Tränen begannen über ihre Wangen zu laufen. *John liebte nicht mich,* dachte sie, während die Worte unaufhaltsam in ihr Bewusstsein drangen. *Sein Herz gehörte noch immer ihr – seiner Frau, die er verloren hatte. Alles, was ihm von ihr geblieben war, war ein altes Holzhaus, ein handgeschriebenes Buch, ein Stab … und ein Kind, Mia.* Die Wahrheit war brutal. Sara hatte es nur zu spät begriffen. Sie hatte einen Mann geheiratet, dessen Herz für sie verschlossen blieb. Und sie hatte das Märchen von der großen Liebe aufrechterhalten, von dem sie längst wusste, dass es nicht real war. Johns Tod kam unerwartet – gerade als sie den Entschluss gefasst hatte, ihn zu verlassen. Und plötzlich war sie eine junge Witwe mit einem adoptierten Kind. Allein und den Drohungen machthungriger Unternehmer ausgesetzt, die *Haida Gwaii* Stück für Stück zerstören wollten.

Sie hatten Johns Leben auf dem Gewissen – und beinahe auch das von Mia. Der Unfall, der sein Ende brachte, war kein Unfall. Sara wusste es, spürte es tief in ihrem Herzen. Doch niemand konnte es beweisen. Die Behörden hatten den Fall schnell geschlossen, zu schnell. Es hieß, es sei ein tragischer Unfall gewesen, eine Verkettung unglücklicher Umstände. Doch Sara erinnerte sich an die Wochen davor. An die Drohungen, die anonymen Briefe, die zerstörten Dokumente, die John so akribisch zusammengetragen hatte. Er hatte gegen die Ausbeutung der *Haida*-Gebiete gekämpft, gegen den Raubbau an Land und Seele. Und dafür wurde er zum Schweigen gebracht. Die Erinnerung ließ ihre Hände zittern. *Mia hätte auch sterben können.* Der Gedanke fraß sich wie ein glühender Dorn durch ihr Herz. Mia, kaum älter als zwei Jahre, war damals im Auto gewesen. Sie hatte überlebt – wie durch ein Wunder, sagten die Ärzte. Doch Sara wusste, dass es kein Wunder war, sondern eine Botschaft.

Ich musste sie retten. Ich hatte keine Wahl. Die Flucht nach Deutschland war mehr als ein Akt der Rettung gewesen. Es war ihre Kapitulation vor einer Macht, die sie nicht besiegen konnte. Sara schloss die Augen, ihre Hand noch immer auf dem kalten Grabstein. «Die Flucht nach Deutschland war meine einzige Rettung.» Die Worte waren ein schwacher Trost. *Vielleicht war es meine Rettung … aber nicht ihre. Ich wollte sie schützen. Aber vielleicht habe ich ihr damit mehr genommen, als ich ihr gegeben habe. Ich habe ihr die Möglichkeit geraubt, zu wissen, wer sie wirklich ist.* Die Schuld lastete schwer auf ihren Schultern, doch sie wusste, dass sie nicht ungeschehen zu machen war. Jetzt, mit jedem Schlag ihres Herzens, spürte sie die Wahrheit. Der Wind wehte sanft über den Friedhof, als wollte er die Stille nicht stören. Sara schloss die Augen. *Mia, Ich hoffe, du wirst mir eines Tages verzeihen.*

✳✳✳

Mia folgte dem Falken, der ihre Schritte aus der Drachenburg heraus, über den Vorhof lenkte. *Der Falke… ein Zeichen der Bewahrer?* Hatte nicht er sie überhaupt erst in die Anderswelt geführt? Mia erinnerte sich an seinen Ruf – so, als hätte er ihre Aufmerksamkeit gelenkt. «Wer oder was bist du? Und wohin führst du mich?» Der Falke blieb ihr die Antwort schuldig. *Vielleicht ist es auch besser so.* Wie in Trance setzte Mia einen Fuß vor den anderen – immer tiefer in die düstere Mondlandschaft der Feuerelfen hinein. Die verbrannte Erde unter ihren Schuhen schien ihre Gedanken und Gefühle widerzuspiegeln: rau, zersplittert, unversöhnlich. In ihrem Kopf tobte ein brennender Sturm, doch ihr Fühlen war wie eingefroren. Das Maß an Wahrheiten übervoll, jede neue eine Last. Mia fühlte sich wie ein Scherenschnitt, den man achtlos in der Mitte durchgerissen hatte. *Das habe ich ganz sicher nicht gewollt.*

«… und doch bist du hier», hatte der Achak gesagt.

Es war meine Entscheidung…! Mia bereute sie. Und dennoch… *Als halber Mensch über die Erde zu wandeln ist auch keine Option.* Der Ruf des Falken riss sie zurück in die verkohlte Realität, der sie sich nun anvertraut hatte. «Was? Öffnet sich jetzt wieder irgendein Tor? Erscheinen mir schon wieder irgendwelche Geister, die ich nicht gerufen habe? Oder bekomme ich endlich irgendwelche Superkräfte?» Ihre Worte klangen genervt, die Ungeduld in ihrer Stimme unverkennbar. Energisch blieb sie stehen, ihre Haltung trotzig, ihre Augen voller Wut. Doch der Falke kreiste ruhig weiter über ihr, als wäre er das einzige beständige Element in einer zerbrochenen Welt. Plötzlich begann der Stab, den Mia noch immer bei sich trug, zu vibrieren. Die Verbindung war sofort spürbar, so intensiv, dass es keine Möglichkeit gab, ihr zu entfliehen. Eine Kraft ging von ihm aus – stärker und durchdringender, als sie je erlebt hatte. Mit jedem Augenblick nahm sie an Intensität und Leuchtkraft zu. Ihr ganzer Körper wurde von einem Kribbeln erfasst, das bis in die tiefsten Winkel ihrer Seele drang. *Was ist das…?*

Und dann sah sie es. Das Strahlen. Ein leuchtender Kreis aus Gestalten, der sie umgab. Leuchtende, fast durchscheinende Figuren standen in stiller Anmut um sie herum. Jede von ihnen strahlte Wärme und Kraft aus, eine Präsenz, die Mia mit einem Gefühl von Stärke und Verbundenheit erfüllte. Sie fühlte deutlich die Anwesenheit ihrer Eltern unter ihnen. Und ihre Augen wurden weit, während sie begriff: *Ich bin nicht allein, bin Teil von ihnen. Das sind MEINE Ahnengeister.* Die Liebe und der Schutz dieser Wesen würden ihre Begleiter sein, eine stille Macht, die über sie wachte. Das Strahlen des Stabs verband sich nun vollständig mit Mias Körper. Es war, als würde sie selbst Teil der goldvioletten Lichtdusche ihrer Ahnen werden, als würde sie sich in der pulsierenden Energie auflösen. Einen Moment lang war alles Licht, Wärme und Gewissheit. Doch dann verging das Leuchten so schnell, wie es gekommen war. Die Ahnengeister verschwanden, und Mia fand sich wieder auf der verbrannten Erde, die still und unnachgiebig unter ihren Füßen lag. In ihrem Inneren aber brannte ein Feuer – ein Funke, der sich nicht löschen ließ. Ein Funke der universellen Ewigkeit, den sie zum ersten Mal deutlich spürte.

Mia stand wie angewurzelt, die Feder ihres Amuletts zwischen ihren Fingern. Der Falke war verschwunden, genau wie die Ahnengeister und doch lag eine seltsame Energie in der Luft. Ein fernes Grollen ließ den Boden unter ihren Füßen leicht erzittern. Sie spürte es, bevor sie es sah: eine Welle aus Wärme, die sie wie ein unsichtbarer Windstoß traf. Dann hörte sie es. Ein durchdringendes Brüllen, das die Luft erzittern ließ und ihren Herzschlag beschleunigte. Ihre Augen weiteten sich, als eine massive Gestalt durch die Schatten der Nacht brach. *Arokh!* Der Feuerdrache - majestätisch und furchteinflößend zugleich, sein schuppenbedeckter Körper leuchtete chillirot, das in der Dunkelheit flackerte wie lebendiges Feuer. Seine Augen trafen Mias, und für einen Moment konnte sie nichts anderes tun, als in ihrem Bann zu stehen.

«Arokh …?» Ihre Stimme war kaum mehr als ein Flüstern. «Wo ist dein Reiter?»

Der Drache beugte seinen massiven Kopf zu ihr hinunter,

seine glühenden Augen schienen direkt in ihre Seele zu blicken. Sie spürte keine Angst – nur dieses seltsame Kribbeln, eine Verbindung, die tief in ihr pulsierte. Dann sah sie es. Ein Bild, ein Gefühl, das Arokh in ihren Geist pflanzte: Tan, verletzt, blutend, sein Gesicht so bleich, wie ein Leichentuch, angespannt vor Schmerz – und doch war da etwas anderes in seinem Blick. Etwas, das Mia den Atem raubte. Ein Schauer lief ihr über den Rücken, als sie begriff. Seine Kräfte verließen ihn. «Wir müssen zu ihm», sagte Mia gegen ihre inneren Einwände an. Ihre Stimme aber klang fest. Arokh stieß ein leises, zustimmendes Grollen aus. Ohne Zögern kletterte Mia auf seinen breiten Rücken, ihre Hände griffen nach den rauen Schuppen, die sich warm und lebendig unter ihren Fingern anfühlten. Als sich der Feuerdrache mit einem mächtigen Flügelschlag in die Luft erhob, fühlte Mia den Wind in ihren Haaren, die Hitze seines Körpers und den Adrenalinstoß, der ihre Gedanken klärte. Sie wusste, dass sie keine Zeit verlieren durften. Tan brauchte Hilfe. *Will ich ihn überhaupt wiedersehen?* Der Gedanke ließ sie nicht los, während die Landschaft unter ihnen zu einem verschwommenen Gemälde aus Grün und Grau wurde. Doch tief in ihrem Inneren kannte sie die Antwort bereits. Sie schloss die Augen für einen Moment, denn etwas schwang in ihrem Inneren, das ihre Welt für immer verändern würde. *Ich bin bereit. Auch wenn längst nicht alle Fragen beantwortet sind.*

GIPFELSTÜRMER

«Die Liebe schenkt den Teil erst und dann das ganze All.»
(Rumi)

Der Drache kannte den Weg. Intuitiv folgte Arokh einer unsichtbaren Spur, während die Welt um sie herum immer dunkler wurde. Dichte Rauchschwaden verschlangen den Himmel, nahmen ihm jede Klarheit. Ein sicheres Zeichen dafür, dass sie dem Schlachtfeld näher kamen, das am Fuße des heiligen Berges tobte. Der Feuerdrache blieb ruhig, seine mächtigen Schwingen bewegten sich gleichmäßig, als könnten ihm die energetischen Feuersalven, die den Himmel durchzogen, nichts anhaben. Mia hingegen stockte der Atem. Unter ihnen lag ein Bild, das sie nicht fassen konnte. Die Nachrichten in ihrer Welt waren voll davon, Social-Media-Kanäle zeigten täglich ähnliche Szenen. Sie hatte sie hundertfach gesehen. Doch nichts davon hatte sie darauf vorbereitet, den sinnlosen Tod mit ihren eigenen Augen zu sehen. Live. Vor Ort. Direkt unter ihr.

Sie lagen verstreut. Elf um Elf. Die einst so schönen Gesichter waren bleich, entstellt, ihrer kostbaren Lebensenergie beraubt. *Aber wofür?* Ein Flüstern in ihrem Kopf schien die Frage zu wiederholen. *Wozu all das sinnlose Morden?* Mia fühlte, wie eine blinde Ohnmacht in ihr aufstieg, ein Gefühl, das sie nur zu gut kannte. Die Angst vor dem Morgen war ein unausgesprochener Begleiter ihrer Generation. Ein Schatten, der immer im Hintergrund lauerte. Arokh zog plötzlich eine scharfe Kurve, sein massiver Körper drehte sich in der Luft, und Mia wurde aus ihren Gedanken gerissen. Der Ruck war heftig, und beinah hätte sie den Halt verloren.

«Ist ja gut, ich höre ja schon auf damit», murmelte sie, ihre Hände klammerten sich fester um die Schuppen des Drachen. *Angst ist kein guter Begleiter.*

Der Drache antwortete nicht. Er brauchte keine Worte, um klarzumachen, dass es Zeit war, ihren Fokus auf das Hier und Jetzt zu richten.

Unter ihnen wurde die Szenerie klarer. Das Schlachtfeld war in Chaos getaucht, doch am Horizont, am Rande des heiligen Berges, schimmerte etwas. Etwas, das Mias Blick fesselte. Doch noch bevor sie das Ziel erreichten, durchzuckte ein gleißender Feuerschein die Luft, und Arokh wurde von einer Salve getroffen. Der Aufprall ließ ihn ins Straucheln geraten, seine mächtigen Flügel taumelten, während er verzweifelt versuchte, die Bahn zu halten – um Mia zu retten. Doch eine zweite Ladung traf ihn mit erbarmungsloser

Härte, direkt an der Basis seines rechten Flügels. Sein Brüllen durchschnitt die Luft wie ein Schrei aus Schmerz und purer Verzweiflung, ein Klang, der Mias Herz wie eine glühende Klinge durchbohrte. Der Feuerdrache bäumte sich auf, ein letzter Versuch, seine Kontrolle zurückzugewinnen, doch sein rechter Flügel sank leblos herab. Mias Finger krampften sich um die rauen Schuppen des Drachen. Ihr Körper presste sich instinktiv an seine mächtigen Muskeln, während sie sich mit aller Kraft an ihm festzuklammern versuchte. *Ich darf nicht fallen. Ich kann nicht fallen.* Doch es war aussichtslos. Arokh schlingerte, seine Bewegungen wurden fahriger, seine Schwingen mühsamer. Jeder Flügelschlag war ein verzweifelter Kampf gegen die Schwerkraft, und Mias Panik wurde mit jedem Augenblick greifbarer. Mit letzter Kraft glitt der Drache auf den Berg zu. Der Boden kam näher, genug, um Mias Fallhöhe zu verringern.

«Arokh...» Mias Stimme war kaum mehr als ein Flüstern, dumpf und von Panik erstickt. Adrenalin rauschte durch ihre Adern, und die blanke Angst schnürte ihr die Luft ab.

Atme. Du wirst gehalten. Besinne dich auf die Kraft in dir. Lass dich fallen. Die Stimme drang tief aus ihrem Inneren, warm und ruhig, getragen von der Weisheit ihrer Ahnen. Mia spürte die Präsenz, bevor sie sie verstand. Ein Moment der Stille inmitten des Chaos – ein Gefühl, das stärker war als ihre Angst. Ohne nachzudenken, beinah wie in Trance, löste sie ihre Finger aus der Starre. Sie rollte ihren Körper eng zusammen, die Arme schützend über ihren Kopf gelegt. Und dann ließ sie los. Für einen Augenblick fühlte sie nichts außer der Leere – und die Gewissheit, dass sie gehalten wurde. Vor ihren Augen, noch im Fallen, prallte Arokhs massiver Körper mit einem donnernden Aufprall auf den Boden. Die Erde erbebte unter der Wucht seines Sturzes. Der Drache wurde gegen Bäume und Felsgestein geschleudert, sein schwerer Leib drehte sich unaufhaltsam, suchte Halt – doch die Bergwand kam erbarmungslos näher. In einem letzten, verzweifelten Moment wandte Arokh seinen Kopf leicht zur Seite. Mias Augen trafen die seinen, und für einen Herzschlag lang war alles klar: Er hatte bis zum letzten Atemzug für sie gekämpft. Dann verschwand er aus ihrem Blickfeld, als er die Bergwand hinabstürzte. Die Luft war erfüllt von einer erdrückenden Stille, die nur das Echo des Sturzes begleitete.

Sein Atem ging schwer, jeder rasselnde Luftzug fühlte sich an wie ein scharfer Dolch, der seine Lungen durchbohrte. Der Feuerdolch hatte ihn tief getroffen. Zu tief – das konnte er nicht leugnen. *Ich habe den Tod verdient*, dachte Tan, und der Gedanke brannte in ihm mit derselben Intensität wie die Wunde. *Mein Zorn hat mich fehlgeleitet. Ich habe nicht aus Gerechtigkeit gehandelt, sondern aus blinder Wut.* Er spürte das Gewicht seiner Entscheidungen wie einen kalten Schleier, der sich über sein Herz legte – zusammen mit der eisigen Kälte des Blutverlusts, die langsam durch seinen Körper kroch. Die Wahrheit war unausweichlich: Er hatte die falschen Motive verfolgt, hatte sich von seinem Stolz und seiner Verbitterung leiten lassen, anstatt auf das Licht in sich zu hören. Tan fror. Nicht von der Nacht, sondern von der inneren Leere, die sich mit jedem Tropfen verlorenen Lebensblutes in ihm ausbreitete. Seine Stärke, die ihn immer getragen hatte, fühlte sich nun wie ein trügerischer Schild an, der ihn nicht vor sich selbst schützen konnte. *Ich habe versagt*, dachte er, und zum ersten Mal ließ er den Schmerz der Reue wirklich zu. *Nur ein Wunder wird mich noch retten.* Doch Tan glaubte nicht an Wunder. Nicht mehr. Er hob den Blick, suchte in der rauchgeschwängerten Dunkelheit nach einem Zeichen. Plötzlich durchbrachen chillirote Schwingen die Wolken. Ein Funken Hoffnung keimte in ihm auf, zart wie ein neu entfachtes Feuer.

Arokh. Du bist hier. «Arokh...» Seine Stimme, kaum mehr als ein Flüstern, verschwand im tosenden Wind. Mit einem letzten Kraftakt versuchte sich Tan aufzurichten. Der Schmerz traf ihn mit der Gewalt eines Hammerschlags, als eine gebrochene Rippe in seine Lunge drückte. Luft war ein ferner Traum, der Körper eine Hülle, die sich gegen seinen Willen auflehnte. Doch dann sah er es. Die erste Feuersalve traf Arokh mit erschütternder Präzision. Sein Herz raste, und seine Augen weiteten sich vor Schock. Der Drache taumelte, kämpfte gegen die Schwerkraft, seine Schwingen flatterten verzweifelt. «Nein...» Tans Flüstern war kaum hörbar, ein leises Echo seiner zerbrechenden Hoffnung.

Eine zweite Salve zerriss die Luft. Sie traf Arokhs rechten Flügel, und der Drache stürzte. Tan fühlte den Riss nicht nur in der Luft, sondern in sich selbst. *Er ist mehr als ein Drache. Er ist mein Gefährte, meine Verbindung zur Ahnenwelt. Und ich... ich habe ihn in diese Hölle geführt. Ich habe schon wieder versagt und alles verloren.* Seine Brust zog sich zusammen, als Arokhs mächtiger Körper gegen die Bergwand prallte. Der Aufprall hallte durch die Dunkelheit, ein dumpfes Grollen, das Tan bis in die Seele erschütterte. Doch bevor Arokh verschwand, sah Tan etwas.

Ein zusammengerollter Körper fiel von seinem Rücken – direkt in die dichten Schatten des Feenwaldes auf dem heiligen Berg. Tans Gedanken rasten, jeder schmerzhafte Herzschlag ein neuer Stoß, der ihn antrieb. *Mia. Nicht sie. Sie darf nicht sterben.* Der Rauch verschluckte den Anblick, aber das Bild blieb. Es war, als hätte sich die Szene in seinen Verstand gebrannt. Sein Körper rebellierte, jeder Atemzug schmerzte, jeder Muskel zitterte. Doch etwas in ihm war stärker – stärker als der Schmerz, stärker als die Aussichtslosigkeit. «Mia!» Es war kein Ruf, sondern ein Befehl an sich selbst. Gegen jede Vernunft, gegen die brennenden Flammen des Schmerzes, die seinen Körper peinigten, zwang Tan sich aufzustehen. Die Umgebung verschwamm in der Hitze des Schlachtfelds. Die Luft war schwer von Asche und Rauch, und die verbrannte Erde unter seinen Füßen fühlte sich an wie ein Spiegel seiner zerrissenen Seele. Er stolperte, sein Bein gab nach, doch er fing sich. *Arokh… Mia… Ich will kämpfen. Für sie.* Mit einem letzten Funken Willenskraft setzte er einen Fuß vor den anderen. «Mia, ich komme. Ich rette dich.» Die Worte waren mehr als ein Versprechen. Sie waren ein Eid, der ihn am Leben hielt.

***

Mia schlug hart auf den Boden auf. Der Aufprall war scharf, die Luft wurde ihr aus der Brust gepresst, doch er war nicht vernichtend. Irgendetwas – eine Kraft, eine schützende Hand? – hatte ihren Fall gemildert. War es der Funke ihrer eigenen Stärke gewesen? Oder waren es die Ahnen, die über sie wachten? Ihr Atem ging flach, zitternd, doch in ihrem Inneren brannte er weiter: der Funke, der nicht verlöschen konnte. Dieser Funke war da, er war es immer schon gewesen. Doch erst jetzt fühlte sie ihn mehr denn je – hell, mächtig – und so, als würde er jeden Moment über ihr Herz hinauswachsen. *Ich habe überlebt. Und ich werde kämpfen – für ihn, für mich, für uns alle.* Es war mehr als nur ein Gedanke. Es war ein Eid, der sich tief in ihre Seele grub, und den Funken in ihr immer weiter anwachsen ließ. Und in diesem Moment wusste Mia: Sie war bereit. Die Kraft des Lichtfunken in ihr war keine fremde Macht. Es war ihre eigene. Es war die Wahrheit, die sie die ganze Zeit gesucht hatte – und die sie jetzt endlich zu akzeptieren begann. Denn sie selbst war dieser Funke. Langsam, wackelig, doch mit einer Entschlossenheit, die in ihrer Brust pochte, rappelte Mia sich auf. Sie rieb den Schmutz von ihren Händen und sah sich um. Und dann erblickte sie ihn.

Tan.

Sein Gesicht war vom Schmerz entstellt, und Blut strömte unaufhaltsam aus der Wunde in seinem Bauch. Doch in seinen Augen spiegelte sich noch etwas anderes – eine brennende, unerschütterliche Entschlossenheit. Tan wusste, dass er sterben würde. Doch der Gedanke an Mia ließ ihn weitermachen. Sie war nicht nur ein Teil dieser Welt – sie war ein Teil von ihm. Wenn er nur noch diesen einen Moment hatte, dann wollte er ihn mit ihr teilen. Seine Haltung, so gekrümmt von Qualen, war dennoch von einer wilden Stärke getragen. Es war, als hielte ihn eine unsichtbare Macht aufrecht, als lenkte sein Geist die fast leblose Hülle seines Körpers. Mit einem letzten Schritt, der alles von ihm forderte, brach Tan vor Mias Füßen zusammen.

«Mia... ich habe dich gefunden.» Seine Stimme war kaum mehr als ein Flüstern, das sich Wind verlor. «Du solltest nicht hier sein.» Ein Zittern durchlief seinen Körper. Sein Kopf sank zurück, und seine Augen schlossen sich. Sein Atem war nur noch ein schwaches, stoßweises Ringen mit der Dunkelheit.

Mia sank auf die Knie, direkt neben ihn. Ihre Hände zitterten, doch als sie sein Gesicht umschlossen, wurden sie ruhig. Sie beugte sich über ihn, und eine Welle von Wärme durchströmte sie – ein Mitgefühl, das tief aus ihrem Herzen kam. «Tan... mein Liebster.» Die Worte kamen über ihre Lippen, ohne dass sie wusste, woher sie kamen. Doch sie klangen nicht fremd. Sie fühlten sich richtig an – als hätten sie immer schon dort geschlummert, verborgen in den Tiefen ihres Herzens.

Der Stab, den sie neben sich gelegt hatte, begann zu vibrieren - ein Echo dessen, was ohnehin in ihrem Herzen brannte. Es war kein fremdes Objekt mehr, sondern ein Teil von ihr, ein Anker, der sie mit der Kraft ihrer Ahnen verband. Sie fühlte, wie er mit dem Funken in ihrem Herzen verschmolz – und ein Flüstern, das sagte: *«Du bist bereit.»* Etwas Größeres als sie selbst übernahm die Führung. Eine Macht, die keine Worte brauchte. Ihre Hände, von dieser Kraft geleitet, wanderten über Tans Wunde. Sie legten sich behutsam über die klaffende Verletzung, und ein goldenes Licht geführt von ihrem Geist, warm und rein, strömte aus ihren Handflächen. Das Licht aus ihren Händen schien die Dunkelheit, die ihn übermannt hatte, zurückzudrängen. Sie löste sich auf, wie Rauch und für einen Moment wirkte die Welt still, als ob selbst die Zeit innehielt, um diesem Akt der Heilung beizuwohnen. Das Fleisch begann sich zu schließen, der Schmerz schien zu weichen. Mia spürte es, so klar wie den Atem, der wieder vollkommen in Tans Brust zurückkehrte. *Glaube. Liebe. Hoffnung.* Es waren keine leeren Worte mehr. Es war die Essenz einer Macht, die nur das Gute in sich trug.

Mias Kopf ruhte auf Tans Brust. Ihre Arme hielten ihn umschlungen, und Tans Atem, schwer und gleichmäßig, hob und senkte seinen Torso. Die Augen geschlossen, spürte Mia, wie auch er seine Arme um sie legte. Es war eine stille Umarmung, die mehr sagte als tausend Worte. Wie von Klimt gemalt, lagen sie umschlungen, ein lebendiges Kunstwerk der Liebe und des Friedens inmitten des Chaos. Der Wald war still. So still, als hätten selbst die Bäume ihre Stimmen verloren, um mit den beiden zu fühlen. Die Kronen neigten sich schützend über ihnen, ein grünes Dach, das die Welt fernhielt. Und dann, wie ein sanfter Windhauch, erschienen die Ahnengeister. Leuchtende Gestalten zweier Seelenlinien bildeten einen Kreis um sie, ihre Energie ein Versprechen, das Band der Liebenden zu besiegeln. Für einen winzigen Moment schien die Zeit stillzustehen. Sie badete im Universum, löste sich in einem Raum der Ewigkeit auf, der nichts als Frieden trug. Das Getöse am Fuß des Berges wurde zu einem fernen Rauschen, ein Echo aus einer anderen Welt.

Tans Wut auf seinen Vater, den Drachenlord, der ihn im Stich gelassen hatte, und seine Schuldgefühle gegenüber dem Tod seiner Mutter, der Feenkriegerin, die für ihn gestorben war, damit er leben konnte - sie lösten sich ebenso in diesem einen Licht, das aus den Herzen der beiden Seelen drang und sich verband.

Schließlich zogen sich die Geister zurück, langsam und voller Würde. Zurück blieb nur der Nachhall – eine Melodie, schön und sanft, die sich zwischen die Zeilen der Wirklichkeit webte.

«Ich dachte, dass ich dich verloren hätte», brach Tan schließlich das Schweigen. Seine Stimme, rau und von den Strapazen gezeichnet, trug die Schwere seiner Gefühle mit sich. Die Worte schienen mehr Gewicht zu haben, als die Luft zwischen ihnen tragen konnte.

Mia blickte auf, ihre Augen suchten seinen Blick, und sie sah in ihnen etwas, das sie noch nie zuvor so deutlich wahrgenommen hatte: Reue. Und Liebe.

«Es tut mir leid, dass ich dich verletzt habe», fuhr Tan fort, seine Stimme bebend, als hätte er lange gegen diese Wahrheit angekämpft. «Ich stand mir selbst im Weg und habe dir die Schuld dafür gegeben. Ich habe meine Zweifel auf dich projiziert und dich für meine eigenen Ängste bezahlen lassen – aus Angst, die Kontrolle über mich völlig zu verlieren. Ich habe mir selbst und meinen Gefühlen für dich nicht vertraut – nicht so, wie ich es hätte tun sollen. Du warst mir so nah, so vertraut, hast mir dein Vertrauen geschenkt, und dennoch habe ich dich behandelt, als wärst du entbehrlich, als wärst du nur ein Spielball auf dem Feld meiner Launen. Mia, bitte verzeih mir. Ich war so blind vor Schmerz und Zorn.» Seine Worte hingen in der Luft, und der Raum zwischen ihnen schien kleiner zu werden, als er schließlich hinzufügte: «Du hattest keine andere Wahl, als zu gehen. Das verstehe ich jetzt.»

Mias Herz zog sich zusammen, und für einen Moment wusste sie nicht, ob sie überhaupt sprechen konnte. Die Tiefe seiner Worte erreichte etwas in ihr, das sie selbst nicht benennen konnte – einen Teil, der verborgen und lange unbeachtet geblieben war. Doch jetzt schien diese Wunde zu heilen. Ihre Lippen zitterten, als sie schließlich flüsterte, ein leises, aber unerschütterliches Versprechen: «Ich bin hier…» Ihre Stimme war kaum mehr als ein Hauch, doch in diesen Worten lag alles, was sie fühlte. «Arokh hat mich gefunden und zu dir geführt.» Doch als der Name des Drachen über ihre Lippen kam, verdunkelten sich ihre Augen. Ein Schimmer von Trauer legte sich darüber, und sie spürte, wie sich die Realität in den Vordergrund drängte.

«Ich habe alles gesehen.» Tans Blick, so voller Tiefe und Wärme, war auch von Trauer gezeichnet. Der Verlust seines Gefährten war wie eine klaffende Wunde, die nicht zu heilen schien.

Mit aller Härte holte die Realität sie zurück. Das Chaos

am Fuß des Berges tobte weiter, das Getöse drang zu ihnen, begleitet vom Rauch, der den Himmel noch immer verdunkelte. Der Geruch von verbrannter Erde legte sich schwer über sie.

«Sie brauchen unsere Hilfe», sagte Mia mit einer Entschlossenheit, die sie selbst überraschte. «Wir müssen zu ihnen.»

Tan schüttelte den Kopf, seine Schultern sanken herab. «Wie, Mia? Wie? Arokh ist tot. Und ich habe Titanias Lichtschwert nicht. Wir haben nichts, was wir der dunklen Energie entgegensetzen können. Roni… er ist eins mit der Dunkelheit geworden, die er heraufbeschworen hat. Sie hat alles an ihm verzehrt.»

Die Resignation in seiner Stimme war wie ein kalter Dolch in Mias Herz. Sie sah, wie sein inneres Licht zu verlöschen drohte, und sie konnte es nicht zulassen. «Nein, Tan.» Ihre Stimme war ruhig, aber sie trug eine Macht in sich, die größer war als sie selbst. «Das ist nicht wahr.» Sie erhob sich mit einem plötzlichen Ruck, ihre Hände zitterten leicht, während sie sie betrachtete. Eben hatten sie ein Wunder vollbracht. Doch wie, das begriff sie erst in diesem Augenblick.

«Ich habe versagt», murmelte Tan, sein Blick war leer. «Alles ist verloren.»

Aber Mia wollte es nicht glauben. Konnte es nicht glauben. Sie schüttelte den Kopf, erst schwach, dann immer entschlossener. «Nein, Tan, das stimmt nicht!» Ihre Stimme wurde fester. «Wir sind so viel mehr als dieser Körper. Da ist eine Kraft in mir, in allen Lebewesen, die ich bis jetzt nicht kannte.» Mias Worte schienen von einer anderen Ebene zu kommen, als wären sie von den Ahnen selbst geleitet. Sie sah Tan an, und in ihrem Blick lag eine tiefe Überzeugung. «Was, wenn wir das Schwert gar nicht brauchen?» *Was, wenn wir selbst der Schlüssel sind? Was, wenn ich selbst der der Schlüsse bin, den ich außerhalb von mir gesucht habe.* Kaum war der Gedanke zu ihrem Bewusstsein vorgedrungen, spürte sie den Funken in sich größer werden. Viel größer, als sie je zu glauben gewagt hätte. Er leuchtete, wuchs, verband sich mit dem, was sie umgab: Ihrem Herzen, ihrem Körper und mit allem darüber hinaus. «Vertrau mir», sagte sie mit fester Stimme und reichte Tan ihre Hand. «Wir brauchen das Schwert nicht. Wir brauchen nur den Glauben an uns selbst und an die Kraft, die wir sind und leiten.»

Tan sah sie an, seine Augen suchten nach einer Antwort. Und dann, mit einer langsamen Bewegung, nahm er ihre Hand und stand auf.

Ohne ein weiteres Wort wandte sie sich ab und begann zu laufen. Mit jedem Schritt spürte Mia, wie etwas in ihr nachgab – das äußere Rauschen, die Ängste und Zweifel über ihre fehlenden Wurzeln, die sie so lange in Fesseln gelegt hatten. Es war, als würde sie all das abschütteln, wie Tropfen geschmolzenen Stahls, die an ihr herabflossen und sich schließlich in der Erde erlösten. Ihre Schritte wurden leichter, ihr Atem ruhiger, und in ihr wuchs ein neues Bewusstsein, das so hell war wie ein voller Mond in saphirblauer Nacht. *Wer bin ich, wenn alles andere von mir fällt, wenn nichts mehr da ist?* Der Gedanke stieg auf, sanft und unvermeidlich, wie ein Regenbogen nach dem Sturm. *Ich bin das Licht, das in den Sternen glüht, der Funke, der den Raum durchdringt. Ich bin die Flamme im Herzen, die nie erlischt.* Mit dieser Gewissheit bewegte sie sich vorwärts, jeder Schritt ein Zeichen ihrer neu gefundenen Freiheit.

Tan folgte ihr, seine Schritte wurden mit jedem Atemzug sicherer. Was auch immer sie vorhatte – er würde ihr folgen. Denn auch er spürte ihn, den Funken Licht, der in ihm brannte. Es war ein stilles, aber unaufhaltsames Erwachen – wie der erste Sonnenschein an einem neuen Morgen. Seine freie Hand wanderte zu dem Amulett – dem Zeichen des Drachenreiters. Es war schwer und vertraut, ein Vermächtnis, das vor ihm seinem Vater gehört hatte, dem dunklen Lord. Einst war es ein Symbol seiner Schuld und der Last, die er trug. Doch jetzt, je mehr er sich dem Licht hingab, desto heller begann das Amulett zu strahlen, als würde es auf die Wahrheit in seinem Herzen antworten. *Ich bin es wert, bin meiner Bestimmung würdig,* und in diesem Moment ließ er los. Er ließ die Schatten der Vergangenheit ziehen, verzieh sich selbst und seinem Vater. Die Ketten aus Zorn und Bitterkeit zerbrachen, und mit jedem Atemzug wuchs die Erkenntnis: die Kraft, die ihn erfüllte, war schon immer Teil von ihm gewesen – jenes Ganze, das alles zusammenfügte und Tan begriff: *Ich bin, was ich denke und das, was ich bin, geht über das Ich hinaus.* Der Gedanke formte sich – wie die nun gebündelte Kraft aller fünf Elemente in ihm, im Gleichklang und eins, und durchdrang sein Sein vollkommen. *Ich bin Tahotan, das flammende Licht der roten Sonne und das klare Gewahrsein des Falken, der die Wahrheit erkennt. Ich bin der Wind, der die Flügel trägt, der fließende Atem zwischen den Welten* erklang die Stimme kraftvoll in seinem Inneren, als er seinen Namen sprach und seine Bestimmung endlich annahm. Der Sturm, der so lange in ihm gewütet hatte, legte sich, wie der Wind, der über den heiligen Berg zog und schließlich in stiller Harmonie zur Ruhe kam.

Das Licht, das von Mia ausging, wuchs und dehnte sich aus. Es strömte in unaufhaltsamen Wellen hinaus, durchdrang die Dunkelheit und löschte jeden Schatten. Wie ein sanft silbriger Strom suchte es seinen Weg, verband sich mit Tans Licht - in einem Tanz aus Strahlen verschmolzen sie und er mit dem ewigen Leuchten der Sterne. Alles wurde eins – ein pulsierendes Herz im unendlichen Raum, getragen von der zeitlosen Stille des Kosmos. Und dann, ohne zu zögern, sprangen sie über den Felsenrand, ließen alles Vergangene hinter sich. Denn Mia wusste sicher, dass sie aufgefangen werden würden.

***

Wie durch ein Wunder fing Arokh sie auf. Die Verbundenheit zwischen ihnen war so stark, dass sie nicht nur Tans und ihre eigene, sondern auch seine Heilung vorangetrieben hatte. Das Licht hatte ihn erreicht, den Funken entzündet und der Drache seine Kraft zur Vollkommenheit entfaltet. Sie strahlte feuerrot und pulsierte mit der Energie, die alles Leben durchdrang. Wie ein Komet – ein gewaltiger Lichtstreif am Horizont – durchbrachen sie die Dunkelheit. Die Wolkendecke, die den Himmel lange Zeit verschlossen hatte, löste sich und gab das tiefe Blau des

Firmaments frei. Zwischen den Sternen tanzten funkelnde Lichtspiele, als würde das Universum selbst die Rückkehr des Lichts feiern. Kein Lichtschwert. Kein Stab. Nur die Kraft des Lebens und das strahlende Licht, das sie selbst geworden waren. Es war genug, um sie in die Lüfte zu tragen – dem tobenden Kampf zwischen den Elfenarmeen entgegen.

Doch das Unvorstellbare geschah: Kein Elf musste mehr sterben. Das Licht, das sie mitbrachten, war stärker als der Tod, stärker als die Dunkelheit. Es wuchs, breitete sich aus, wie ein Netz und erfüllte die Welt – es gab keine Trennung mehr. Elf um Elf ließen ihre Waffen sinken, als das Licht sie erreichte. Es erfasste den Funken in jedem von ihnen, und in diesem Moment begriffen sie, dass der Kampf nicht mehr zu gewinnen war – weil es keinen Kampf mehr gab.

Roni stand reglos, wie zu einer Eisstatue erstarrt, sein Blick leer und ins Nichts gerichtet. In der Stille, die auf den Sturm folgte, begann die Wahrheit wie ein schmerzhafter Strom durch ihn hindurchzufließen. Endlich begriff er: Er hatte nicht gegen die anderen verloren. Er hatte gegen sich selbst verloren – gegen seinen eigenen Hass, seine Eifersucht und die Schatten, die er selbst genährt hatte. Von einem Gefühl überwältigender Reue gepackt, sank er auf die Knie. Seine Hände gruben sich in die Erde, als suchten sie dort einen Halt, den sein Herz nicht mehr finden konnte. Sein Atem ging schwer, seine Stimme war kaum mehr als ein Flüstern. «Was habe ich getan?»

Und da hörte er sie – die Stimme von Chepi, der Herrin des Feuers, die sanft und doch unnachgiebig zu ihm sprach.

Ihre Worte drangen tief in ihn ein, wie Flammen, die nicht verbrannten, sondern reinigten: «Du bist der dunklen Seite deines Elements verfallen. Hast die Botschaften der Hochgeister achtlos in den Wind geschlagen. Hast dich in Hass und Neid und Eifersucht gesuhlt. Deiner Gier nach Macht hast du deine eigene Seele geopfert. Statt die Hitze des Feuers weise zu lenken, um den Funken in anderen Seelen zu entzünden, hast du sie genutzt, um alles um dich herum zu zerstören – und dich selbst gleich mit.»

Die Wahrheit ihrer Worte brach über ihn herein wie eine Flut. Der Feuerdolch in seinen Händen zersplitterte, weil er der Macht nicht würdig war. Die Klinge zerbrach in tausend glühende Fragmente, die in der Dunkelheit verglühten. Er hatte alles verloren – nicht, weil Arokh ihn verschmäht hatte, sondern weil er sich selbst in seinen dunklen Gedanken und Gefühlen verloren hatte. Der Feuerdrache hatte gespürt, das er alles andere als bereit gewesen war, sich dem ehrenvollen Dienen zum höchsten Wohle aller Lebewesen hinzugeben.

Der Feuerdrache aber diente immer nur dem Lichtfunken des ewigen Lebens, niemals den niederen Energien von Ignoranz und Gier. Das war Arokhs Bestimmung - das Schicksal aller Feuerdrachen, sie waren nun mal die universelle Energie des Lebens.

Mit einem letzten Aufschrei zerfiel die Dunkelheit und Roni sank in sich zusammen – nicht leblos, aber in demütiger Reue. Das Toben der Schlacht verstummte, und an ihrer Stelle breitete sich eine Stille aus, die so tief und vollkommen war, dass sie wie der erste Atemzug einer neu geborenen

Welt wirkte.

Mia, die eins geworden war mit der Ewigkeit, spürte diese Stille in sich. Es war der Atem der Weltenseele, ein sanftes Pochen, das sie bewegte, als wäre sie ein Teil des Universums selbst. Und so begann etwas Neues – ein Licht, das die Welt erleuchtete, während sie auf Arokhs Rücken dem Morgen entgegenritten.

Die Bewahrerin

«Es war der Anfang von Leben und Lachen.
Es war die wahre Bestimmung der Sonne.»
(Charles Bukowski)

Als Mias Geist langsam zurück in ihren Körper kehrte und sie die Augen öffnete, stand sie wieder in der Lodge. Der Stab ruhte warm und ruhig in ihrer Hand. Einen Moment lang verharrte sie, ihre Gedanken wirbelten wie ein Tanz aus Schatten und Licht.

Wie viel Zeit wohl vergangen ist? Draußen dämmerte der Tag dem Morgen entgegen. Die ersten Sonnenstrahlen streiften die Wellen des Meeres, die im sanften Licht funkelten. Der Wind spielte sanft in den Zweigen der Bäume, ließ sie geheimnisvoll wispernd rascheln. Die Melodie klang wie ein Echo von etwas, das tief in Mias Innerem widerhallte. *Die Natur… sie spiegelt mich.*

«Mia?»

Saras Stimme drang wie ein vorsichtiger Ruf in die Stille. Sie schwang vor Zurückhaltung, fast wie eine zögernde Hand, die sich ausstreckte, ohne zu wissen, ob sie ergriffen würde.

Bin ich bereit dazu? Der Gedanke hielt inne, ließ offen, ob Mia ihre Rückkehr in die Realität oder die unausweichliche Begegnung mit Sara meinte. Langsam, fast qualvoll langsam, drehte sie ihren Kopf und ließ ihren intensiven Blick auf Sara ruhen. Es war ein Blick, der tiefer ging, als Sara zu ertragen vermochte. «Warum hast du mir die Wahrheit verschwiegen?»

Die Frage war leise, doch sie durchbrach die Luft wie ein scharfer Pfeil. Sara spürte die Wucht der Worte wie eine zentnerschwere Last auf ihrer Seele, die sie lange Zeit zu ignorieren versucht hatte.

«… weil ich nicht den Mut gefunden habe, mir selbst die Wahrheit einzugestehen, Mia.» Saras Stimme bebte, doch ihre Worte trugen die Schwere ihrer Reue. «Ich liebte deinen Vater. Aber gegen die Verbindung zwischen deinen Eltern hatte ich keine Chance. Ich wollte gehen, doch dann… starb dein Vater. Und du warst allein. Und begriff, warum er eine Adoption forciert hatte. Er wollte dich versorgt wissen, weil er seinen Tod bereits geahnt hatte – deshalb schrieb er den Brief. Ich fand ihn, zusammen mit dem Buch und dem Stab ein paar Tage nachdem er gestorben war. Mia, ich habe dich mitgenommen, dich als Tochter angenommen. Aber deine Wurzeln… ich wollte sie nicht sehen. Ich wollte dir das Leiden ersparen, aber ich habe dich deiner Herkunft beraubt. Verzeih mir.» Tränen glitzerten in Saras Augen, bahnten sich ihren Weg wie Tropfen durch zerklüftete Felsen. Sie zitterte, doch sie hielt dem Gewicht ihrer eigenen Schuld stand.

«Haben sie mir einen Namen gegeben?» Mias Augen waren geschlossen, ihre Worte kaum mehr als ein Flüstern, das die Stille durchbrach.

«Tara…», antwortete Sara, ihre Stimme brüchig und doch sanft.

Stern! Mia spürte die Bedeutung tief in sich, als hätte sie diese schon immer gekannt. Das Wissen kam aus einer anderen Ebene, einem Raum, den sie noch nicht vollständig verstand.

«Wer war die Frau, die zusammen mit dir hier im Haus war und dich gebeten hat, den Stab mitzunehmen?»

Saras Augen weiteten sich, Irritation und Erstaunen lagen darin wie ein offenes Buch. Sie schüttelte langsam den Kopf. «Hier war keine Frau, Mia. Niemand hat mich gebeten, den Stab mitzunehmen.» Die Verwirrung in ihrer Stimme wurde von der Geste ihrer Hände unterstrichen.

Und Mia begriff.

✳✳✳

«Wer war meine Mutter?»

Ihre Stimme klang wie ein Echo im Raum, unwirklich und doch tiefgreifend.

Sara legte ihre Hände an ihren Bauch, als wollte sie sich selbst Halt geben. Die Schuld, die sie so lange getragen hatte, lastete noch immer schwer auf ihr. Doch der Sturm in ihr war einer leisen Gewissheit gewichen.

«Ich weiß nur wenig über sie.» Saras Stimme trug die Bürde der Vergangenheit, doch sie sprach mit einer sanften Klarheit, die Mia nicht entging. «Dein Vater... John, hat nicht von ihr gesprochen. Aber ihre Ahnen...» Sara deutete auf den Stab in Mias Händen. «... sie waren bedeutende Schamanen.»

Mia nickte leicht. Sie hatte es längst gespürt.

Etwas in Saras Blick veränderte sich – eine Erinnerung blitzte auf, ein Funke, der sie plötzlich handeln ließ. Sie ging mit festen Schritten auf eine Wand zu, zog ein Tuch fort, das einen verborgenen Gegenstand bedeckte.

Mias Atem stockte. Ihre Lippen formten stumm ein «O», während ihre Augen sich weiteten. Das schwarz-weiß Bild, das darunter zum Vorschein kam, zeigte eine Frau mit stolzer Haltung, deren Präsenz den Raum zu füllen schien.

«Das ist deine Urgroßmutter.» Saras Stimme war weich, aber voller Bedeutung. «Sie stammt aus der Clanlinie der Raben, ihr Schutztier aber ist der Falke. Sie war eine Bewahrerin des alten Wissens und Geschichtenerzählerin, so jedenfalls hat man mir erzählt. Sie schrieb das Buch, das du gelesen hast. Und baute dieses Haus. Als ich hier gelebt habe, hatte ich manchmal das Gefühl eine Art Anwesenheit zu spüren...»

Mia spürte, wie eine Welle aus Wärme und Erkenntnis die sie erfasste. *Das ist sie. Die Frau, die mich zurück zu meinen Wurzeln geführt hat.* Das Bild schien zu atmen, so lebendig war die Erinnerung an ihre Anwesenheit. Ihr Geist hatte das Haus gehütet, darauf aufgepasst – bis der Moment kommen sollte, der unausweichlich war. Und nun stand Mia dort, wie eine Brücke zwischen den Welten, als wäre sie der Knotenpunkt, der Vergangenheit und Gegenwart vereinte. In ihr reifte ein Entscheidung: «Ich werde hierbleiben. Für ein paar Tage jedenfalls. So lange, bis ich mir klarer über meine Wurzeln bin und was sie zu bedeuten haben.» Die Entschlossenheit in ihrer Stimme war unüberhörbar. Sie spiegelte nicht nur ihren Entschluss, sondern auch die innere Ruhe wider, die Mia in diesem Moment gefunden hatte.

Sara nickte, doch ihre Augen füllten sich mit Tränen. «Ich weiß», flüsterte sie. Ihre Stimme zitterte leicht, getragen von einer tiefen Traurigkeit. Es war immer ihre größte Angst gewesen, Mia zu verlieren. Sie liebte das Kind, das sie einst hatte verlassen wollen – mehr, als sie jemals in Worte fassen konnte. Und diese Liebe würde niemals vergehen. *Mia…*, nicht ohne Grund hatte sie diesen Namen gewählt. Er trug die Bedeutung dieses Versprechens, denn das Baby war ein göttliches Geschenk für sie gewesen.

Mia, die Saras Gedanken und Gefühle wie eine klare Melodie in sich spürte, trat auf sie zu. Ihre Hand fand Saras - fest, warm, und voller Vertrauen.

«Nein, Mum, keine Sorge.» Ihre Stimme war weich, aber bestimmt, und trug die Wahrheit ihrer Gefühle mit sich. «Du wirst mich nicht verlieren. Auch wenn du mich nur angenommen hast, bist und bleibst du meine Mutter.»

Ein Zittern lief durch Saras Körper. Die Worte ihrer

Tochter – nein, ihrer Tochter aus tiefstem Herzen – brachen etwas in ihr auf. Die Erleichterung kam wie ein Befreiungsschlag, der die Ketten ihrer Ängste zerschnitt. Wie schweres Felsgestein löste sich die Last von ihrem Herzen, nahm die jahrelangen Schuldgefühle und den inneren Zwiespalt mit sich. Tränen der Erleichterung und Freude liefen über Saras Wangen, als sie Mia in die Arme schloss. Die Wärme dieser Umarmung war nicht nur körperlich – sie war wie das Licht, das den Schatten vertreibt. Endlich war die Dunkelheit der Vergangenheit dem Licht der Wahrheit gewichen. Es machte Platz für Leben, Lachen und Liebe.

Mia trat zurück, ein sanftes Lächeln auf den Lippen. In ihren Augen lag ein Glanz, der von Stärke, Weisheit und Akzeptanz sprach.

Sara spürte, dass ihre Tochter bereit war, ihren eigenen Weg zu gehen. Und für sie selbst – Sara wusste, wohin ihr Weg führte. Zurück zu dem Mann, der sie bedingungslos liebte. Der Mann, der zusammen mit der kleinen Frucht ihrer Liebe auf ihre Rückkehr wartete. Er würde ihr verzeihen. Das spürte sie ganz deutlich.

***

Gerade als Saras Wagen um die Ecke bog und aus ihrem Sichtfeld verschwand, rollte ein Pickup auf die Lodge zu. Mia erkannte ihn sofort, und ihr Herz machte einen freudigen Hüpfer.

Der Fremde stieg aus. Geschmeidig, fast wie eine Katze,

bewegte er sich auf sie zu, ihren Rucksack in der Hand, den sie im Auto vergessen hatte. Und im Herzen eine leise Sehnsucht, die ihn zurück zu ihr geführt hatte. Seine Lippen umspielte ein warmes, erdiges Lächeln, und in seinen Augen tanzte etwas – ein stilles, tiefes Leuchten, das sich mit Mias Seele verband. Es war nicht neu, dieses Band. Es hatte längst existiert - still und unverrückbar.

Und nicht nur Mia war, als hätte sie ihn schon immer gekannt. Nicht nur hier, in dieser Welt, sondern in jeder anderen, die sie sich vorstellen konnte.

«Na, hast du den Weg zurück zur Lodge gefunden?», fragte Mia und grinste.

«Ich habe dich gefunden», erwiderte er, und das Zwinkern, das ein Grübchen zum Vorschein brachte, ließ Mias Herz schneller schlagen.

Mia hob einladend die Hand und wies zur Tür. «Möchtest du dieses Mal mit hineinkommen?»

Der Fremde zögerte kurz, setzte dann vorsichtig einen Fuß an die Schwelle, als wolle er testen, ob die Geister ihn gewähren ließen. Seine Augen glitten über den Rahmen der Tür, dann sah er sie an. «Das möchte ich sehr gern», sagte er schließlich und trat ein. Seine Bewegungen waren ruhig, aber in seinem Blick lag eine Mischung aus Ehrfurcht und Verbundenheit – ein stilles Verstehen der Welt, die sich nicht nur durch das Sichtbare offenbart. Er blieb kurz stehen, drehte sich zu Mia um, hielt ihren Blick fest und fügte hinzu: «Ich bin übrigens Táan.»

Ein leises Lächeln glitt über ihre Lippen. Sie nickte. «Ich weiß.» Ihre Stimme sanft, aber voller Gewissheit.

Für einen Moment war da nur Stille. Eine Stille, die jedoch von Bedeutung durchdrungen war. Und ihre Nähe fühlte sich an wie ein Versprechen, ein Band, das keine Worte brauchte. In diesem magischen Augenblick, war alles was zählte die Verbindung zwischen ihnen.

Gerade als Mia Táan ins Haus folgen wollte, durchfuhr sie eine intensive Energie – so stark, dass sie kurz den Atem anhielt. Der Ruf eines Falken ertönte, durchdrang die Stille wie ein Echo aus einer anderen Welt. Mia drehte sich um, und da sah sie sie.

Ihre Urgroßmutter stand am Ufer, ihre leuchtende Gestalt ruhig und klar, wie eine Statue, die Zeit und Raum überdauerte. Die Verbindung war da, unausgesprochen, aber mächtig. Es war, als würde ihre Ahnin ihr etwas sagen – etwas, das Mia nicht nur hören, sondern auch fühlen konnte:

«*Háws dáng hl king saang.* Wir werden uns wiedersehen, *Dagwáang*, meine Liebe.»

∗∗∗

Da standen sie, vereint in einem Moment, der die Grenzen von Zeit und Raum überwand. Mia hatte das Vergangene und die Zukunft im Hier und Jetzt ihrer Realität miteinander verbunden. Mit einem langsamen, bedachten Atemzug hob sie ihre Hand. Der Gruß galt dem Geist ihrer Urgroßmutter, der Bewahrerin des alten Wissens, das nun Mia in sich trug. Ihre Präsenz legte sich warm und liebevoll um Mia, wie eine schützende Decke, die sie vor der Kälte der Ungewissheit bewahrte.

Die alte Frau, umhüllt von einer sanften, goldenen Aura, erwiderte den Gruß mit einem stillen Lächeln. Es war ein Lächeln voller Stolz und Zustimmung, ein stiller Zuspruch, dass Mia zu ihren Wurzeln zurückgefunden hatte. Langsam begann die Gestalt ihrer Urgroßmutter zu verblassen, wie ein Nebelschleier, der von einem sanften Wind davongetragen wird. Hoch oben, durch die Stille des Moments hindurch, erklang ein letztes Mal der durchdringende Ruf des Falken. Mia hob den Kopf, und ihre Augen suchten den Himmel, wo der Vogel in weiten Kreisen stieg, seinen letzten Flug ins Reich der Ahnen antrat. Das Echo seines Rufs verweilte in der Luft, wie eine Brücke zwischen den Welten.

Mia ließ ihre Hand sinken, doch in ihrem Inneren fühlte sie die Verbindung bestehen bleiben - eine unerschütterliche Verbindung zwischen ihr, ihrer Vergangenheit und der Zukunft, die vor ihr lag - sie würde sie voller Hingabe bewahren. Sie hatte das geistige Erbe ihrer Ahnen angenommen - ihre Welt würde von nun an eine andere sein. Eine, die sie selbst gestaltete - zum höchsten Wohle aller Lebewesen. Die Kraft dazu ruhte in ihrem Inneren. Denn auch sie war eine Bewahrerin. Und was da bedeutete - nun, sie hatte eine ganze Lebensreise vor sich, das zu ergründen. Das Buch ihres Lebens war noch lange nicht geschlossen - leise flüsterte es weiter.

DANKSAGUNG

Herzlich danken möchte ich meinem lieben und guten Freund sowie Projektpartner, Daniel Autenrieth, für seine wertvollen Tipps bei der Gestaltung des Covers sowie der einzelnen Bilder und seine konstruktiven Rückmeldungen zum Inhalt. Auch danke ich ihm von ganzem Herzen für die wertschätzende Zusammenarbeit bei diesem Buch und überhaupt.

Ein liebes Dankeschön geht auch an Michael für das Lesen der Texte sowie für die konstruktive Rückmeldung.

Herzlich danken möchte ich auch meinen Freundinnen Danny, Sabrina, Judith und Mirjam, für das Vorablesen meines Buches und ihre wertvollen Anmerkungen und kreativen Tipps.

FSC
www.fsc.org

MIX

Papier aus ver-
antwortungsvollen
Quellen
Paper from
responsible sources

FSC® C105338